펭귄은 하늘을 올려다본다

펭귄은 하늘을 올려다본다

ペンギンは空を見上げる

야에노 토우마 지음　김진아 옮김

ⓜ 이음

차례

프롤로그

지구는 둥글었다. 신은 보이지 않았다.

인류 최초로 우주에 나가본 유리 가가린은 우주에서 지구를 보고 이렇게 말했다고 한다. 갈릴레오가 살았던 시대가 아니기에, 지금은 가가린의 말을 의심할 사람이 없지 않을까.

지구가 푸른 건 당연하고, 저 구름 너머 하늘에 신은 존재하지 않는다. 그런 건 초등학교 6학년인 나도 잘 아는 사실이다. 아마 유치원 때부터 알고 있었던 것 같다.

하지만. 그래도 확인하고 싶었다.

가가린의 말이 진실이라는 것을, 어떻게든 꼭.

그래서 나는 우주로 갈 것이다. 물론 내가 할 수 있는 범위에 한해서지만.

—

3개월 전이었다.

당시 초등학교 5학년이었던 나는 손수 만든 로켓을 1월 초순 겨울 하늘로 쏘아 올렸다.

말이 로켓이지 그다지 대단한 건 아니다. 왜냐하면 그 로켓의 추진체는 풍선이었기 때문이다.

받은 지 며칠 안 된 세뱃돈으로 산 작은 디지털카메라와, 창공에서는 전파가 제한되는 발신기 대신 스마트폰을 작은 발포 스티로폼에 담았다. 준비물은 그게 전부였다. 그러고는 인터넷으로 주문한 헬륨가스를 채운 풍선을 거기에 잔뜩 매달아서 하늘로 날렸다. 이른바, '풍선 로켓'이었다. 로켓의 말뜻을 엄밀히 따져보면 그것은 로켓이 아니지만, 나는 그렇게 부른다.

발사 결과는 대실패까지는 아니었지만, 기대만큼은 아니었다.

마음 같아선 성층권까지 가면 좋겠다고 생각했지만 그건 말도 안 되는 일이었다. 로켓에 매단 풍선들은 고도 2천 미터 정도에 이르자 하나도 남김없이 펑펑 터져버렸다. 대기압이라는 낱말은 알고 있었지만, 그게 어떻게 하늘 위로 올라간 풍선에 작용하는지는 미리 알아보지 않았던 것이다. 좀 더 높은 곳까지 올라가게 하려고 풍선 하나하나에 헬륨가스를 빵빵하게 채운 것이 화근이었다. 기압이 변하며 가스가 팽창하자 풍선이 버텨내지 못했다. 그 바람에 추락한 풍선 로켓은 다행히 GPS 덕분에 주변에서 금방 찾아낼 수 있었다.

그렇게 손에 넣은 카메라 영상은 그저 조금 높은 공중에서 찍은 사진 수준이었다. 함께 있던 미요시는 그 정도의 성공에도 기뻐했지만, 나는 이만저만 실망한 것이 아니었다. 그 정도 높이에서 도시 전경을 내려다보고 싶으면 비행기를 타면 된다. 영상에는 둥그런 지평선도 보이지 않았고, 무엇보다 지상이 전혀 푸르지 않았다. 그건 지상을 찍은 영상이지 지구를 찍은 영상이 아니어서 내가 확인하고 싶은 것과는 천지 차이였다.

하지만 그 정도의 실패로는 우주를 향한 도전을 포기하지 않는다.

내게는 꿈이 있다.

나는 엔지니어가 되고 싶다. 이를테면, NASA(미국 항공우주국)나 JAXA(일본 우주항공 연구개발기구)에서 로켓 개발에 크게 기여하는 엔지니어 말이다. 그래서 나는 진짜 로켓을 만들고 싶다. 초등학교 1학년 때부터 뚜렷하게 품었던 그 꿈은 지금까지 매년 생일을 맞이할 때마다 계속 부풀어 오르고 있다.

꿈을 이루기 위해 최선을 다하고 있다. 아마 내 또래의 누구보다도 그럴 것이다. 하지만 그럼에도 반드시 NASA나 JAXA에 들어갈 수 있는 건 아니다.

노력하지 않으면 꿈은 이룰 수 없다.

하지만 아무리 노력을 해도 도저히 이루기 힘든 꿈이 있다.

세상에는 노력만으로 이룰 수 없는 것도 있다.

분명히 어른이라면 그 정도는 다 알 것이다. 어린이는 잘 이해할 수 없는 것일지라도…… 나는 안다. 나 사쿠라 하루는 초등학교 6학년에 불과하지만, 또래의 누구보다도 그 사실을 잘 알고 있다.

하지만 그렇기 때문에, 나는 눈으로 확인하고 싶다.

가가린의 말처럼 지구가 푸르다는 것을.

그리고 무엇보다, 이 넓은 우주 어디에도 신은 없다는 것을.

바다 저편에서

달력은 어느덧 4월로 넘어갔지만, 여전히 한낮에도 서늘한 바람이 분다.

텔레비전 뉴스의 전국 일기예보를 보니 혼슈에는 벌써 벚꽃이 만개했단다. 하지만 내가 사는 홋카이도 아사미 시의 벚꽃은 아직도 꽃봉오리만 맺힌 상태고, 나는 초등학교 6학년이 되었다. 최고 학년이 되었다는 사실에 은근히 자랑스러운 기분도 들었지만, 그뿐이었다.

교실에서 만난 친구들도 5학년 때와 별 차이 없었다.

다른 초등학교도 그런지 모르겠지만, 내가 다니는 아사미 미나미 초등학교에서는 2년마다 반을 바꾼다. 5학년으로 올라갔을 때 한 번 반을 바꿨기 때문에 올해에는 그대로. 우리 반에는 그걸 기뻐하는 친구도 있을 거고, 그렇지 않은 친구도 있을 거다. 나는 그저 귀찮은 일만은 없을 것 같아서 나쁘지 않다 싶은 정도였다.

새 학년인데도 새로울 것 없는 교실에 그나마 유일하게 새 학기다운 분위기를 몰고 올지도 모르는 전학생이 등장한 건 개학식을 마친 다음이었다. 담임인 오카자키 선생님을 뒤따라 교실로 들어온 학생은 얼핏 저학년으로 보일 정도로 키가 아주 작은 소녀였다.

그런데 놀랄 만한 점은 그 애의 작은 체구만이 아니었다.

그 애의 머리칼은 허리에 닿을 만큼 기다랗고 아주 예쁜 금발이었다. 검은 머리칼에 노란 염색약을 치덕치덕 칠한 탁한 금색이 아니라 자연 그대로의 머리색이었다.

다시 말해, 전학생은 외국인이었다.

내 자리는 교실 맨 앞이어서 그 애의 푸른 눈동자가 잘 보였다. 파란 하늘을 담아놓은 구슬처럼 예쁘고 푸른 눈빛은 신기할 정도로 맑았다. 그러고 보니 외국인을 이렇게 가까이에서 본

건 난생처음이었다.

전학생은 작고 하얀, 그러나 살짝 낡은 토끼 인형을 갖고 있었다. 인형을 꼭 끌어안고 있는 게 아니라 그냥 들고만 있었다. 팔 끝을 붙잡혀 덜렁덜렁 매달려 있는 인형은 어쩐지 우스꽝스러워 보였다. 학교에 인형을 가지고 와도 되는지 나는 궁금했지만, 외국 학교에서는 이 정도 소지품이 큰 문제가 되지 않을지도 모른다고 생각했다.

"그럼 칠판에 이름을 써줄래?"

선생님이 말했다. 물론 일본어로 말이다.

전학생이 분필을 한 손에 들고 어색한 손놀림으로 칠판에 글자를 썼다. 그 애가 다소 시간을 들여 칠판에 쓴 글자는 영어가 아니라 한자와 가타카나가 뒤섞인 다섯 글자의 일본어였다.

나루사와 이리스(鳴沢イリス).

그 애의 이름인가 보다.

다섯 글자를 다 쓰자 그 애는 자기 손가락에 묻은 분필 가루를 가만히 바라보았다. 곧이어, 그러지 않으면 좋았겠지만, 그 애는 세일러복 같은 옷깃이 달린 고급스러운 옷의 소매에 분필 가루를 문질러 털어냈다. 그러고는 빈말로도 사교성이 좋다고는 말할 수 없는 눈길로 아이들을 훑어보더니 자기소개를 했다.

"나루사와 이리스, 입니다."

뜻밖에도 영어가 아니라 일본어로 더듬거리며 말했다.

"워싱턴에서 왔습니다."

와아, 굉장하다. 미국에서 온 전학생이라니.

그 사실에 놀란 내가 살짝 눈을 크게 뜨고 있자니, 나루사와 이리스는 슬쩍 턱을 치켜들고는 묘하게 도발적인 태도로 입을 열었다.

"일본어는 잘 못해요. 어차피 곧 미국으로 돌아갈 거니까요."

그렇게 앞뒤가 이어진 건지 아닌 건지 알 수 없는 묘한 말을 하더니, 마지막에는 단칼로 베듯이 말을 내뱉었다.

"그러니까 친하게 지내지 않아도 돼요."

……아니, 뭐라고?

그 말에 나는 내 귀를 의심하지 않을 수가 없었다.

교실에 작은 동요가 물결처럼 퍼졌다. 나도 모르게 등을 돌려 반 친구들을 살펴보니 예상대로 다들 비슷한 반응이었다.

문제아구나.

이 애는 틀림없이 문제아다. 바다 저편에서 문제아가 왔다. 그것도 우리 반에.

나루사와 이리스 옆에 서 계시던 오카자키 선생님이 미간을 찌푸리며 난처한 표정을 지었다. 그러나 정작 나루사와 이리스는 더는 할 말이 없다는 듯이 곁눈질로 선생님을 흘끗 쳐다보았다.

올해로 교직 생활 10년을 맞은 베테랑 교사임에도 오카자키 선생님은 어떻게 해야 좋을지 모르겠다는 듯이 한숨을 내쉬었다.

"……어쨌든 활기가 넘쳐서 좋아 보이는구나."

선생님은 우리가 이해하기 힘든 말씀을 하더니 손뼉을 두 번 쳤다.

"자자, 모두 조용히 해라."

잠시 후 술렁거림이 가라앉는 걸 보고는 오카자키 선생님이 말을 꺼냈다.

"지금 자기소개를 들어서 알겠지만 나루사와는 워싱턴, 그러니까 미국에서 전학 왔다. 일본어 발음은 다소 어색하지만, 읽기와 쓰기는 문제없단다. 참고로 아버지는 일본인, 어머니는 영국인이란다."

아하.

그럼 혼혈이구나. 그런데 혼혈인 건 둘째 치고, 전학을 오자마자 이런 식의 자기소개를 하다니 앞으로 여러모로 고생할 것 같다. 그래도 얼굴은 예쁘니 잘하면 이 무례한 태도는 쉽게 만회할 수 있을지도 모르겠다.

—

나의 예상을 증명이라도 하듯, 나루사와 이리스는 대놓고 '친구 사절'이라고 선언한 거나 다름없음에도 불구하고, 며칠 동안은 남학생, 여학생 할 것 없이 모든 반 친구들의 선망의 대상이 되었다.

들자 하니 나루사와 이리스는 부모님의 일 때문에 전학이 잦다고 한다. 내 마음대로 상상해보건대, 그 애는 그동안 기껏 쌓은 인간관계를 몇 번이나 리셋하면서 남들과 얽히는 일 자체가 귀찮아진 것이 분명하다.

동정의 여지가 없다고 하면 거짓말이다.

그럼에도 이대로라면 그 애가 반에서 고립되는 건 시간문제라는 생각이 들었다.

그러나 동시에, 그것은 나와는 아무런 상관없는 문제라고도 생각했다.

—

친구가 거의 없는 나는 아이들과 함께 하교하는 일이 없어서 종례가 끝나자마자 교실을 나와 집으로 간다. 그러나 오늘은 청소 당번이라서 10분 만에 교실 청소를 후다닥 끝내고 학교를 나왔다.

그런데 교문을 벗어나 100미터쯤 걸었을 때, 아는 얼굴을 발견했다.

"하루."

친근한 호칭이 호르르 날아왔다. 나를 부른 사람은 아마도 일부러 나를 기다리고 있었던 모양이다.

"청소하느라고 힘들었겠다."

내가 오기를 줄곧 기다린 미요시는 태연한 태도로, 뭐가 그렇게 좋은지 싱글벙글거렸다. 반면에 나는 일부러 화난 표정을 지으면서 약속은 어쩌고 이러냐며 따졌다.

"야, 그런 무서운 얼굴 하지 마."

그러자 미요시는 여봐란듯이 주변을 둘러보고는, 장난스럽게 말했다.

"어차피 여기는 학교도 아니잖아?"

그 말에 나는 어이가 없어서 어깨를 떨궜다. 그런 걸 억지라고 하는 걸 아는지 몰라.

미요시는 나와 같은 반인 6학년 2반 학생이다.

미요시는 키가 별로 크지 않은 나보다도 머리 하나 차이가 날 정도로 훨씬 더 작고, 피부는 뽀얗고 눈이 초롱초롱해서 마치 정글리안 햄스터처럼 생긴 애다. 나와는 대조적으로 성격도 밝고 사교성도 좋아서 친구들도 많다. 그 성격 덕분에 미요시는 나와도 친구로 지낸다.

"하루, 오랜만에 함께 집에 가자."

세상에, 말도 안 돼.

단호히 거부한다는 뜻으로 고개를 내저으며 나는 서둘러 발걸음을 재촉했다.

"하루, 너 너무한다."

등 뒤에서 은근히 뜸을 들이는 미요시의 목소리가 들려왔다.

"자꾸 그렇게 굴면 너희 엄마한테 이를 거다? 하루가 학교에서 나를 완전 무시하고 다닌다고."

……부탁이니까 그것만큼은 봐주라.

협박에 발을 멈춘 나는 하다못해 반항이라도 할 요량으로 한숨을 한 번 크게 내쉬며 뒤를 돌아보았다.

패배 선언과도 같은 내 태도를 보고 미요시는 씩 웃었다.

"야, 이렇게 서서 얘기하는 것도 좀 그런데 오랜만에 하루, 너희 집에 놀러 가도 돼?"

그런 말은 다른 사람을 자기 집에 초대할 때나 쓰는 거라고 톡 쏘아붙이기도 전에 미요시는 뜀박질이라도 하듯이 이쪽으로 다가왔다.

"근데 네가 싫다고 해도 갈 거지만!"

그러고는 가지런한 흰 이를 드러내며 웃었다.

외모는 얌전하게만 보이지만, 녀석은 꽤 짓궂다.

마지못해 내가 고개를 끄덕이자, 미요시는 아까보다 두 배나 크게 미소 짓더니 "와아" 하며 느긋한 탄성을 내질렀다.

—

나와 미요시가 다니는 아사미미나미 초등학교에서 10분 정도 걸으면 아스나로 상점가라는 오래된 시장 골목이 나온다.

그 골목은 1970~1980년대쯤 만들어진 상점가인데 좋게 말하면 옛 정취가 넘치고, 나쁘게 말하면 음울하고 황량한 곳이다.

골목 입구에 내걸린 큰 간판은 오랜 세월 동안 배기가스나 산성비 등의 영향으로 시커멓게 녹이 슬었고, 부옇게 변한 크림색 타일이 깔린 통로는 촌스럽기 그지없다. 그 통로를 오가는 사람들 절반 이상은 아스나로 상점가의 역사만큼 나이가 많은 어르신들이다. 일본의 저출생, 고령화 문제는 사회 교과서에 실린 연령별 인구 추이 막대그래프를 보는 것보다 이 상점가를 100미터쯤 걸어보면 몇백 배는 더 잘 실감할 수 있을 정도다.

그런 만큼, 이곳에서는 정말이지 아이들을 찾아보기 힘들다.

상점가의 어른들은 아스나로 상점가가 아사미 시의 상업적 중심으로서 시민들의 생활 기반을 마련해주고 있다고 입버릇처럼 말하지만 사실은 그렇지 않은 듯하다.

북북동을 정점으로 이등변삼각형 모양을 한 아사미 시는 서쪽으로는 삿포로, 동쪽으로는 에베츠 시가 인접해 있다. 새삼 언급할 것도 없이 삿포로는 홋카이도 제1의 도시이고, 에베츠도 커다란 대형 쇼핑몰이 있어서 제법 살기 편리한 곳이다. 지금 그런 커다란 쇼핑센터가 아사미 시에 없으니까 이 상점가가 간신히 살아남았지, 만약 이 근처에도 대형 쇼핑몰이 생긴다면 분명 여기는 난리가 날 것이다. 그런 것쯤은 이 상점가와 관련된 사람들 모두가 진절머리 나게 잘 아는 사실이지만……

미요시와 어깨를 나란히 하고, 내일이 보이지 않는 아스나로 상점가를 걸었다.

저녁식사 시간 직전에 제일 바쁜 정육점의 튀김 냄새나 늦은 오후 생선 가게에서 풍기는 비린내 등 여러 냄새가 뒤섞여 공기가 텁텁했다. 상점가는 상가 곳곳에 내려진 셔터에서 느껴지는 절망에 휩싸여 있는 것까지는 아니지만, 기세 좋은 호객꾼 소리가 탁구공처럼 튀어 다니는 활기는 없었다.

무엇보다 마치 칙칙하고 커다란 어묵처럼 생긴 아치형 지붕이 하늘을 가려 답답했다.

그 상점가 중간쯤에 자그마한 세탁소가 있다. '와이셔츠 한 벌에 230엔'이라고 적힌 분홍빛 포럼을 내건, 그야말로 상점가에 있을 법한 평범하고 초라한 세탁소다.

나와 미요시는 초등학생들이 드나들 일이 거의 없을 듯한 그 세탁소 자동문을 지나서 안으로 들어갔다. 그러자 카운터에 있던 중년의 여직원이 내가 아니라 옆에 선 미요시를 보고는 환하게 웃음을 지으며 말했다.

"어머나, 미요시! 오랜만이구나."

친근하고 반갑게 부르는 말소리에 미요시 역시 뭐가 그렇게 기쁜지 모르겠지만 활짝 웃으면서 예의 바르게 머리를 숙였다.

"하루네 아주머니, 안녕하세요!"

그렇다. 이 가게, 즉 '사쿠라 클리닝'이 내가 사는 집이다.

나는 이 아스나로 상점가에서 태어나 지금까지 12년 동안 거의 매일 이곳의 공기를 들이마시고 내뱉으며 살아왔다. 그리고 미요시의 집은 이 가게에서 50미터 정도 떨어져 있는, 이 구역에서 꽤 유명한 화과자 상점인 '미요시'다. 그래서 우리는 아주 어릴 때부터 잘 알고 지낸 사이다.

"얘도 참, 친구가 놀러 올 거면 미리 말해주지 그랬니."

난 초등학생으로는 드물게도 핸드폰을 갖고 있었지만, 친구를 집에 초대하면서 굳이 부모님에게 문자를 보낼 정도로 꼼꼼한 성격도 아니다.

"갑자기 놀러 와서 죄송해요."

그렇게 말하며 미요시가 시선을 바닥으로 향하자 엄마는 당황하여 손사래를 쳤다.

"아니야, 괜찮단다. 항상 우리 하루랑 잘 놀아줘서 고맙다."

"아니요. 저야말로 하루에게 항상 도움을 많이 받는걸요."

장사를 하는 집에서 태어나서 그런지 미요시는 어른에게노 주눅 들지 않고 초등학생답지 않게 어른스러운 말투를 쓴다. 내가 미요시를 도와줬다니, 적어도 최근에는 전혀 그런 일이 없었는데. 그 문제는 일단 제쳐둬야겠다.

계속 이렇게 세워놓고 얘기하게 할 거냐는 뜻으로 나는 카운터 테이블을 가볍게 두드렸다.

"앗, 미안해."

엄마는 미요시에게 보이던 표정과는 딴판으로, 나에게 어색하게 미소지었다.

"그래, 나중에 간식 좀 가져다줄게."

그건 분명 나한테 한 말이었지만, 대답을 한 건 미요시였다.

"감사합니다. 너무 신경 쓰실 필요는 없어요."

미요시가 또다시 예의 바르게 감사 인사를 하자 엄마는 얼굴에서 빛이라도 뿜어내듯이 미요시에게 더 부드럽게 웃어주었다. 엄마는 왜 그렇게 미요시를 마음에 들어 하는 건지 모르겠다. 아마 아들인 나보다 훨씬 더 좋아하는 게 틀림없다.

카운터 옆을 지나 손님이 맡긴 옷더미 사이를 빠져나가는데, 뒤에서 미요시가 내 어깨를 가볍게 툭 쳤다.

"하루, 혹시 너희 엄마랑 싸웠어?"

싸웠냐고? 그런 거 아닌데.

고개를 내젓자 미요시는 눈꼬리를 내리며 살짝 어두운 표정을 지었다.

"아니라면 다행이지만 하루, 너는 성격이 좀 퉁명스러우니까."

미요시가 하고 싶은 말이 무엇인지 모르는 바는 아니지만, 굳이 내가 먼저 나서서 그 얘기를 할 필요는 없을 것이다.

접수대 안쪽으로 이어진, 첫 계단이 유난히 높아 위험해 보이는 좁은 계단을 우리 둘이 나란히 올라갔다.

사쿠라 클리닝은 3층짜리 집 한 채를 개조해 만든 세탁소다. 내가 사는 곳은 그중 맨 위층인 3층이다. 1층에는 접수대가 있고, 창고라고 할 만큼은 아니지만 손님 옷을 보관하는 공간이 있다. 2층은 보일러실, 그리고 3층은 우리 가족의 주거 공간이다.

3층으로 올라가기 전에 나는 평소처럼 2층 보일러실 문을 열었다.

순간 뜨거운 바람이 확 끼쳐와 내 뺨을 쓰다듬었다. 보일러실에는 대형 보일러가 있다. 보일러는 세탁소의 심장과 같다. 이게 없으면 다림질을 할 수 없다.

보일러실에서는 늘 그렇듯 테츠지 할아버지, 즉 우리 할아버지가 다리미를 들고 거침없는 손놀림으로 와이셔츠를 다리고 있다. 웅웅거리는 보일러의 기계음 틈으로 셔츠 위를 내달리는 다리미 소리가 박자라도 맞추듯 보일러실에 울렸다.

보일러 소리와 다림질 소리 사이를 메우기라도 하듯, "다녀왔습니다" 하고 인사하자 할아버지는 다리던 와이셔츠를 주름 하나 없이 깔끔하게 개키고 나서야 일손을 멈췄다.

"오, 하루, 어서 와라."

할아버지는 네모난 얼굴에 미소조차 짓지 않고 인사하고는 곧바로 미요시에게 시선을 옮겼다.

"아, 미요시 씨네 집 아이구나. 잘 왔다."

그 말에 미요시는 살짝 긴장한 표정으로 머리를 숙였다.

"안녕하세요, 테츠지 할아버지. 잠시 실례하겠습니다."

"그래, 천천히 놀다 가거라."

할아버지는 그렇게 말하면서 한쪽 입꼬리를 살짝 올리고는 옆에 놓인 바구니 속에서 주름투성이의 다른 와이셔츠를 꺼내 다시 다림질하기 시작했다.

세탁소의 기본이자 일의 꽃인(할아버지는 그렇게 주장했다) 다림질을 우리 가게에서는 할아버지가 전담하고 있다.

할아버지는 내가 등교하기도 전에 보일러에 불을 지피고, 저녁 직전까지 열심히 다리미를 움직이신다. 여태껏 나는 일요일과 백중 명절, 연말연시를 제외하고는 이 시간대에 할아버지가 다림질 말고 다른 일을 하는 모습을 단 한 번도 본 적이 없다. 한여름은 물론이거니와 한겨울에도 뜨거운 목욕탕처럼 푹푹 찌는 이 보일러실에서 할아버지는 반소매 폴로셔츠 아랫자락을 슬랙스 바지춤 속에 꼼꼼하게 집어넣고는 묵직한 세탁소용 다리미를 손에 쥐고 일하신다.

할아버지는 환갑이 지났지만, 우리 집에는 정년퇴직 같은 좋은 제도는 없나 보다. 할아버지는 항상 입버릇처럼 말씀하신다. 다리미를 들지 못하게 될 때가 바로 내가 죽을 때라고.

할아버지에게 얼굴을 보이고 나서 우리는 3층으로 올라갔다. 빈말이라도 넓다고는 절대 말할 수 없고, 3층짜리 건물이지만 천장이 유난히 낮은 우리 집 제일 안쪽에 있는 3평짜리 다다미방이 내가 쓰는 방이다. 그 좁은 곳에는 오래전 돌아가신 할머니께서 결혼할 때 가지고 오신 커다란 전통식 장롱이 두 개나 있어서, 나와 미요시가 들어가기만 해도 방은 마치 만원 전철 안 같다.

미요시는 등에 멘 가방을 벗으면서 내심 기쁜 표정으로 곳곳을 둘러보았다.

"하루, 네 방에 와본 지 정말 오랜만이다."

그 말에 잠시 기억을 더듬어보니, 정말로 최근 반년은 미요시를 이 방에 들인 적이 없는 것 같다.

"아, 풍선 로켓의 설계도다!"

미요시가 내 책상 위에 펼쳐진 도면을 보더니 소리 높여 외쳤다. 내가 풍선 로켓을 만들었다는 걸 아는 사람은 가족 말고는 미요시와 아카네 누나뿐이다.

"그래서 잘 돼가? 이번에는 성공할 것 같아?"

글쎄 과연 어떨지.

지난번 실패 원인이었던 기압 문제는 어떻게든 해결할 수 있을 것 같다. 기압이 내려감에 따라 풍선이 부풀어 터지게 되니까 공기를 낙낙하게 넣은 큰 풍선을 쓰면 된다.

"아하, 그렇구나."

간단히 설명을 해주자 미요시는 그렇게 대꾸는 했지만, 보나마나 무슨 말인지 모르는 게 분명하다.

"그러면 다음 발사는 별문제 없겠구나?"

그다지 관심 없는 얘기일 텐데도 미요시가 맞장구를 치길래 나는 딱히 그렇지도 않다는 뜻으로 고개를 가로저었다.

커다란 풍선을 쓰면 당연히 헬륨가스도 더 많이 필요하다. 그리고 헬륨가스는 제법 가격이 비싸다. 아직 정확하게 계산해보지는 않았지만, 다음에 사용할 큰 풍선에 디지털카메라를 장착한 로켓을 매달아 날려 보내려면 아마 2천 리터가량의 헬륨가스가 필요할 것이다.

미요시는 내 말이 이해되지 않는지 고개를 갸웃거렸다.

"2천 리터를 사려면 돈이 얼마나 드는데?"

미요시 눈앞에 내가 집게손가락 하나를 세웠더니 미요시는 눈동자를 모으며 내 손가락을 주시했다.

"천 엔?"

설마.

"뭐라고!? 그럼 설마 만 엔이라고?"

그렇게 외친 미요시는 마치 문손잡이를 잡다가 정전기가 일기라도 한 듯 놀라 괴상한 표정을 지었다.

"난 지금까지 만 엔이나 하는 걸 사본 적이 없어."

하긴 초등학생이 그만큼의 돈을 쓸 일이 평소에는 없다. 나도 만 엔 짜리 지폐로 산 것이라고는 올해 1월에 구입한 디지털카메라뿐이다.

"그래서 어떻게 할 건데? 그 헬륨가스라는 거, 살 거야?"

그야 물론 살 수밖에 없겠지.

세뱃돈처럼 조금 넉넉한 돈은 어릴 적부터 꾸준히 모았기에 디지털카메라를 산 지금도 만 엔 정도는 어떻게든 마련할 수 있다. 물론 큰 지출이지만 말이다.

나의 대답에 미요시는 잠시 생각에 잠긴 표정을 짓더니 나를 슬쩍 올려다보았다.

"뭣하면 나도 조금 보탤까?"

그러더니 매우 친절한 제안을 했다.

"하루, 너만큼은 아니지만 나도 세뱃돈을 모아뒀으니까 5천 엔 정도는 보탤 수 있는데."

솔직히 그건 아주 고마운 제의였다. 그렇지만 난 단박에 고개를 내저었다. 내 자기만족으로 하는 일에 친구가 열심히 저금한 돈을 쓸 수는 없는 노릇이었다.

"그럼 너희 아빠나 엄마한테 빌리든가."

그 말에도 난 고개를 흔들었다. 부모님한테 돈을 달라고 할 수는 없었다. 그러면 아무 의미가 없기 때문이다.

그도 그럴 것이 풍선 로켓, 정확히 말하자면 풍선을 이용하여 성층권에서 공중사진을 찍는 일은 내가 세계 최초로 도전하는 것이 아니다. 그건 세계 곳곳에서 다양한 사람들이 시도해보는 일이다. 내가 좋아하는 JAXA나 NASA에서도 관련된 실험을 한다. 초등학생 중에서 성공한 사람은 없을지도 모르겠지만 아마도 중학생 중에는 있었던 것 같다.

그러니까 인터넷으로 검색해서 꼼꼼히 조사하면 풍선 로켓 발사에 성공하는 것은 그다지 어렵지 않을지도 모른다.

하지만 그래서는 별 의미도 없다.

나는 가급적 내 힘만으로 풍선 로켓을 만들어 쏘아 올리고 싶다.

물론 그렇다고 인터넷 조사를 전혀 하지 않는 것은 아니다. 헬륨가스의 부력 계산에 필요한 공식 같은 것도 인터넷을 통해 알아낸 내용이다.

그 이상의 것은 가능한 한 조사하지 않는다.

구체적으로 말하자면, 풍선 로켓을 고도 3만 미터 높이까지 쏘아 올리는 데 얼마나 큰 풍선을 쓰고, 헬륨가스를 실제로 얼마나 사용했다는 누군가의 경험을 그대로 따른 적은 한 번도 없다.

그런 건 스스로 정한 규칙을 위반하는 일이다.

그렇게까지 꼼꼼하게 조사한다면 과학 수업에서의 단순한 실험과 별반 차이가 없다. 교과서에 적힌 대로 실행했더니, 책 내용대로 변화가 일어났다, 성공이다. 잘됐다, 하는 수준으로는 안 된다.

그런 식으로 해서는 내가 무능하지 않다는 것을 증명할 수 없을 것이다.

게다가 그런 구실로는 부모님께 돈을 빌릴 수 없다. 그렇잖아도 매월 용돈을 받을 때마다 거북한 마음이 든다.

마음속의 답답함을 떨쳐버리기 위해 화제를 바꾸기로 했다. 미요시가 이렇게 우리 집까지 온 이유는 풍선 로켓 제작이 얼마나 진행됐는지 궁금해서가 아닐 것이다.

앉은뱅이책상을 사이에 두고 미요시와 나는 방석에 앉았다.

"있잖아, 별다른 말은 아니고, 네 생각 좀 듣고 싶은데……."

왠지 모르겠지만, 말을 꺼내는 미요시의 표정에 그림자가 드리워졌다.

"실은 나루사와 말이야."

나루사와. 전학생, 나루사와 이리스.

……아아.

아하, 그런 거였구나.

그 한마디로 미요시의 의중을 나는 바로 알아차렸다. 이 친구의 착한 성격에는 솔직히 좀 문제가 있다. 미요시(三好)의 이름에 있는 한자 '좋을 호(好)'는 착한 사람을 뜻하는 게 분명하다.

아니, 그 애가 친구 못 사귀고 혼자 지내는 게 뭐가 문제람.

내가 어이없다는 식으로 어깨를 으쓱하자, 그런 나에게 불만을 표하듯 미요시는 살짝 눈을 흘겼다.

"하루, 넌 왜 그리 애가 차갑냐?"

미요시는 고개를 천천히 흔들고는 덧붙였다.

"같은 반 친구잖아."

너는 항상 이렇다. 너의 그런 태도가 나는 싫다.

같은 반 친구라서 어쩌라는 건지. 나한테는 같은 반 애들이란 특별히 친하지 않은 한 그저 우연히 같은 전철을 탄 승객들과 별반 차이가 없다. 물리적으로 거리가 아무리 가까웠어도 떨어져 있게 되면 얼굴조차 생각나지 않는다.

아니, 나루사와가 외톨이인 게 안타까우면 네가 친구 하면 될 일이잖아.

내가 그렇게 말하자 미요시는 뚱한 표정을 지었다.

"하루 네가 잘 모르나 본데, 그렇게 간단한 문제가 아니야. 말을 걸어도 무시당할 때가 얼마나 많은데."

그건 단순히 나루사와가 일본어를 잘 모르기 때문만은 아닐 것이다. 수업시간에 선생님의 질문에 대답하는 모습을 보면 나루사와의 일본어 실력은 일상 대화가 불편할 정도는 아니었다. 그렇다면 미요시가 말을 걸어도 무시당한 이유는 나루사와가 누굴 상대하기 귀찮기 때문일 것이다.

더구나 나루사와는 미요시에게만 그런 게 아니다. 전학 온 첫날의 자기소개대로 어차피 곧 이사 갈 테니 누군가와 친해지는 일 자체가 성가신 게 분명하다.

나는 나루사와가 외톨이인 것은 스스로의 선택이라고 미요시에게 말해주었다.

"으음……."

그러나 미요시는 여전히 납득되지 않는지 탁자에 턱을 괸 채로 말했다.

"근데 과연 정말로 외톨이가 되고 싶어 하는 사람이 있을까?"

당연히 있지.

지금 네 눈앞에 있는 사람이 딱 그런 사람이잖아.

미요시가 자리에서 벌떡 일어났다. 얼굴이 굳어 있었다. 평소의 살가운 분위기가 온데간데없어져 나는 큰일 났다 싶었다.

아차, 실수했다. 괜한 얘기를 했다.

"있잖아, 하루."

이참에 얘기한다는 태도로 미요시는 말을 꺼냈다.

"학교에서는 말 걸지 말라는 약속은 언제까지 지켜야 해?"

내가 자초한 일이긴 하지만, 벌써 여러 번 꺼내는 얘기에 나는 짜증이 났다.

그 약속은 초등학교를 졸업할 때까지라고 나는 이미 말했었고, 미요시도 그걸 잊었을 리 없다.

"지금대로면 하루는 계속 외톨이잖아."

이 말도 거듭 하지만, 나는 혼자여도 괜찮다니까.

나루사와만큼은 아니지만, 나도 혼자 있는 게 더 좋다. 그러는 게 힘든 적도 없다. 적어도 지금까지는 그렇다.

그러나 미요시는 그런 나를 전혀 이해할 수 없다는 듯 아랫입술을 깨물면서 살짝 고개를 숙였다.

"하루는 아무 잘못도 없는데."

미요시의 말에 나는 분명하게 고개를 저었다.

아니야, 미요시. 그 말은 네가 너무 내 편만 들어주는 거야. 난 나쁜 짓을 했어. 반 친구들 모두가 나를 피하는 것도 당연해. 그러니까, 내가 지금 반에서 외톨이인 것은 당연한 일이야.

그렇다. 나루사와 이리스처럼, 아니, 어쩌면 그 애보다 내가 더 우리 반에서 고립된 상태일지도 모른다. 따돌림당하는 건 아니지만 나는 반에서 상대하면 안 될 존재로 취급받고 있다.

마음 착한 미요시만 상점가의 이웃사촌 같은 사이여서인지 이렇게 나한테 신경을 써준다. 하지만 남들보다 훨씬 사람의 악의에 둔감한 이 친구는 나와 친하게 지내는 것을 주변에서 어떤 눈으로 볼지 잘 상상하지 못하는 것 같다.

그래서 학교에서는 내게 말을 걸지 말라고 미요시에게 단단히 못 박아두었다. 바로 이것이 미요시와 나의 약속이다.

"선생님께 말씀드리는 게 좋지 않을까?"

미요시의 말에 나는 천천히 고개를 저었다.

오카자키 선생님은 나한테 충분히 잘해주고 있다. 나의 생각이 당돌할지 모르지만 어쨌든 사실이다.

안 그래도 요즘 나루사와가 전학 와서 신경 쓸 일이 많다. 그러니 선생님께 부담 드리지 않는 게 좋겠다. 미요시의 착한 마음을 건드리며 나는 그렇게 달랬다.

"그렇다면야……. 응, 그래야지. 지금은 좀 타이밍이 안 좋을지도 몰라……."

그렇게 다독인 덕분에 미요시도 지금 당장은 이해를 한 모양이다.

그럼에도 이 친구는 분명히 한 달만 지나면 또다시 같은 말을 꺼낼 것이다. 미요시의 간섭은 이제 거의 병적이다. 혈액 속에 오지랖 세균이 바글바글할 게 분명하다.

"내가 보기에는 나루사와랑 하루가 친하게 지내면 일거양득인데. 혹시 괴짜끼리 의외로 죽이 잘 맞을지도 모르잖아?"

느닷없이 미요시가 태연하게 독설을 내뱉었다.

나는 나루사와가 어떻든 조금도 관심 없다고 솔직한 심정을 전했다.

"또 그런다."

미요시가 어울리지 않는 도발적인 미소를 지었다.

"솔직히 나루사와는 엄청 귀엽잖아. 인형처럼 말이야. 하루, 너도 그렇게 생각하지?"

뜬금없는 말에 나도 모르게 나루사와 이리스의 모습을 머릿속에 떠올렸다.

하긴 미요시 말대로 나루사와 이리스는 귀엽긴 하다.

혼혈이라서 그런지 이목구비도 또렷하다. 게다가 산뜻하고 반듯한 인상이다. 교실에서는 항상 뚱한 표정이지만, 점심시간에 도서실에서 책을 읽고 있을 때면 가끔 해맑은 표정을 짓기도 한다. 언젠가 도서실에서 나루사와가 『맑음 때때로 뿌이뿌이』라는 책을 읽으면서 싱글싱글 웃고 있을 때의 얼굴은 꽤 귀여웠다. ……물론 내가 그렇게 느꼈다는 걸 미요시한테 순순히 털어놓는 짓은 절대로 안 할 거지만.

어쨌든 그 애와 깊게 얽히려 하지 않는 편이 좋을 것 같다. 물론 친구와 사이좋게 지내려는 마음가짐은 좋다. 하지만 우리가 친하게 지내는 것을 나루사와가 원하지 않는다면 괜히 민폐만 끼치게 된다. 자칫 상황만 불편해진다.

나는 짐짓 심각하게 미요시에게 주의를 주었다.

"응, 알아. 나도 조심할 테니까."

미요시는 진지한 얼굴로 그렇게 대답할 뿐이었다. 입으로만 하는 소리가 아닌 건 분명했지만, 그래도 나는 미요시의 반응에 눈살을 찌푸릴 수밖에 없었다. 지금 당장은 얌전히 있어도 한번 무언가를 하겠다고 마음먹은 미요시에게는 이제 무슨 말을 해도 소용없기 때문이다.

나는 정해져 있었던 것 같은 대사를 마음속에 떠올리고 말았다.

귀찮은 일이나 안 일어나면 좋겠는데, 라고.

하지만 꼭 이런 생각을 하기가 무섭게 뭔가 성가신 일이 일어나는 건 일종의 법칙인지도 모른다.

—

그 골치 아픈 일이 나를 덮친 것은 한 주가 지난 금요일, 방과 후였다. 칸토 지역에 구름이 가득해서 그런지 그날은 아침부터 조용히 비가 내렸다. 종례 때까지도 창밖은 촉촉히 젖고 있었다. 나는 도서실로 발걸음을 옮겨 책이라도 보면서 비가 그치길 기다리기로 했다.

방과 후여서 도서실에는 학생들이 거의 없었다. 집으로 빌려가지 않고, 도서실에서 시간 날 때마다 조금씩 읽고 있는 '셜록 홈즈' 시리즈 한 권을 집어 들고 나는 창가 특등석에 자리를 잡았다.

그런데 불쑥 창문 저편에서 밝은 색의 무언가가 움직인 것 같았다.

얼굴을 들어보니 유치원생 모자색 같은 형광 노란색 우산을 쓴 여자아이가 아무도 없는 운동장 한구석에서 무엇을 하는지 꿈지럭거리고 있었다.

우산에 가려 얼굴을 알아볼 수 없었지만, 우산 바깥에 드러난 화사한 금발이 슬쩍슬쩍 눈에 띄었다. 나루사와가 확실했다.

뭘 찾고 있는지 그 애는 몇 번씩이나 이리저리 이동했다가 쪼그리고 앉는 동작을 반복했다. 비는 여전히 내리고 있었다.

무엇을 찾고 있는지 모르겠지만, 땅바닥이 흠뻑 젖어 있을 텐데 왜 이런 날씨에 그러고 있는 것일까……

어쨌든 나와는 아무 상관도 없는 일이다.

그렇게 마음속으로 중얼거리며 나는 한 손으로 펼치고 있던 책으로 시선을 옮겼다. 책에서는 마침 홈즈가 사건을 멋지게 해결하고 있었다.

내 알 바 아니다.

나루사와 이리스가 뭘 하든 내 알 바가 아니라고.

—

그렇게 생각해버리고는 책을 읽기 시작한 지 30분쯤 지났다. 그런데 자꾸 짜증이 났다. 평소대로라면 홈즈의 멋진 활약을 즐기면서 만족감에 사로잡혀 있을 텐데!

마음속에는 짜증이 쌓여갔지만, 나의 시선은 벌써 몇 번이나 창밖으로 향했다. 30분 전과는 달리 나루사와는 체육관 옆으로 이동했다. 마치 몸을 숨길 데를 잃은 민물 게처럼 나루사와는 좌우로 왔다 갔다 했다. 잔뜩 울상을 지은 채.

하늘을 보니 그렇게 두꺼웠던 먹구름은 동쪽으로 물러갔다. 하늘은 넓게 열렸고, 비는 그쳤다. 곧이어 나루사와도 우산을 접었지만, 그 애의 표정은 잃어버린 물건을 찾지 못해 눈물이 터지기 일보 직전인 우거지상이었다. 그뿐만이 아니었다.

건성으로 책을 읽다가 슬쩍슬쩍 엿보니, 나루사와는 이미 찾아본 장소를 다시 살피고 있었다. 거기에서는 잃어버린 물건을 발견할 가능성이 없어 보이는데도 말이다. 설마 살아 있는 강아지나 새끼 고양이를 찾는 건 아닐 테고.

나는 무모한 행동이 제일 싫다. 분실물을 찾을 거면 확실하게 찾으려고 애를 쓰란 말이야. 제대로 못할 거면 내 눈앞에 얼쩡대지나 말든가. 제발 부탁이다. 둘 중 하나만 해라 좀.

아아, 미치겠다.

이제 열몇 장만 더 읽으면 끝인데 도통 책 읽을 맛이 나지 않았다. 나는 펼쳐뒀던 책을 덮고는 한숨을 쉬면서, 그런 나를 아무도 보지 않는다는 걸 알고는 허리를 앞으로 쭉 내밀어 의자에 늘어지듯 기대었다.

……에이, 집에나 가자.

그래, 돌아가자. 이제 비도 그쳤으니까.

나는 벌떡 일어나서 도서실을 나섰다. 계단을 내려가 신발장이 늘어선 중앙 현관으로 향했다. 실내화를 벗고 운동화로 갈아 신었다. 군데군데 녹이 슨 철제 우산꽂이에는 비 오는 날마저도 아무도 사용하지 않는, 우산대가 부러진 비닐우산과 함께 초등학생이 들기에는 다소 큰 남색 우산이 주인인 나를 기다리고 있었다.

펼칠 필요가 없어진 우산을 공중에 8자 모양을 그리듯 휘두르면서 출입구를 빠져나가 교문으로 향했다.

저 멀리 시선을 돌리자 서쪽 하늘이 환했다. 조금만 있으면 아름다운 석양이 드리울지도 모른다. 비가 막 그친 후에는 공기 중의 미세먼지가 씻겨 나가서 하늘이 평소보다 훨씬 맑아 보인다.

그런 생각을 하면서 교문을 나서서 20미터 정도를 걸었다.

걸어야 했는데. 어쩐지 몸이 자꾸 근질거렸다.

그럼에도 억지로 50미터 정도를 더 걸었는데, 한 걸음씩 옮길 때마다 근질거림이 점점 심해졌다. 온몸이 가려웠다. 진짜로 가려운 건 아니었지만, 희한하게도 참을 수 없을 정도의 가려운 느낌이 들었다. 손등을 벅벅 긁었다.

……아아.

아아, 아앗!

돌아가고 싶은데. 빨리 집으로 가고 싶은데.

따듯한 우리 집이 나를 기다리고 있는데.

젠장. 젠장, 젠장, 젠장! 아, 미치겠다. 이럴 줄 알았더라면 도서실을 들르지 말고 바로 집에 갈걸 그랬어!

나는 마지막 저항이라도 하듯이 땅바닥을 향해 우산을 한 번 세게 내리치고는 그 자리에서 발길을 돌렸다.

다시 교문을 지나 건물 중앙 현관을 반대쪽으로 빠져나와 운동장으로 나갔다. 땅바닥은 심하게 질척거렸다. 진흙이 신발 밑창을 쩍쩍 빨아들이는 것만 같았다. 이런 곳에서 물건을 찾다니 참으로 바보 같은 짓이 아닐 수 없었다.

그렇게 찾아간 운동장 구석 그 자리에 나루사와는 아직도 있었다. 여전히 울상을 지은 채 말이다.

아니, 아예 눈물까지 흘리고 있었다.

그 애는 접은 형광 노란색 우산 끝으로 키 작은 산울타리를 무작정 찔러대기만 했다. 본인은 무언가를 찾을 생각으로 하는 행동일지도 모르겠지만, 내 눈에는 벌써 다 포기했다는 심정이 빤히 보였다.

평소의 몽실몽실한 금발은 비를 맞아 축축해 보였다. 홋카이도의 봄비는 비교적 차가울 것이다. 워싱턴에 살았다고 하니 아마 그렇게 느낄 것이다. 옷도 진흙투성이였고, 몇 번이나 흙바닥에 닿았는지 무릎은 더러워져 있었다. 운동화는 진흙으로 엉망이었다. 아마 양말도 흠뻑 젖었을 거다. 그 찝찝한 느낌을 상상하자 나는 미간이 찌푸려졌다.

잠시 후, 나루사와 이리스는 내가 자신을 보고 있다는 걸 알아차렸다. 그러나 그 애는 아무 말도 하지 않았다. 내 모습을 보자마자 눈망울에 매달고 있던 눈물을 열심히 문질러 닦더니 경계하는 것이 아닌 위협적인 표정으로 노려볼 뿐이었다. 이런 상황에서 그렇게 공격적일 필요가 있을까. 물론 애절한 눈빛으로 보는 것보다는 나을지도 모르겠지만.

망설이던 나는 항상 주머니에 넣고 다니는 샤프펜슬을 손으로 만지작대면서 간단한 일본어로 그 애한테 물었다. 뭘 찾느냐고.

그러나 내 물음에도 나루사와는 고개만 홱 돌려버렸다. 슬그머니 짜증이 났다. 내가 말한 일본어를 못 알아들었을 리가 없을 테니 그 애의 반응은 참견 말라는 뜻이 분명했다. 그때까지 나루사와와 대화한 적은 없었지만, 소문대로 싸늘한 아이였다.

하지만 그대로 물러설 거였으면 여기에 오지도 않았다. 왜냐하면 나는 딱히 나루사와를 도와주고 싶어서 온 게 아니었기 때문이다. 그저 내 마음을 개운하게 만들고 싶을 뿐이었다. 자기만족은 중요하다. 아주 중요한 일이다.

그래서 얼른 비장의 수를 쓰기로 했다. 물론 말만 그렇지, 특별한 비법은 없었다.

나는 손으로 샤프펜슬을 한 번 돌리고는 그 애가 쉽게 말문을 열도록 내 모국어가 아닌 다른 언어, 즉 영어로 뭘 찾고 있는지 물었고, 나를 무시하지 말라고 덧붙였다.

「엇!」

나루사와는 쌍꺼풀 진 눈을 크게 치켜떴다.

「너, 영어 할 줄 알아?」

그렇게 영어로 외치더니, 아차, 싶은 표정을 지었다. 그런 나루사와 앞에서 나는 묘한 뿌듯함을 느꼈다. 마치 도랑에 있던 커다란 민물 게를 멋지게 낚아 올렸을 때와 비슷한 기분이었다.

그 애의 물음에 나는 고개를 끄덕였다. 그러자 나루사와는 나와의 대화가 조금 불편하다는 기색을 보이면서도 조심스러운 어조로 말을 이었다.

「어, 어떻게 영어를 할 줄 아는 건데……?」

내가 어떻게 영어를 할 줄 알까. 그 이유는 당연히 한 가지뿐이다.

공부하고 있기 때문이다.

아주 오래전부터, 그것도 꽤 열심히.

그럴 수밖에 없는 게, 우주 관련 뉴스는 영미권, 특히 미국에서 제공될 때가 압도적으로 많다. 게다가 NASA든 JAXA든 우주와 관련된 기관에서 일하려면 영어 구사 능력은 필수다.

그래서 나는 초등학교에 입학한 직후부터 5년 넘게 꾸준히 영어 공부를 하고 있다. 작년까지 이웃에 사는 재미교포 대학생한테 과외도 받아서 듣기 실력도 나름 괜찮다. 그 과외 선생님은 다소 특이한 성격이긴 했지만, 내가 이렇게 영미권 원어민과 무난히 의사소통을 할 수 있는 것을 보면 영어를 가르치는 실력만큼은 좋았던 것 같다.

너무 놀랐는지 나루사와는 뭍으로 끌려 올라온 잉어처럼 입만 뻥긋거렸지만, 나는 그걸 보고만 있을 수 없었다. 너한테 무슨 덕을 보려는 게 아니니까 무슨 사정인지 빨리 말하라고 재촉했다. 너 때문에 오늘 책도 못 읽었다고 말하고 싶었지만, 어차피 내 사정을 이해하지 못할 테니 그 말은 참았다.

영어로 말을 걸었는데도 나루사와는 의심스러운 눈빛으로 바라보기만 했다. 그래도 영어여서 조금이나마 마음의 벽이 낮아졌는지 그 애는 나직이 말했다.

「메리가 없어졌어.」

호오오.

아하, 그렇구나. 메리가 없어진 거구나. 그거 참 큰일이네.

그게 누군데?

「인형 말이야! 토끼 인형!」

나루사와가 바로 언성을 높였다.

아아, 인형. 나루사와가 전학 온 첫날 교실에 들고 온, 그 꾀죄죄하면서 축 늘어진 그것 말이구나.

언제 어디서 잃어버렸냐고 묻자, 나루사와는 시선을 늘어뜨리며 대답했다.

「어제 4교시, 체육시간 전까지만 해도 있었어.」

체육 수업이라. 그건 아주 뻔하고도 흔한 일이었다. 체육시간 후에 뭔가가 없어졌다는 건 대부분 누가 일부러 숨겼거나 훔쳐갔다는 뜻이다. 아마도 전자의 가능성이 높을 것이다. 물건을 숨기는 것과 훔치는 것은 당한 처지에서 보자면 결과는 똑같지만, 저지르는 쪽에서 보자면 그 의미는 매우 다르다. 숨기는 것은 훔치는 것과 달리 물건이 탐나서가 아니라 물건의 주인을 괴롭히기 위한 것이다.

「가방 속에 잘 넣어두었는데 어제 점심시간에 보니 없어졌지 뭐야.」

그렇게 말하며 나루사와는 주름지는 것도 개의치 않고 치맛자락을 꽉 쥐었다. 또다시 울음을 터뜨릴 것만 같았다.

「아마 카리야네 패거리 짓이겠지.」

카리야 슈코는 6학년 2반의 리더이자 보스 같은 여자애다. 그 애가 진짜 그런 짓을 했는지는 알 수 없지만, 우리 반에서 남의 물건을 숨기는 대담한 짓을 할 만한 애는 그 애뿐이긴 하다.

「……싫어.」

그런 생각을 하고 있는데, 나루사와는 토라진 듯 말을 내뱉었다.

「카리야 슈코, 걔 짜증 나.」

펭귄은
하늘을
올려다본다

밉살스럽다며 쏟아내는 나루사와의 말투에 난 자꾸만 웃음이 비어져 나왔다.

나루사와에게 같은 반 아이들은 모두 길바닥에 나뒹구는 빈 깡통 정도일 줄만 알았는데, 아무래도 그렇게 단순한 문제는 아닌 모양이다. 그런데 아까부터 왜 운동장 주변만 찾고 있는 건데? 여기에 숨겼다고 짐작할 이유가 있냐고 물어보니 나루사와는 입을 삐죽였다.

「그거야 체육시간에 없어졌으니까…….」

왜 얘기가 그렇게 되냐.

설령 체육시간에 누가 숨겼다고 해도 인형처럼 눈에 띄는 물건을 운동장까지 버젓이 가지고 올 리는 없다. 아마 옷을 갈아입을 때나 혹은 교실에서 운동장으로 이동하는 사이에 슬쩍 숨겼을 거다. 교실 안을 잘 찾아보긴 한 걸까?

「다 찾아봤단 말이야!」

나루사와는 날카롭게 외쳤지만 미덥게 들리지 않았다.

말이 교실 안이지, 사실 교실에 있는 모든 책상, 사물함, 청소도구함, 거기에 급식 주머니 등등을 생각하면 찾아봐야 할 곳은 운동장보다 훨씬 많다.

그런 곳들도 전부 꼼꼼하게 찾아봤냐고 따져 묻자, 예상대로 나루사와는 자신 없는 표정으로 낯빛을 흐렸다.

「거기까지는 안 찾아봤어…….」

거봐라. 운동장 구석이나 뒤지는 것보다 우선 거기부터 찾아야 할 것을.

내가 어이가 없어서 어깨를 으쓱하자 나루사와는 마치 선생님께 꾸중이라도 들은 표정을 지으며 억지스러운 변명으로 대꾸했다.

「그래도 남의 책상 속을 함부로 보는 건 나쁘잖아.」

그 말은 맞지만, 이런 상황에서 그 예의를 지킬 필요는 없을 것 같은데. 어린애 같은 외모에 비해 의외로 나루사와는 어른스러운가 보네?

아니, 아니다. 오히려 그 반대다. 원래 어린아이일수록 착한 일과 나쁜 일의 경계를 상황에 따라 조절할 줄 모르는 법이다. 화장실에 가고 싶은데도 한계에 다다를 정도로 참는다거나, 차가 전혀 지나다니지 않는 도로의 신호등이 초록색으로 바뀌길 끝까지 기다린다든가. 물론 교통법규를 지키는 건 중요하다. 하지만 모든 일은 때와 장소에 따라 달라질 수 있다.

어쨌든 먼저 교실 안에서부터 찾아봐야겠네.

내가 걸음을 내딛자, 나루사와 이리스는 미묘하게 거리를 두긴 했지만 터벅거리며 순순히 뒤를 따랐다.

—

6학년 2반 교실은 학교 건물의 꼭대기인 4층에 있다.

이미 4시가 지나서 교실에는 아무도 없었다. 다행이다. 누구든 있으면 여러모로 일이 귀찮아질 테니 말이다.

교실의 뒤편, 벽면 가장자리에는 철제 사물함이 늘어서 있는데, 각 사물함은 학생마다 배정되어 있다. 사물함에는 여닫이 문이 있지만, 잠금장치는 없다.

나는 책상 속을 찾을 테니까 넌 사물함 쪽을 찾아보라고 하자, 나루사와는 불안한 얼굴로 물었다.

「남의 사물함을 건드리면 혼나지 않아?」

⋯⋯선생님께 혼나는 거랑 인형을 못 찾는 것 중에서 뭐가 더 싫은데?

그러자 나루사와는 입을 앵 다물더니 뚱한 표정을 지으면서 외쳤다.

「인형 아니야. 메리란 말이야!」

대답하기 불편했는지 이렇게 내게 쏘아붙이더니 나루사와는 반 친구들의 사물함을 하나하나 뒤지기 시작했다.

나도 마흔 개가량 되는 책상들을 하나씩 살펴보기 시작했다.

대부분의 책상은 안을 슬쩍 들여다보기만 해도 인형이 없는 것쯤은 금세 알 수 있었다. 서랍에 인쇄물이나 교과서 등이 가득한 책상도 있었고, 급식으로 받았던 건포도 빵에 곰팡이가 핀 채로 방치된 책상도 있었다. 참고로 마음 착한 나는 그걸 그 책상 안에 들어 있던 인쇄물 중에서도 특히 중요해 보이는 '수업 참관 안내문'에 말아서 쓰레기통에 버려주었다. 그 책상 주인은 나중에 엄마한테 한바탕 혼나는 게 좋을 거다.

마지막 책상까지 다 살펴보아도 토끼 인형은 찾을 수 없었다.

사물함을 모두 뒤져본 나루사와도 푸른 눈동자를 나한테 향하고는 고개를 내저었다. 그쪽도 허탕인 모양이다.

이후 우리는 교실 벽에 걸린 반 친구들의 급식 주머니도 찾아보았지만 소용없었다. 금요일이어서 주머니를 집에 가져가 세탁해야 할 텐데도 몇 개나 남아 있었다. 빨지 않은 채 몇 주간이나 방치한 것들일 터였다.

우리는 또 청소도구함이나 교탁 속까지 눈에 닿는 대로 모든 곳을 찾아봤지만, 토끼 인형 메리는 보이지 않았다.

「없어! 교실에도 없잖아!」

이제 어떻게 할까 고민하고 있는데 나루사와는 그 자리에서 발을 동동거리며 마치 메리를 잃어버린 게 내 책임이라도 되는 듯 성질을 냈다. 딴에는 찾는 걸 도와주고 있는데 이런 말을 들으면 당연히 기분이 나빠질 법한데도 나루사와의 태도가 너무 유치하다보니 나로서는 화나기는커녕 신기할 따름이었다.

나는 토끼 인형이 교실에 있을 거라고 단언하지 않았다. 체육시간이면 학생들이 교실에서 옷을 갈아입으니까 인형이 교실에 있을 가능성이 크다고 추측했을 뿐이다.

하는 수 없지.

내키지는 않지만, 다음은 화장실을 찾아볼까. 아이들의 못된 장난으로 분실된 많은 물건들이 화장실에서 발견되는 법이다. 어디의 법이 그런지는 나도 잘 모르겠지만.

「찾아봤어! 화장실도 이미 다녀왔단 말이야!」

얘는 뭐가 이렇게 불평불만이 많은지.

찾아봤다니, 남자 화장실도? 교직원용 화장실까지 남김없이 다 찾아봤다고?

순간 나루사와는 멈칫했지만, 항변이라도 하듯 얼굴을 발갛게 물들이고는 몸을 내밀며 외쳤다.

「난 여자라고! 선생님도 아니란 말이야!」

남녀용을 가리지 않고 학교의 화장실을 전부 뒤졌다. 운동장 한쪽에 있는 창고 안도 살펴보았다. 그곳에 있는 뜀틀 안쪽까지 샅샅이 확인했다. 토끼 사육장도 엿보았다. 정말 토끼밖에 없었다. 철망 울타리를 타고 올라가서 물 없는 수영장 바닥도 내려다보았다. 분실물을 주웠다는 신고도 들어와 있지 않았다. 체육관에도, 도서실에도, 과학실에도, 미술실에도, 컴퓨터실에도, 방송실에도, 심지어 교장실에도 토끼 인형은 없었다.

나루사와는 인형을 찾는 동안에도 자꾸만 훌쩍거렸다. 메리가 없어. 메리, 어디 있니? 메리 좀 돌려줘. 메리, 메리, 그 소리만 해댔다.

나루사와는 메리를 애타게 부르다가 지쳤는지 말수마저 줄어들었다.

"곧 5시입니다. 학교에 남아 있는 학생들은 하교해주세요."

하교를 재촉하는 교내 방송이 스피커를 통해 흘러나왔다. 손목시계를 보니 5시였다. 6시가 되면 경비원 아저씨가 교문을 완전히 닫을 거다.

뒤돌아보니 나루사와는 무척 지친 표정이었다. 하긴 토끼 인형 메리가 사라진 게 어제였으니 이 애는 아마 어제도 지금처럼 늦게까지 인형을 찾아다녔을 거라는 생각이 새삼스럽게 들었다.

그러던 중, 나루사와가 더는 못 버티겠다는 듯 자리에 털썩 주저앉았다.

그 애 무릎의 진흙은 완전히 말라서 마구 갈라진 조각품처럼 되어 있었다. 나루사와도 내 시선을 보고 알아차렸는지 말라붙은 흙을 손가락으로 털어냈다. 손가락은 풀잎 따위에 베였는지 피가 맺혀 있어서 딱해 보였다.

그런 나루사와를 앞에 두고 갑자기 나는 전혀 다른 방향으로 짜증이 났다.

저지른 쪽은 그냥 장난삼아 한 짓일 거다. 그래 봤자 숨긴 것은 꾀죄죄한 인형이니 말이다.

인형을 잃어버렸다고 무슨 큰일이 난 건 아니다. 단정할 수는 없지만, 그다지 비싼 것도 아닐 테다. 그리고 인형은 원래는 학교에 가져오면 안 되는 것이기도 하다.

사교성이 부족한 전학생이 마음에 들지 않는다는 작은 심술로 벌인 일이었다. 그 심정을 이해하지 못하는 건 아니다. 하지만 사소한 심술이 남한테 큰 아픔을 줄 수도 있다. 그런 간단한 사실조차 모르다니. 하긴 우리는 겨우 열두 살로, 아직 어리다. 그래도 이런 짓은 너무 유치하다. 우리가 왼쪽, 오른쪽도 구별 못 하거나 뭐가 좋고 나쁜지 모르는 아기도 아닌데.

우산을 쓰고 있었지만 봄비를 흠뻑 맞은 나루사와의 옷은 젖어 있었다. 여기에 계속 있다가는 감기에 걸릴지도 모른다.

이젠 집으로 돌아가는 게 좋을 거라고 솔직한 마음으로 나루사와에게 권했다. 하지만 나루사와는 고개만 가로저었다. 하는 수 없이 내가 마저 찾아보겠다고 말해도 나루사와는 도리질만 했다.

「어디 더 찾아볼 곳이 없을까?」

아무래도 포기의 선택지는 없는가 보다. 나루사와는 자기가 감기에 걸리든 말든 인형을 찾을 수 없다는 게 더 견디기 힘든 모양이다.

그런 나루사와의 집념에 내심 경의를 표하며 나는 그 애를 학교 후문 옆에 있는 쓰레기장으로 안내했다.

내 예상대로 쓰레기장에는 쓰레기를 빵빵하게 채운 투명한 쓰레기봉투가 높다랗게 쌓여 있었다. 청소업체가 수요일과 토요일에 이곳 쓰레기를 수거해가기 때문에 그 전날에는 이렇게 쓰레기가 넘쳐나곤 한다. 물론 지금은 꼭 찾아야 할 게 있으니 쓰레기장이 텅 비어버린 것보다는 이 상황이 낫다.

솔직히 이곳을 먼저 찾아봐야 한다는 걸 모르는 바는 아니었다. 다만 산더미처럼 쌓여 있을 게 뻔한 쓰레기봉투를 하나씩 살피는 일이 싫었을 뿐이다.

그렇지만 이젠 이 쓰레기장 말고는 더는 찾아볼 곳이 없었다. 만약 여기에도 없다면 진짜 포기해야 할지도 모른다.

누가 먼저라고 할 것 없이 우리는 곧바로 영역을 분담해서 쓰레기봉투를 하나씩 열어보았다. 교실에서 나온 쓰레기가 대부분이어서 심하게 썩은 내를 풍기는 것은 거의 없었다. 그래도 맨손으로 남이 버린 쓰레기를 뒤적이는 건 솔직히 매우 불쾌했다. 꼭 쓰레기가 더러워서라기보다 쓰레기 더미를 헤집고 있다는 사실 자체에 거부감이 들었다.

하지만 바로 옆에서 나루사와가 옷이 더러워지는 것도 신경 쓰지 않고 거침없이 쓰레기 더미 속에 손을 집어넣는 걸 보니, 한심하게 나약한 소리만 할 수는 없었다.

내 눈에는 그저 낡아빠진 인형일 뿐이어도 나루사와에게 그 메리라는 인형은 매우 중요한 물건임이 분명하다.

야, 메리.

넌 정말 사랑받고 있구나.

그러니까 빨리 나오기나 해.

―

나답지 않은 그런 바람이 정말로 메리한테 가 닿았을 리 없겠지만, 우리 둘이서 쓰레기봉투의 피라미드 중 60퍼센트 정도를 파헤쳤을 즈음이었다. 거의 기계적인 손동작으로 새로운 쓰레기봉투 입구를 연 순간, 메리는 마침내 내 눈앞에 그 작은 모습을 드러냈다.

순간 나는 놀라움과 기쁨으로 눈이 휘둥그레졌지만, 그 기쁨도 잠시였다.

나도 모르게 혀를 찼다. 쓰레기봉투 안에 소리 없이 파묻혀 있는 토끼 인형은 언젠가 내가 봤던 생김새와는 딴판이었다.

……이건 기름때일까?

대체 뭐가 묻은 건지 잘 알 수 없었다. 어쨌든 쓰레기봉투 안에 들어가 있던 메리는 기름인지 오물인지 뭔지 알 수 없는, 진득거리는 액체에 범벅이 되어 버려진 상태였다. 원래도 좀 꾀죄죄하긴 했지만, 지금 내 눈앞에 있는 인형은 예전과는 비교도 할 수 없는 정도였다. 그 꼴은 마치 사회 교과서 자료집에 실려 있는, 바다에 유출된 기름으로 옷을 입은 바닷새 같았다.

어째서?

그런 단순한 의문이 머릿속에 떠올랐다.

이렇게까지 할 필요가 있었을까? 보나마나 이런 곳에 감춰두면 인형을 찾지 못하겠거니 하는 심보로 벌인 짓이었을 것이다. 그래도 그렇지 이런 심술을 부릴 정도로 나루사와가 마음에 안 들었던 걸까?

내 얼굴에 물건을 숨긴 누군가에 대한 분노가 드러났나 보다. 나와 마찬가지로 쓰레기 더미를 뒤지고 있던 나루사와가 문득 고개를 들더니 물었다.

「왜 그래?」

나는 씁쓸한 표정으로 그 애를 바라볼 수밖에 없었다.

나루사와는 의아해하며 이쪽으로 다가왔다. 그러고는 내 앞의 활짝 열어젖힌 쓰레기봉투 속을 보았다.

「……으으.」

나루사와는 형체를 알아볼 수 없게 된 메리를 보자 오열을 참듯 아랫입술을 꽉 깨물었다.

「흑, 흐윽, 흐으윽…….」

눈물이 방울방울 흘러내렸다. 아아, 아아…… 눈 좀 비비지 마. 쓰레기를 만져서 세균으로 잔뜩 더러워진 손으로 눈을 문지르면 안 돼.

울음을 터뜨린 나루사와 곁에서 나는 메리를 구출했다. 더럽다고 손끝으로만 잡아 올리는 게 아니라 손바닥 전체로 잘 잡아서 말이다. 끈적거리고 미끈거리는 감촉이 손에 느껴졌다. 조금 망설였지만, 코끝으로 가져가 냄새도 맡아보았다. 무슨 냄새가 났다. 어디서 많이 맡아본 것이었다. 그런데 의외로 불쾌한 느낌이 별로…… 아니, 거의 없었다. 뭐지, 어디서 많이 맡아본 냄새인데도 그 정체가 뭔지는 알 수가 없었다.

막상 만져보니 아직 오물이 인형 안에 많이 스며든 상태는 아니었다. 이 정도라면 어떻게든 회복시킬 수 있겠다는 생각이 들었다.

「흐윽, 빨리, 빨리 씻겨줘야 하는데…….」

나루사와는 울먹이며 손을 내밀었다. 하지만 나는 고개를 저으며 메리를 땅바닥에 가만히 내려놓았다. 이런 경우는 물로 씻어서는 안 된다. 그렇게 되면 오히려 때를 완전히 제거할 수 없다.

더러워진 손을 손수건으로 닦으면서 설명하자, 나루사와는 매달리는 눈빛으로 물었다.

「그럼 어떻게 해야 하는데……?」

괜찮아.

나루사와의 물음에 나는 한 번 크게 고개를 끄덕여 보였다. 그 애를 조금이라도 안심시키기 위해 씩 웃으며 장난스럽게 대꾸했다.

우리 집에는 마법을 쓸 줄 아는 할아버지가 있다고.

20분 후. 사쿠라 클리닝, 2층 보일러실.

우리 할아버지는 분노를 감추지 못했다. 네모난 얼굴을 벌겋게 물들이며 마구 화를 냈다.

"뭐 이런 짓을 하는 녀석이 다 있냐."

나루사와를 향해 쏟아진 그 더러운 악의의 형체를 본 할아버지는 화가 나서 얼굴을 찡그려 깊이 파인 주름을 더 깊게 새겨 넣고 몸을 떨었다.

"만약 우리 손주 녀석이 그랬다면 남자든 여자든 흠씬 때려 줬을 거다."

분개한 할아버지가 자신의 교육 방침을 언급하면서 더러워진 메리를 요모조모 뜯어보고 있는 사이, 나는 메리에게 엉겨 붙은 진득한 액체가 무엇인지 물었다.

"수성 플로어 폴리시로군."

플로어 폴리시?

들어보지 못한 그 단어에 나는 고개를 갸웃거렸다. 그러자 할아버지는 설명을 덧붙여주었다.

"그러니까, 왁스야. 머리에 바르는 게 아니고 바닥을 닦는 그거 말이다."

아하! 그렇구나. 그 왁스였구나. 그러고 보니 이해가 갔다. 어쩐지 어디서 많이 맡아본 냄새다 싶더라니.

"근데 물로 희석을 많이 시켰구나. 일부러 묽게 만든 건 아닌 것 같다만. 보나 마나 어디 빈 왁스 깡통이 버려져 있었을 텐데, 거기에 빗물이라도 고여 있었던 게지."

빈 왁스 깡통. 그야말로 쓰레기장 근처에 버려져 있을 법한 것이었다. 그걸 우연히 발견해서 일부러 인형에 뿌렸다는 뜻이다.

"저어, 깨끗하게, 돼요?"

나루사와는 매우 어색한 일본어로 할아버지께 조심스레 여쭈었다. 같은 반 아이들과는 대화하길 거부하면서도 할아버지와는 상관없는 모양이었다.

"오, 걱정하지 마라. 반짝반짝, 보들보들하게 만들어줄 테니까."

할아버지는 나루사와에게 힘차게 고개를 끄덕여주었다.

"하는 김에 그 더러워진 옷도 다 빨아줄 테니까 벗으려무나."

그렇게 말하며 이번에는 내 쪽을 바라보셨다.

"하루, 너도 옷 벗고. 그리고 얘한테 옷 한 벌 빌려줘라."

나는 지시에 따랐다. 나루사와도 할아버지의 일본어를 얼마나 정확히 이해했는지는 알 수 없지만 내가 방에서 티셔츠와 반바지를 가져오자 순순히 그걸로 갈아입었다. 이성인 내 시선 따위는 전혀 신경 쓰지도 않고 훌렁훌렁 벗으면서. ……뭐, 상관없다. 나도 신경 쓰이는 건 아니니까.

「다 빨 때까지 얼마나 시간이 걸려?」

나루사와가 영어로 나한테 물었다. 그걸 그대로 할아버지한테 통역해서 전하자, 할아버지는 벽걸이 시계에 눈길을 주었다. 나도 그 시선을 좇으니 어느새 6시가 넘은 저녁이었다.

"보자. 석유 같은 걸 녹이는 용매제를 쓰는 건 아니니까, 건조까지 많은 시간은 걸리지 않겠다만 그래도 11시는 넘을 것 같구나."

"11시."

따라서 중얼거린 건 나루사와였다. 석유 운운하는 얘기까지는 이해하지 못했겠지만, 굳이 할아버지의 일본어를 일일이 다 통역해줄 필요는 없어 보였다.

근데 11시라니. 그때라면 세탁이 끝나기까지 기다리기는 무리일 성싶다. 혹시 이 근처에 산다면 내가 내일 아침 일찍 갖다 주기라도 할 텐데…….

아니, 아니지.

순간, 그런 생각까지 한 나 자신에게 깜짝 놀랐다. 나는 언제부터 이렇게 친절한 사람이 된 걸까. 나는 나루사와를 위해 일주일 만에 찾아온 주말의 늦잠까지 포기할 마음이었나 보다. 왜 이러는지.

나루사와는 나와 할아버지의 얼굴을 번갈아 보더니 시선을 살짝 내렸다. 그러고는 잠시 손가락을 꼼지락거렸다. 혹시 화장실에 가고 싶어서 그런가 싶었지만, 그건 아닌지 나루사와는 간절한 눈빛으로 나를 보았다.

「끝날 때까지 기다리면 안 돼……?」

아니, 되고 안 되고의 문제가 아닌데. 밤 11시잖아? 부모님이 걱정하실 텐데?

내가 그렇게 충고해도 나루사와는 고개만 내저을 뿐이었

다. 대체 무슨 의도로 그런 말을 하는지 의아해하고 있자니 할아버지께서 내 어깨를 두드렸다.

"하루, 뭐라고 하는 게냐?"

나루사와가 세탁이 다 될 때까지 여기서 기다리고 싶어 한다고 말씀드렸다.

"그래라. 기다리고 싶으면 기다리려무나."

놀랍게도 할아버지는 완고한 얼굴에 어울리지 않게 느긋한 대답을 했다.

"뭣하면 자고 가거라. 내일은 토요일이어서 학교도 안 가지 않냐? 마침 잘됐구나."

이런 배려까지 덧붙이시면서 말이다.

「여기서 자고 가도 돼?」

할아버지의 말씀이 끝나자마자, 나루사와는 마치 옥수수 알갱이가 팡 터져서 팝콘이 되는 것처럼 활짝 웃었다. 내가 할아버지를 바라보자, 할아버지께서는 턱을 가볍게 쓸면서 대꾸하셨다.

"무슨 문제라도 있냐?"

아니, 문제가 될 건 없지만, 없긴 하지만…….

"물론 이 아이의 부모님이 허락을 해줘야겠지만."

그렇게 말씀하시면서 할아버지는 나루사와의 금발 머리를 쓰다듬었다. 의외로 나루사와는 거부하지 않을뿐더러, 오히려 은근히 기뻐하는 모습이었다.

「그럼 나 집에 전화하고 올게!」

그렇게 말하며 나루사와는 곧장 발밑에 둔 가죽 가방에서 핸드폰을 꺼내 들고는 보일러실 밖으로 신나게 뛰어나갔다. 할아버지는 그런 나루사와의 뒷모습을 바라보시며 입을 크게 벌려 활짝 웃었다.

"어이구, 제법 착한 아이구나, 그렇지?"

그렇지? 하고 내게 동의를 구해도 글쎄. 쟤는 일반적인 착한 아이 유형은 전혀 아닌데 뭐.

그런 생각을 하고 있을 때 보일러실 문이 다시 열리면서 나루사와가 문틈으로 얼굴을 빼꼼히 내밀었다. 벌써 통화를 끝냈냐는 뜻으로 내가 눈을 크게 떴지만, 그건 아닌 듯했다.

나루사와는 내게 눈길을 주면서 핸드폰을 손에 들고는 이쪽으로 다가왔다. 설마 전화를 바꿔주겠다고 하는 건 아닐까 초조해하고 있을 때, 나루사와는 평소 같지 않게 매우 겸연쩍은 표정으로 이쪽을 쳐다보았다.

「네 이름이 뭐야?」

…… 그 질문에 나는 나도 모르게 미간을 좁히면서 대답했다.

「사쿠라 하루야. 너랑 같은 반이지.」

방금 한 영어 대화는 할아버지께서도 알아들으셨는지 어처구니없어 하는 내 옆에서 껄껄껄 웃음을 터뜨리셨다.

─

예상대로 엄마와 아빠는 금발 머리에 일본어도 제대로 할 줄 모르는 외국인 소녀의 갑작스러운 등장에 매우 당혹스러워했다. 그러나 우리 집에서 가장 발언권 있는 할아버지의 허락까지 받은 사람을 함부로 돌려보낼 수도 없었기에, 난감해하면서도 나루사와가 하룻밤 자고 가는 것을 받아주었다.

저녁식사 시간, 평소 같으면 네 명이 둘러앉는 식탁에 추가한 손님용 자리에 나루사와가 태연한 얼굴로 오도카니 앉아 있었다. 전통적인 일본풍도 아닌, 그저 낡아 빠진 사쿠라 집안에 푸른 눈동자 외국인 소녀가 앉아 있는 장면에서는 왠지 위화감이 들었다. 아니, 정확히는 혼혈이지만.

　　게다가 오늘 저녁 반찬은 우마니(うま煮: 간장, 설탕, 미림 등을 넣고 조린 반찬 ― 옮긴이)에 생선 구이, 초무침 등 어르신 취향이라 솔직히 젓가락이 잘 가지 않을 듯해서 걱정했지만, 의외로 나루사와는 편식은 하지 않았다. 오히려 내 몫의 모즈쿠스(もずく酢: 해초가 들어간 초무침 ― 옮긴이)까지 슬쩍 더 주고 싶을 정도였다. 난 새큼한 맛을 별로 좋아하지 않기 때문이다.

　　"어머나, 젓가락질도 참 잘하는구나."

　　엄마의 말씀대로 나루사와는 젓가락질도 잘했고, 등도 곧게 편 올바른 식사 자세를 하고 있어서 의외였다. 칭찬에 우쭐해진 나루사와는 자랑이라도 하듯이 젓가락을 들고 까딱거렸지만 그건 밥상머리에서 할 만한 행동이 아니다.

　　"나루사와는 어디에 사니?"

　　아빠가 물었다. 통역하는 게 좋을까 잠시 고민했지만, 나루사와도 그 정도의 일본어는 문제없이 알아듣나 보다.

　　"아사미 그랜드 타워, 입니다."

　　"아아, 그 엄청 높은 건물 말이냐?"

　　할아버지가 맞장구를 치셨다.

　　아사미 그랜드 타워는 3년 전에 역 앞에 생긴 고층 맨션이다. 이 상점가 근처는 해당 사항이 아니지만, 최근 몇 년간 우리 마을에도 곳곳에 고층 맨션이 들어서고 있다. 그랜드 타워는 건설할 때부터 화제가 된 고급 맨션으로, 이 일대 건물 중에서는 제일가는 높이를 자랑한다.

　　"아아, 거기구나. 우리 가게 손님 몇몇도 거기 사는데, 모두 고급 브랜드의 옷을 맡기곤 하지."

　　무테안경의 브리지 부분을 밀어 올리면서 아빠가 느긋한 어조로 말했다. 아빠는 가게에서 취급하는 세탁물의 수거 및 배달을 도맡고 있어서 이 지역 사정을 매우 잘 알고 계신다. 참고로 아빠는 이 사쿠라 집안에 데릴사위로 장가든 특이한 사람이다.

"우리 같으면 그런 멋진 곳에 살려고 집세 한 번 내면 완전 빈털터리가 될 거야."

뒤이어 엄마가 이렇게 덧붙였다.

나는 별로 좋아하지 않는 우마니를 먹은데다, 거기 들어간 말린 버섯 맛까지 더해진 탓에 기분이 더욱 찜찜해졌다. 아빠야 그렇지 않을지도 모르겠지만, 방금 한 엄마의 말에는 명백히 비아냥거림이 섞여 있었다.

"케이코, 애들 앞에서 그런 말 하는 거 아니다."

나의 은근한 불쾌함을 알아차리기라도 한 것일까, 할아버지께서 엄마한테 주의를 주었다.

"아, 미안해. 별다른 뜻으로 한 말은 아니란다……"

엄마는 파래진 낯빛으로 서둘러 상황 수습을 하려고 어색한 미소를 지었다.

"미안하다, 하루."

엄마의 표정을 보니 더욱 불쾌해졌지만 애써 뱃속 깊이 감정을 억눌렀다. 이런 엄마의 표정은 이미 익숙해졌다고 나 자신에게 속삭이면서.

마침 밥도 다 먹어서 얼른 자리에서 일어나려고 하자, 곧바로 할아버지의 질책이 날아왔다.

"하루, 이 녀석. 친구가 다 먹을 때까지 기다려줘야지."

그 꾸지람에 자리에 다시 앉았다.

정신을 차리고 보니 나루사와가 이렇게 뒤죽박죽인 우리 사쿠라 집안 풍경을 푸른 눈동자를 깜빡거리며 지켜보고 있었다. 그 애 눈에 우리 가족이 어떻게 보일까 하고 생각하니 부끄러워져 얼굴이 자꾸만 달아올랐다.

식사를 마치고, 내 방 책상 앞에 앉아 참고서를 보고 있는데 나루사와가 방으로 들어왔다. 허리까지 닿는 긴 머리는 촉촉이 젖어 있고, 부드러워 보이는 뺨이 발그스름한 걸로 보아 방금 목욕을 마친 것 같았다. 게다가 입고 있는 옷은 내가 몇 년 전에 입었던 포켓몬스터 캐릭터가 들어간 잠옷이었다.

「하루, 목욕탕 비었어.」

나루사와가 내 이름을 편하게 불렀다. 이름을 친근하게 불렀다고 무슨 문제가 있는 건 아니지만, 그렇게 부르니까 살짝 낯간지러웠다.

내가 의자에서 일어나자 나루사와는 그때까지 내가 펼쳐 놓고 있던 참고서에 눈길을 주었다.

「뭐야, 이게? 과학 참고서야?」

참고서 비슷한 것이긴 하다.

「재미있어?」

대답 대신 나는 두어 번 고개를 끄덕였다.

「흐음?」

나루사와는 관심이 있는 건지 없는 건지 종잡을 수 없는 표정을 짓고서 이번에는 내 방에 있는 책장을 흥미로운 눈길로 살피기 시작했다. 만화책도 몇 권 꽂혀 있지만, 대부분은 우주에 관한 책이었다.

나루사와도 그걸 알아차렸나 보다.

「하루는 우주를 좋아하나 봐?」

그 물음에 난 순순히 고개를 끄덕였다.

「있잖아, 나 뭐 읽어도 돼?」

마음대로 하라는 뜻으로 손으로 책장을 가리키면서 방을

나와 곧바로 욕실로 향했다.

나루사와와 자연스럽게 말을 나눌 수 있는 나 자신에게 내심 깜짝 놀랐다. 그 애의 인형 찾기를 도와준 덕분에 다소 신뢰를 얻게 된 것일까. 그렇게 생각하니 그리 기분이 나쁘지는 않았다.

까마귀가 먹을 감는 것보다는 조금 더 시간을 들여 얼른 목욕을 마치고 나오니 나루사와는 내 책상 앞 의자에 앉아서 내가 꺼내두었던 풍선 로켓 2호의 도면을 바라보는 중이었다. 그 젖은 머리 좀 말리지.

다가가니 나루사와는 들뜬 얼굴로 내 쪽을 돌아보았다.

「있잖아, 하루. 이건 무슨 설계도야? UFO?」

그럴 리가 있겠냐. 하긴 외형은 좀 UFO같이 보이긴 하지만.

영어가 아니라 일본어 발음대로 '풍선 로켓'이라고 말하자, 나루사와는 갑자기 흥미가 샘솟는지 눈을 크게 떴다.

「뭐야, 그게! 물로켓 같은 거야?」

그것보다는 좀 더 대단한 거야. 잘만 하면 성층권까지 갈 수 있거든.

나는 내심 자랑스러워하며 대답했지만 나루사와는 멍한 얼굴로 고개만 갸웃거렸다.

「성층권이 뭐야?」

순간적으로 내가 착각해서 단어를 잘못 말했나 싶어서 시선을 떨궜지만, 아무리 그래도 이렇게나 기본적인 우주 관련 단어를 실수하지는 않는다. 이건 나루사와의 지식이 부족해서 생긴 문제일 거다.

「하늘에 있는 거야. 고도 10킬로미터에서 50킬로미터까지의 공간 층이야. 미국 학교에서 안 배웠어?」

「그런 거 몰라.」

아무래도 나루사와는 공부에는 소질이 없는 모양이다. 하긴 그다지 영리해 보이는 애도 아니긴 하다.

「있잖아, 하루. 게임 같은 건 없어?」

자기가 모르는 단어가 나오자 풍선 로켓에 관한 관심도 식어버렸는지 나루사와는 바로 화제를 바꾸었다.

「다른 것 가지고 놀자.」

유감이지만 우리 집에 비디오 게임 같은 건 없다. 장난감으로 삼을 만한 것도 트럼프 카드 정도밖에 없고, 사실 그 트럼프마저도 집에 있기나 한 건지 잘 모르겠다.

무엇보다 내가 집에 친구를 부르는 일 자체가 별로 없다. 그래도 작년까지는 미요시가 심심하면 놀러 오곤 했지만, 그때도 걔가 장난감을 가지고 오거나 그렇지 않으면 내 방에서 만화책을 읽으며 시간을 보내는 게 전부였다.

「에이, 재미없어!」

내 방에 즐길 만한 것이 없다는 걸 알자 나루사와는 책상에서 멀어져 조금도 양해를 구하지 않고 내 침대로 풍덩 뛰어들었다. 침대 시트가 축축해지니까 그 젖은 머리로 눕지 않았으면 좋겠는데.

「있잖아, 하루.」

이번에는 또 무슨 얘기인가. 성가셔하며 시선을 주자, 나루사와는 내 베개를 꼭 끌어안은 채 일어나며 한마디 했다.

「하루는 아빠랑 엄마랑 싸웠어?」

밑도 끝도 없이 불쑥 튀어나온 그 질문에 나는 눈살을 찌푸리고 말았다. 지난주에도 착해빠진 어떤 애한테서 똑같은 소리를 들은 것 같다.

그래서 그때와 똑같은 방식으로 부정했다. 딱히 싸운 건 아니라면서.

「에이, 거짓말. 부모님이랑 사이가 좋아 보이지는 않던데?」

그나마 분위기 파악이라도 하는 미요시와는 달리 나루사와는 흙 묻은 발로 아니, 아예 불도저 같은 기세로 남의 마음속에 성큼성큼 파고들었다.

남의 안색을 살피지도 않고, 말도 고르려 하지 않는 애의 그런 직설적인 말투 앞에서 내 얼굴은 굳어졌다. 그건 배려 없는 그 애의 태도 때문이 아니라, 그 어리고 푸른 눈동자에 내가 그런 식으로 비치고 있다는 사실 때문이었다.

모른 척 무시하면 좋았겠지만 어쩐지 이 애한테라면 조금은 대답해도 괜찮을 것 같은 기분이 들었다. 그래서 스트레스도 풀 겸 솔직히 털어놓기로 했다.

사실은 작년에 그럴 일이 좀 있었어. 그냥 그게 다야.

「봐, 역시!」

자기 예상이 맞은 게 기뻤는지, 아니면 내가 부모님과 싸웠다는 사실이 유쾌한지 모르겠지만 나루사와는 작은 이를 드러내며 참으로 즐겁게 웃었다.

「그러면 나랑 똑같구나.」

그러더니 천진하게 웃으며 덧붙였다.

「나도 그래. 아빠랑 엄마가 싫어!」

뭐라고 반응하면 좋을지 난감한 말을 나루사와는 아무렇지도 않게 했다. 그런 명백한 문제 발언을 두고 나는 아무 대꾸도 하지 못했다.

「아빠는 일만 해. 엄마는 아빠의 메이드 로봇이고.」

나루사와는 한껏 껴안은 내 베개를 만지작거리면서 내 눈도 보지 않고 그렇게 말했다.

「부모님은 나한테 별로 관심도 없어.」

……뭐어?

아니, 어쩌면 좋담.

이걸 그냥 흘려들어도 괜찮은 걸까. 나루사와가 아까 정말로 부모님께 전화하긴 한 걸까 하는 불안감이 들어 바로 물어보았다.

「왜? 전화한 거 맞는데?」

내 물음에 나루사와는 어리둥절한 표정을 지었다.

「내일 아침에 아빠가 데리러 오겠다고 했는걸.」

그, 그렇구나. 아니 뭐, 제대로 연락을 해놓은 거라면 다행이고.

「근데 하루는 어떻게 영어를 할 줄 알아?」

내 마음 따위는 개의치 않는 나루사와의 심각한 발언에 나는 당혹스러움을 감추지 못했다. 하지만 정작 당사자는 그런 내 심정은 신경 쓰지 않고 자꾸만 화젯거리를 데굴데굴 바꿔댔다.

「왜? 어떻게 하게 된 건데?」

숨 돌릴 틈 없는 질문 공세에 나는 작게 한숨을 내쉬었다. 영어를 할 줄 아는 이유는 메리를 찾을 때 알려줬던 그게 전부다. 공부하고 있으니까. 그 이상도, 그 이하도 아니다.

「아니! 그런 게 아니라!」

내 대답이 마음에 들지 않았는지 나루사와는 잠시 할 말을 고르듯 생각에 잠긴 얼굴을 하다가 다시 물었다.

「어떤 이유로 영어를 공부하게 됐냐 이 말이야. 영어가 좋아서?」

아아, 그런 뜻이구나.

「NASA라는 거 알아?」

「NASA!」

그 단어는 들어본 적이 있는지 나루사와는 즉각 반응을 보였다.

「있지, NASA는 워싱턴에 있어! 나, 가본 적 있어!」

그런 것쯤은 나도 안다. 알고 있고, 솔직히 부럽다.

나루사와의 말처럼 NASA 본부가 있는 곳은 워싱턴이다. 다만 나한테는 로켓 발사기지가 있는 플로리다가 좀 더 동경의 대상이다.

「나는 NASA나 JAXA에서 일하는 엔지니어가 되고 싶어.」

「JAXA?」

「일본의 NASA 같은 거야. NASA의 친구 같은 거지.」

「와아! 그럼 하루는 로켓 만드는 사람이 되고 싶은 거구나?」

정면에서 그런 말을 들으니 부끄럽긴 했지만 일단 대답은 했다.

「될 수 있을지는 나도 잘 모르지만.」

「와아아! 그렇구나!」

나루사와는 내 장래 희망이 흥미진진한 모양이다. 커다란 푸른 눈동자가 반짝반짝 빛나는 것처럼 보였다. 내가 엔지니어를 인생 목표로 삼고 있다는 사실이 그렇게나 재미있는 걸까. 참 알 수 없는 애다.

그래도 뭐랄까, 교실에서 나루사와가 항상 먹이가 부족해 뚱한 고양이 같은 표정을 짓는 것보다는 지금처럼 즐겁게 웃는 편이 훨씬 나았다. 교실에서도 그렇게 활짝 웃으면 좋을 텐데.

살짝 변덕스러운 마음에 그 솔직한 심정을 전하자 나루사와는 마치 머리에서부터 찬물을 뒤집어쓴 것처럼 갑자기 얌전해졌다.

「싫어.」

그리고 그런 식으로 단박에 내 제안을 거절했다.

「나한테 못되게 구는 애도 있단 말이야.」

그거야 자기가 매일 퉁명스럽게 구니까 그런 건데. 그래도 나루사와는 납득하지 못했나 보다.

「아니거든? 하루도 매일 교실에서 뚱한 표정으로 있는데 너한테는 아무도 못된 장난 안 치잖아.」

……이게 진짜.

내 이름도 몰랐던 주제에 내가 교실에서 그런 불퉁한 표정으로 있다는 건 또 어떻게 알았는지.

하지만 나루사와는 조금 오해를 하고 있다. 내가 괴롭힘을 당하지 않는 건 단순히 친구가 없어서이기 때문이다.

아니, 그게 아니다.

나는 심술이라도 부리려고 다가올 녀석마저 없는 쓸쓸한 애니까.

하지만 나루사와는 그렇지 않다.

아마 지금이라도 나루사와가 내 앞에서 하듯 발랄하게 행동하면 친구들도 많이……까지는 아니더라도 어느 정도 생길 게 분명하다. 그렇게 친구가 늘어나면 괴롭히는 애들도 저절로 적어질 거다.

나는 나답지 않게 나루사와를 타일렀다.

「됐거든!」

나루사와는 눈꼬리를 치켜세우더니 끌어안고 있던 베개를 침대 매트리스 위에 내리치며 괜히 먼지만 일으켰다.

「친구는 하루, 너만 있으면 돼! 다른 사람은 필요 없어!」

잠깐만. 나는 언제부터 네 친구가 됐냐? 그렇게 일방적으로 친구로 인정하지 말았으면 좋겠다.

「그래서 나 진짜 좋은 생각이 났어!」

지금 눈앞에 있는 이 애의 마음속에서 뭐가 어떻게 되어 '그래서'로 이어지는지 모르겠지만 나루사와는 갑자기 그런 말을 했다.

하지만 어쩐지 안 좋은 예감도 들었다. 그 애가 말하는 좋은 생각이 꼭 나한테 좋을 거라고 할 수는 없다.

뭐야, 그 좋은 생각이라는 건.

그렇게 물으려고 했을 때, 문틀 상태가 좋지 않아 덜컥거리는 미닫이문이 드르륵 열리더니 할아버지가 얼굴을 내미셨다.

"이 녀석들, 밤늦게까지 떠드는 거 아니다."

꾸지람을 들은 나루사와는 조용히 하겠다는 뜻인지 눈을 동그랗게 뜨면서 두 손으로 자기 입을 꼭 막았다. 할아버지가 하는 말은 얌전히 잘도 듣는다.

"메리는, 깨끗해졌어요?"

할아버지에게로 푸른 눈동자를 향하면서 나루사와는 일본어로 물었다. 의외로 제대로 된 존댓말이었다.

"아직 목욕 중이니까 조금만 더 참아라. 메리한테도 가끔 느긋하게 목욕할 시간을 줘야 좋지 않겠냐."

할아버지의 네모난 얼굴에서 메리라는 단어가 나오자 나도 모르게 웃음을 터뜨릴 뻔했다. 그리고 '느긋하게 목욕'이라니. 할아버지한테 그런 유머 감각이 있다는 사실에 깜짝 놀랐다.

"그리고 사과 깎아두었으니 나와서 먹으려무나."

"사과~, 사과~."

할아버지의 제안에 나루사와는 살짝 위아래로 몸을 들썩이며 묘한 리듬을 탄 일본어로 말했다. '애플'이 아니라 확실하게 '사과'라고.

"그래. 사과란다. 앗푸루다, 앗푸루."

그에 비해 할아버지의 애플 발음은 완전히 어색하기 그지없었다.

나루사와는 침대에서 구르듯 내려와 체조 선수처럼 두 손을 Y자로 벌리며 바닥에 착지하더니 잔뜩 들뜬 표정으로 할아버지 옆에 나란히 섰다. 곁에서 그런 나루사와를 바라보는 할아버지도 기분이 좋아 보였다. 성별도, 나이도, 심지어 국적마저도 다른 — 진짜 다른 건지는 모르겠지만 — 두 사람은 나름 죽이 맞는 것 같았다. 이거 완전히 키다리와 난쟁이 콤비 수준이다.

그렇게 거실로 불려간 나루사와는 사과를 잔뜩 먹고 만족했는지 한동안 잠잠하더니 3분도 채 되지 않아 건전지가 다 닳아버린 것처럼 소파 위에서 힘없이 늘어지고 말았다. 이도 닦지 않고, 머리도 다 말리지 못한 채였다. 게다가 입도 반쯤 벌리고 있었다. 참 자유로운 아이다.

"허허, 고 녀석 참 어린애답구나."

본능에 충실한 나루사와를 보며 어이없어 하는 내 곁에서 할아버지가 미소를 지으며 한마디 하셨다.

손님을 소파에서 재울 수는 없어서 내 방에 이불을 깔고 거기서 자게 하기로 했다. 심하게 피곤했는지 할아버지가 소파에서 들어 안아 옮겨도 잠든 나루사와의 색색대는 숨소리는 한 치의 흐트러짐도 없었다.

"하루, 이상한 짓 하면 안 된다."

할 리가 없다. 미닫이문을 꼭 닫으며 음흉한 할아버지를 방에서 내쫓았다.

벽에 걸린 시계를 보니 아직 9시도 되지 않았다. 솔직히 난 아직 졸리지 않았다. 독서라도 할까 했지만, 방에 형광등을 환히 켜놓는 것도 자는 애한테는 미안한 일이었다.

책상 앞 백열등만 켜놓았다.

거의 엎드리다시피 한 나루사와의 옆얼굴에 백열등의 주황빛이 은은하게 내려앉았다. 눈이 부신지 나루사와가 뒤척이는 것 같아서 불빛의 각도를 조금 바꿨다. 이에 맞춰서 그 애의 긴 금발이 빛을 반사하는 것처럼 살짝 반짝이는 게 인상적이었다.

이튿날 아침, 배로 전해지는 갑작스러운 충격에 나는 깊은 잠에서 깨고 말았다.

무슨 일인가 놀라 얼른 일어나려고 하자 내 배 위에 나루사와가 걸터앉아 외치고 있었다.

「하루, 일어나! 빨리 일어나! 빨리!」

일어났어. 벌써 일어났다고. 그러니까 빨리 좀 비켜라.

나루사와의 다급한 재촉을 받으며 나는 잠옷 차림으로 이불에서 기어 나왔다.

「하루! 이것 좀 봐!」

그러자 나루사와는 지금까지 손에 쥐고 몸 뒤에 숨기고 있었던 것을 내 얼굴 앞에 들이밀며 활짝 웃었다.

「메리가 이렇게나 깨끗해졌어!」

나루사와의 넘치는 활기에 압도당하면서 살펴보니 그 애 손에는 토끼 인형 메리가 들려 있었다. 얼룩 하나 보이지 않을 정도로 새하얀 모습이었다. 어제 쓰레기 더미에서 발굴했을 때, 아니 그 이전과도 비교할 수 없을 정도로 완전히 달라진 상태였다. 새것만큼은 아니었지만 털 한 올, 한 올이 살아 있는 듯 보들보들하고 새하얀 모습이었다. 그리고 갓 세탁해서 그런지 몸도 곧게 편 것처럼 보였다.

「정말로 하루 말이 맞았어! 마법 같아!」

나루사와의 미소를 보자 나도 이끌리듯 절로 웃음이 났다. 그렇게까지 기뻐한다면야 쇼와 시대(1926년 2월 25일부터 1989년 1월 7일까지 일본의 연호 ― 옮긴이) 초기에 태어난 마법사도 솜씨를 발휘한 보람이 있었을 것이다.

「다음에 한 번 더 감사하다고 인사해야겠어!」

나루사와는 사랑스럽다는 듯 메리에게 얼굴을 비볐다. 그 얼굴은 주체할 수 없는 기쁨으로 가득했다. 문득 시계를 보니 아직 6시도 되기 전이었지만, 그 표정 때문에 봐줄 수밖에 없었다. 토요일인데도 이렇게 일찍 잠에서 깨다니. 하여간 얘는 정말.

「하루, 정말 고마워. 네 덕분에 메리를 찾을 수 있었어.」

나루사와는 들고 있던 메리의 앞발을 내 코끝에 대면서 말했다.

「봐, 메리도 고맙다잖아.」

아, 그러세요.

그럼 나 대신에 천만에요, 하고 대답해주는 건 어때?

—

아침식사를 마친 나루사와가 인형 메리처럼 말끔한 차림으로 한창 기뻐하며 돌아다닐 즈음에 나루사와의 아빠가 데리러 왔다.

사쿠라 클리닝으로 찾아온 나루사와의 아빠는 키가 아주 큰 사람으로, 오카자키 선생님이 소개했던 대로 일본인이었다. 내 눈에도 느낄 수 있을 만큼 고급 양복을 입고 넥타이를 단정히 맨 옷차림으로, 선물이 담긴 종이가방을 손에 들고 있었다. 아침 일찍부터 이런 걸 어떻게 준비한 걸까.

나루사와의 아빠는, 아침부터 찾아와서 죄송합니다, 어제는 딸아이가 신세를 졌는데 정말 감사합니다, 라며 정중히 인사한 후에 나한테까지 다정히 웃어주었다. 그 미소에 어떻게 답하면 좋을지 망설이던 중, 누군가가 내 파카 옷자락을 잡아당기는 느낌에 뒤를 돌아보았더니 당연하게도 그곳에는 나루사와가 있었다.

"자, 이리스. 어서 가자."

나루사와의 아빠가 몸을 굽히며 부드러운 어조로 말했다.

어깨 너머로 나루사와를 흘끗 보니, 아까까지 그렇게나 즐거워하던 표정은 환상이었나 싶을 정도로 지금은 퉁명스러운 얼굴로 돌변해 있어서 나는 소리 없이 깜짝 놀랐다.

그러나 나루사와도 그 자리에서 집에 가기 싫다고 떼를 쓰는 일 없이 순순히 내 등에서 멀어져 자기 아버지 옆에 섰다.

「잘 있어, 하루.」

물을 잔뜩 넣어 맛이 밍밍해진 칼피스(일본에서 인기있는 요구르트맛 음료 ─ 옮긴이)처럼 어중간한 웃음을 지으면서 나루사와는 작게 손을 흔들었다. 내가 살짝 손을 들어 그 인사에 답해주자, 나루사와는 가슴팍에 꼭 안고 있던 메리의 앞발을 자기가 했던 것처럼 까딱까딱 움직여 작별 인사를 한 후에 발길을 돌렸다.

나루사와의 아빠는 그 애와 함께 상점가의 출구로 향하면서 중간에 두세 번 이쪽을 돌아보며 머리를 꾸벅 숙였다.

두 사람을 배웅하고 나서 아빠와 엄마는 얼른 가게로 돌아갔지만, 할아버지는 나루사와 부녀의 뒷모습이 보이지 않을 때까지 길목에 서 있어서 나도 따라 그러고 있었다.

"설마 여기에 오려고 양복을 차려입고 온 건 아니겠지. 아마 토요일에도 직장에서 일하는 모양이구나."

할아버지의 말을 듣자 머릿속에 나루사와가 했던 말이 떠올랐다.

"아빠는 일만 해. 엄마는 아빠의 메이드 로봇이고."

상상해보았다.

나루사와의 집은 낡아빠진 상점가의 작은 세탁소인 우리 집과는 비교도 할 수 없을 정도로 부자일 것이다. 나루사와가 입은 옷만 봐도 매우 고급스러운 것임을 알 수 있다. 이래 봬도 내가 세탁소집 아들 12년차다.

분명 집에는 최신 게임도 많이 있을 거다. 캐비아나 푸아그라 같은, 내가 한 번도 맛본 적 없는 그런 음식을 끼니마다 먹을 수도 있다. 해외여행도 마음 편하게 다닐지 모른다. 이 어스름 깔린 상점가를 잠자리로 삼고 있는 나에게 해외라는 건 그저 책으로나 배운 지식의 집합체에 불과할 뿐인데 말이다.

하지만 그런 화려한 생활을 하는 대신 부모님의 일 때문에 세계 곳곳을 전전해야 한다면 과연 행복하다고 할 수 있을까?

……으음, 과연 어떨까.

역시 그래도 여러 나라에서 살아보는 경험이 부럽게 느껴지는 건 우리 집이 완전한 지역 밀착형이라서 그럴지도 모른다. 한 장소에 계속 머물러 있기만 하고 움직일 구실도 없는 것은 제법 답답한 일이다.

"저 애랑 사이좋게 지내라, 하루."

할아버지는 그렇게 짧게 말하며 내 머리를 마구 쓰다듬었다. 나는 할아버지가 쓰다듬는 대로 가만히, 마치 목이 흔들리는 인형처럼 있다가 문득 생각났다.

그러고 보니 나루사와가 어제 말했던 좋은 생각이란 건 뭐였을까?

토끼 인형 메리의 분실 사건이 있고 나서 그다음 주부터 내 학교생활은 180도까지는 아니지만 100도 정도는 변화했다.

그도 그럴 것이 지금까지는 교실에서 외톨이로 있었던 나루사와가 갓 태어난 병아리처럼 내 뒤를 종종거리며 쫓아다니기 시작했던 것이다. 그야말로 아침에 교실에 들어갈 때부터 방과 후까지 말이다. 심지어 화장실까지 쫓아와서 남자 화장실 앞에서 기다리기까지 하니 도무지 진정이 되지 않았다. 반 친구들은 그런 나루사와의 변화에 크고 작은 놀라움을 표시했지만, 나와 그 애 사이에 무슨 일이 있었는지 묻는 애는 미요시 정도였다.

평소와 같은 하굣길, 어쩐지 원망스러운 눈길을 보내며 내 뒤에 바짝 따라붙은 미요시의 압박을 결국 이기지 못하고 사정을 설명하고 말았다.

"언제 그런 일이!"

그러면서 미요시는 동네 담벼락에 대고 메아리라도 울릴 셈인지 갑자기 큰 목소리로 외쳤다.

"그런 얘기, 난 못 들었거든!"

못 들었다니 뭐가.

속으로 대꾸하며 눈살을 찌푸리자 미요시는 무슨 대단한 웅변이라도 하는 것처럼 자기 가슴에 손을 턱 얹었다.

"나도 불렀어야지! 나도 찾는 거 도와줄 수 있는데!"

아아, 그것까지는 전혀 생각도 못 했네. 다음부터는 그렇게 해야지.

"너도 참 너무하다……."

미요시는 입술을 비죽거리며 불만스러워했지만, 그 불만을 바깥으로 다 날려버리는 것처럼 가볍게 숨을 토해낸 후에 이쪽으로 시선을 던졌다.

"그러면 이제부터 나도 너한테 학교에서 말 걸어도 되지?"

어째서.

지금 네 안에서 뭐가 어떻게 '그러면'으로 이어지게 된 건데? 너까지 나루사와처럼 비약하지 좀 마라.

"하지만."

미요시는 살짝 토라진 어조로 말을 이었다.

"오늘 나루사와는 교실에서 편하게 말 걸었잖아. 그런데 나는 안 된다고?"

고개를 끄덕였다.

"왜 안 되는 건데!"

안 되는 건 안 되니까.

미요시는 더 보채고 물고 늘어졌지만 나도 양보하지 않았다. 그보다 이런 얘기는 전에도 했으면서 왜 자꾸 반복하는 건지.

"자꾸 반복한다니 그 말은 너무하잖아⋯⋯."

미요시가 불면 꺼질 것 같은 소리로 말하면서 당장이라도 울음을 터뜨릴 듯한 표정을 짓는 바람에 난 난처해졌다.

미요시의 이런 태도를 무시하고 이 얘기는 여기서 끝이다, 두 번 다시는 되풀이하고 싶지 않다고 전하면 차라리 속이 편할지도 모른다. 하지만 이런 식으로 풀이 죽어버리는 미요시를 앞에 두고서 아무 설명 없이 넘어갈 수는 없었다.

이해 좀 해주라.

사실은 나도 너랑 말하기 싫고 그런 건 아니란 말이야.

미요시의 얼굴을 보지 않고 그렇게 말을 내뱉자 미요시는 더는 말문을 열지 않았다.

혹시 내가 울리기라도 한 게 아닐까 초조해서 얼른 살폈더니, 실실 비어져 나오는 웃음을 참고 있는 미요시의 표정에 나는 뭔가 아주 크게 속았다는 기분이 들었다. 내가 왜 그랬지.

참고로 토끼 인형 메리 분실 사건의 범인은 아직도 찾지 못했다. 하긴 찾으려고 애를 쓰지도 않았다. 범인을 찾아낸다고 하더라도 어차피 다 소용없는 일일 테니까.

그리고 내가 그렇게 충고한 것도 아닌데, 나루사와도 이제 학교에 인형을 가지고 오지 않게 되었다. 그 녀석도 병아리 주제에 이것저것 슬슬 학습하는가 보다. 중요한 물건은 학교에 가지고 오지 않는다. 그 정도의 방어는 스스로 할 줄 알아야지.

솔직히 처음에는 나루사와의 접근이 당황스러웠고, 교실 안의 균형이 미묘하게 무너지는 게 아닐까 내심 조마조마했지만 역시 따로 혼자 노는 애들끼리 붙은 것 가지고는 아무런 변화도 일어나지 않았다.

근데 그렇게 방심한 게 실수였다.

학교 행사나 특별한 이벤트 등에 둔감하달까, 아예 그런 쪽으로 뇌 용량을 할애하지 않은 나는 5월 황금연휴 후에 사회 과목의 견학 수업이 있다는 걸 깜빡 잊고 있었다.

그렇게 사전 대비를 미처 하지 못한 바람에 견학 수업을 위한 조 짜기에서 뜻밖의 문제가 생기고 말았다.

—

그건 누구나 즐겁고 설레는 황금연휴 직전의 일이었다.

다다음 주에 있을 '사회 과목 견학 수업'이라는, 거창한 이름의 소풍을 앞두고 그때 함께 활동할 조를 짜기로 했는데, 오카자키 선생님은 제비뽑기라는 안이한 방법은 이용하지 않았다.

"조별 인원은 최소 세 명, 최대 여섯 명이다. 물론 남녀 같이 해도 괜찮아."

그 한마디에 교실 안에 아비규환의 지옥도가 펼쳐졌다. 그렇게 말하면 너무 과장된 것 같지만, 어쨌든 다들 서둘러 행동 개시에 나섰다.

즐거운 소풍날에는 누구든 가능한 친한 아이들과 함께 놀고 싶은 법이다. 무엇보다 따돌림을 당하고 싶지 않다는 인간미 넘치는 사고에 날개가 돋아 교실을 파닥거리고 돌아다녀서, 교실 곳곳에서는 서로 밀고 당기며 우정을 확인하는 사태가 발발했다.

1분도 채 되지 않은 사이, 교실 안에서는 몇 개의 작은 그룹이 생겼다.

다들 남자애들끼리, 여자애들끼리 모인 그룹으로, 안타깝게도 우리 6학년 2반에는 남녀가 사이좋게 모인 조는 아예 없는 모양이었다.

다행히도 말싸움이 나서 노골적으로 사이가 틀어지는 일은 없었지만, 아무 조정도 없이 모든 것이 순조롭게 마무리되지는 않았다.

「한 명 부족하네?」

내 옆에 있던 나루사와의 목소리였다.

조 짜기가 시작된 순간, 아무 망설임 없이 내 곁으로 뛰어온 그 애는 그렇게 강 건너 불구경이라도 하는 것처럼 말하며 느긋한 표정을 지었다. 그러나 나는 앞으로의 전개를 예상하니 도무지 진정할 수가 없었다.

반 친구들이 멀찌감치 떨어져 우리를 바라보았다. 불쌍하다는 눈으로 이쪽을 보는 여자애도 있고, 좋은 볼거리가 생겼다는 듯 싱글거리는 남자애도 있었다. 딱히 그 애들이 신경 쓰이는 건 아니었지만, 내 시야 한구석에서 아까부터 안절부절못하는 바보 한 명만큼은 단단히 견제할 셈으로 날카롭게 째려보았다.

친구가 없는 사쿠라 하루가 혼자 남게 되었다는 쪽이 차라리 나았다.

그런 부끄러움을 짊어져야 하는 상황은 벌써 몇 번이나 맛보았기 때문에 대처법이나 그 후에 어떤 흐름으로 얘기가 진행될지는 다 안다.

불쌍한 제자를 보다 못한 오카자키 선생님이 학생이 하나 남았구나, 이를 어쩌지, 하는 단골 레퍼토리 같은 말을 하면서 어디 인원수가 적은 조에 사쿠라도 넣어주지 않겠느냐고 부탁할 것이다. 그러면 그 조의 아이들은 마지못해 고개를 끄덕이며 상황은 끝이 난다. 작년 수련회에서 조를 짜야 할 때도 그랬다. 나도 그 애들의 즐거운 조별 활동에 찬물을 끼얹고 싶지는 않아서 그 조 안에서는 그야말로 공기처럼 가만히 있기만 했다. 아무 문제도 일으키지 않았다. 이 일련의 흐름이 가장 안정적이며, 유일무이한 해답인데.

그러나 지금 내 곁에는 나루사와가 있었다.

그리고 이 애는 아무래도 나랑 같은 조를 할 셈인가 보다. 나루사와한테는 미안한 일이지만 그건 좀 곤란한 일이다. 참으로 난감하다.

"뭐야, 너희는 두 명밖에 없구나."

교단에 선 오카자키 선생님이 나와 나루사와에게 시선을 주며 의외라는 듯 말했다.

"그래. 어떻게 할까."

그 한마디에 내 초조함은 절정에 달했다.

이제까지처럼 나만 혼자 남아서 선생님이 재촉하는 대로 다른 조에 들어가면 차라리 좋을 거다.

그러나 내 옆에 나루사와가 있으면 상황은 완전히 달라진다.

……큰일이네.

이건 정말로, 아주 큰일이다.

뭐가 어떻게 큰일이냐면, 나루사와와 같은 조가 된 게 문제가 아니라 아까도 선생님이 말한 것처럼 한 조의 최소 인원은 두 명이 아니라 세 명이기 때문이다.

"애들아, 누구 한 명 사쿠라네 조에 들어올 수는 없니?"

오카자키 선생님의 그 한마디를 앞에 두고 그런 생각이 들었다.

비겁하다고.

나는 그런 원망에 찬 목소리를 마음속으로 내뱉었다.

정말 비겁하다. 선생님이 그런 식으로 부추기면 당연히 그 녀석이 바로 움직일 테니까.

내 예상이 적중했음을 알려주듯, 선생님 말이 끝나고 잠시 후 시야 끝에서 머뭇머뭇 손을 올리는 한 학생이 나타났다. 나는 곧바로 입모양으로 그러지 말라고 전했지만 아무 소용이 없었다.

그 바보 — 미요시는 같은 조가 될 예정이었던 친구들에게 미안하다고 몇 번이나 두 손 모아 사과했다. 미안해, 모처럼 같은 조가 됐는데 정말 미안해. 아마도 그런 소리를 했겠지.

곧 다가온 미요시를 앞에 두고 나는 약속은 어떻게 한 거냐고 말하듯 다시 한번 째려봤다.

"어쩔 수 없잖아. 조원이 세 명은 있어야 한다니까!"

미요시는 그런 당연한 말로 대꾸하면서 그 정글리안 햄스터 같은 얼굴을 최대한 날카롭게 보이려는 듯이 눈썹을 한껏 치켜세웠다.

그러나 그런 얼굴도 아주 잠시뿐, 미요시는 몸을 휙 돌려 나루사와를 쳐다보면서 사람 좋은 미소와 함께 그 애한테 물었다.

"나루사와, 내가 여기 들어와도 괜찮지?"

그런 식으로 친근하게 다가오는 미요시에게마저 나루사와는 잠시 경계의 눈초리를 보냈다.

"……그래, 상관없어."

나루사와도 이런 상황에서 거절할 이유를 찾지 못했는지 어설픈 일본어로 대답하면서, 매우 마지못한 표정으로 고개를 끄덕였다.

—

방과 후, 오늘은 언짢은 일도 있었으니 얼른 집에나 돌아가자 싶어 중앙 현관으로 내려가 신발을 갈아 신은 다음, 교문을 나가 조금 걸어갔을 때였다.

"하루, 잠깐만!"

등 뒤에서 그런 외침이 날아들었다. 돌아보니 그곳에는 당연하게도 미요시가 있었고, 서둘러 뒤쫓아 왔는지 잔뜩 숨을 헐떡거리고 있었다.

숨을 가다듬을 틈도 주지 않고 그 손을 뿌리치며 뛰어가 버리면 좋았겠지만, 미요시한테 그런 짓을 할 수 있을 정도로 내 마음은 독하지 못했다.

"저기, 하루, 화났어?"

고개를 가로저었지만 미요시는 납득하지 못했나 보다.

"거짓말. 엄청 화났잖아."

미요시가 대번에 시무룩한 표정을 지었다. 그런 얼굴을 하는 건 좀 치사한 것 같다.

아까 같은 조가 되기로 했던 애들한테 무슨 말이라도 들은 거냐고 물어보니 미요시는 고개를 저었다.

"그런 건 아니야. 괜찮아. 다들 착하니까."

미요시한테는 미안하지만 난 전혀 그렇지 않을 거라는 생각이 들었다.

학교에서 조를 짤 때 미요시가 먼저 누군가에게 다가가서 끼워달라고 한 게 아니라는 것을 나는 잘 안다. 누군가가 같은 조에 들어오라고 권했고, 미요시는 그저 고개만 끄덕였을 뿐이다.

하지만 이미 다 정해진 조에서 빠져나와 다른 조로 들어간다면, 아무리 선생님의 요청이 있었다고 해도 원래 조에 있던 애들은 그리 기분이 좋지 않을 것이다.

어쩌면 지금쯤 그 녀석들은 미요시에 대해 이러쿵저러쿵 험담을 하고 있을지도 모른다. 착한 척만 한다든가, 모범생처럼 군다든가, 선생님한테 점수를 따려고 저런다는 식으로 말이다.

그런 광경을 상상만 해도 가슴속이 따끔거려서 견딜 수가 없었다. 그곳에 있는 상처는 아직도 곪은 채 완전히 굳지 않았기 때문이다. 그래서 약간의 자극에도 딱지가 떨어져 바로 상처가 벌어지고 피가 배어 나오려고 한다.

그때도 그랬으니까.

네가 이런 식으로 나를 항상 감싸려고 하니까.

"알아, 나도 안다고."

그런 마음을 말로 표현한 것도 아닌데, 내 생각이 얼굴에다 드러나 있었는지 미요시는 강한 어조로 말했다.

"알아. 하루가 지금 어떤 심정인지 잘 알아. 나도 다시는 그런 일을 겪고 싶지 않아. 그래서 너와 한 약속도 싫어도 꼭꼭 지키고 있잖아? 하지만 오늘은 어쩔 수 없었는걸!"

그렇게 언성을 높인 후, 미요시는 격해진 감정을 억누르는 것처럼 심호흡을 한 번 하고서 말을 이었다.

"이번에는 나루사와도 있으니까……."

아아, 맞다.

그보다 나루사와가 나와 같이 있는 것 자체가 문제였다. 왜 아무도 그 애한테 자기들의 조에 들어오라고 말을 걸지 않았는지. 하여간 반 애들은 마음에 안 든다. 다들 그 애와 함께 조를 짜는 게 그렇게 싫었는지.

"그보다 왜 선생님은 제비뽑기로 조를 짜지 않았을까? 그러는 편이 싸우는 일이 없어서 더 좋았을 텐데……."

미요시는 그렇게 투덜거렸지만 나는 오히려 그 반대라고 생각한다. 괜히 제비뽑기로 조를 짰다가 혹시 서로 미워하는 애들끼리 같은 조가 되면 더 난리가 날 게 분명하다.

어이없어 하면서 그렇게 말하자 미요시는 그게 뭐 대수냐는 식으로 받아쳤다.

"그럼 친해질 계기가 생겨서 더 좋잖아."

얘가 이렇다니까.

세상 모든 사람이 미요시 같다면 전쟁이 일어날 일도 없을 것이다.

—

2주 후, 황금연휴도 무사히 끝나고 사회 과목 견학 수업 당일이 되었다.

목적지는 삿포로 시에 있는 과학관으로, 주요 행사는 그곳에 있는 일본 최대급의 플라네타륨(천체의 위치와 운동을 설명하기 위해 만들어진 장치로 반구형의 천장 스크린에 달, 태양, 항성, 행성 등 천체를 투영한다 — 옮긴이) 체험이란다. 개인적으로 소풍 프로그램치고는 나쁘지 않다. 만약에 가는 곳이 유원지 같은 데였더라면 나는 진심으로 실망하면서 감기에 걸렸을지도 모른다. 그런 떠들썩한 장소는 도저히 마음 놓고 즐길 수가 없다.

항상 조회 시간에 맞춰 아슬아슬하게 등교를 하는 나지만 역시 오늘 같은 날까지 지각할 수는 없어서 아침에 여유를 가지고 집을 나섰다.

"안녕, 하루."

그런데 어째서인지 우리 집 앞에서 미요시가 칙칙한 색의 상점가 지붕을 바라보며 나를 기다리는 중이었다. 아무리 같은 상점가에 산다고 해도 나와 미요시는 둘이서 함께 학교에 가는 일은 없다. 적어도 최근 몇 년 동안은.

왜 여기 있느냐는 나의 직설적인 질문에 미요시는 살짝 입을 비죽였다.

"어때, 오늘 정도는. 어차피 오늘은 계속 같이 있어야 하는데 뭐."

아주 당연한 말을 하고 있긴 했지만, 마땅한 이유로는 전혀 들리지 않았다. 그러나 밀어내봤자 어차피 목적지는 똑같다. 저만치 떨어져서 걸어가라고 하는 말까지 쏘아붙일 수는 없었다.

미요시와 어깨를 나란히 한 채 10분 정도 걸어서 학교에 도착했다.

오늘은 실내화로 갈아 신을 필요가 없어서 그대로 중앙 현관을 지나 운동장으로 직행했다.

나와 미요시가 도착했을 즈음, 이미 운동장에는 좀처럼 흥분을 감추지 못하는 아사미미나미 초등학교 6학년생들이 많이 모여 있었다.

그 집단에서 조금 떨어진 위치에, 아이들 속에 섞여도 유난히 도드라져 보이는 금빛 머리가 있었다. 아무리 사람이 많아도 나루사와를 찾는 건 너무나도 쉬웠다.

「아! 하루!」

나루사와도 내 모습이 눈에 들어왔는지 이쪽을 향해 총총 뛰어왔다.

「하루, 왜 이리 늦었어. 기다리다 지쳤어!」

늦었다고 나한테 따져봤자 애당초 우리는 만나자고 약속하지도 않았다.

입을 열자마자 불만을 터뜨리는 나루사와였지만, 어쩐지 평소와 인상이 달라 보인다 싶어서 고개를 갸웃거렸다. 아무리 남의 변화에 둔감한 나조차도 그 위화감의 원인은 바로 알아차릴 수 있었다. 오늘은 머리를 올려 묶었던 것이다.

「오오~.」

내 시선을 눈치챘는지 수줍어한다기보다는 싱글거리는 것처럼 표정을 누그러뜨리며 나루사와는 반쯤 올려 묶은 자신의 뒷머리를 가볍게 어루만졌다. 나루사와도 소풍 때는 멋을 부리고 싶은 모양이다. 그렇게 생각하면서 보니까 복장도 평소보다 맵시 있게 느껴졌다. 줄무늬 셔츠 위에 흰 테두리가 있는 남색 카디건을 걸치고 아래는 검은 타이츠에 베이지색 반바지를 갖춰 입은 차림새였다.

「있잖아, 하루. 나 어때? 귀여워?」

나루사와가 물었다.

"응, 정말 귀여워!"

물론 이런 붙임성 있는 말은 내가 한 게 아니다.

아까 한 나루사와의 말은 영어인데도 곁에 있던 미요시도 대충은 이해했는지, 내가 무슨 반응을 하기도 전에 활짝 웃으며 그렇게 대답했던 것이다. 이쪽은 물론 일본어였지만.

반면에 나루사와는 설마 미요시가 대꾸할 줄은 몰랐는지 노골적으로 어깨를 흠칫 떨면서 나를 방패막이 삼아 뒤로 쏙 숨어버렸다. 나도 덩치가 큰 편은 아니어서 실제로는 몸을 전부 숨길 수 없었지만 말이다.

그런데 너, 그런 식으로 구는 짓은 좀 안 하면 안 되냐.

나는 하도 어이가 없어 여봐란듯이 크게 한숨을 쉬면서 나루사와 쪽을 돌아보았다. 나 같은 애보다 미요시 같은 애랑 노는 게 훨씬 재미있을 것 같은데.

그렇게 내 뜻을 전했지만 나루사와는 거절하는 것처럼 고개를 옆으로 휙 돌릴 뿐이었다.

……으음.

대체 나루사와의 이 반응은 뭐지.

아마 미요시를 특별히 싫어하는 건 아닌 것 같은데. 그냥 낯가림 같은 건가? 그런 것치고는 너무 도가 지나친 것 같다.

어색한 두 사람 사이에서 다리를 놓는 걸 잘하는 편도 아니고 아니, 오히려 제일 못하는 일이지만, 역시 이 상황에서는 내가 둘 사이를 중재해야 할지도 모르겠다 ─ 그런 생각을 하던 차에 미요시가 내 어깨를 두드렸다.

"하루, 난 괜찮아."

아무래도 내가 지금 무슨 생각을 하는지 영리한 미요시는 금방 알아챈 모양이다.

"나도 하루처럼 내 힘으로 친해질 테니까."

미요시는 그렇게 말하며 활짝 웃었다. 아마 나는 평생 걸려도 흉내 낼 수 없을 정도로 자연스럽고도 부드러우며 다정한 미소였다.

미요시의 그 말 앞에서 고개만 숙이고 있던 나루사와가 무슨 생각을 했는지는 알 수 없다.

그렇지만 그 애가 내 파카 옷자락을 쥐는 손힘이 어느새 조금 세진 게 그리 나쁜 반응은 아니라고 믿고 싶다.

─

학교에서 버스를 타고 40분 정도 걸려 우리는 삿포로 시립과학관에 도착했다.

신 삿포로 역 근처에 잇는 삿포로 시립과학관은 근미래를 모티브로 한 디자인으로, 콘크리트 면이 도드라지게 드러난 원추형 건물이었다. 근미래라고 해도 개관한 지 벌써 20년 정도 됐으니까 약간 오래된 근미래일지도 모르겠지만 말이다.

과학관에 도착하자마자 6학년 2반 일동은 플라네타륨으로 안내되었다.

실내로 들어가도 조명은 아직 켜져 있는 상태여서 메탈릭 블루로 칠해진 두 종류의 프로젝터의 모습도 확실히 볼 수 있었다. 광학식 플라네타륨의 인피니움 L. 그것과 총 여섯 개의 프로

젝터를 합쳐놓은 영상 시스템, 스카이맥스 DS. 이것들을 조합하여 더욱 입체적인 영상을 즐길 수 있다. 경사진 돔 스크린은 국내 최대 규모라고 내세우는 만큼 제법 큰 위용을 자랑했다. 참고로 나는 이번이 다섯 번째 방문이었지만, 그래도 이 어둑어둑하고 특별한 공간에 발을 들일 때마다 매번 기대로 가슴이 두근거렸다. 너무 기뻐서 발이 둥실둥실 뜨는 것 같았다.

등받이가 비스듬하게 넘어가는 좌석에 왼쪽에서부터 미요시, 나, 나루사와가 순서대로 자리를 잡았다.

「하루, 하루, 하루하루!」

오른쪽 옆에 앉은 나루사와가 내 어깨를 탁탁 두드렸다. 눈짓으로 무슨 일이냐고 물었더니 나루사와는 무릎 위에 올려두었던 가방을 뒤적거리기 시작했다.

「짜자자잔~.」

척 들어도 일본어 같은 효과음을 내면서 문제의 그 토끼 인형 메리를 꺼냈다. 이런 곳까지 갖고 왔구나. 기뻐하는 건 괜찮지만 잃어버리지나 말라고 충고했다.

「응!」

내 주의를 듣고 순순히 고개를 끄덕인 후, 나루사와는 메리를 꼭 끌어안은 채 생긋 웃었다.

「와아, 기대된다. 기대된다!」

그런 말을 반복하면서 나루사와는 진정이 안 되는지 몸을 이리저리 흔들었다. 왜 이렇게 신이 나서 난리인가 싶기도 했지만, 그 정도로 기뻐하고 기대한다면 플라네타륨도 영상을 보여주는 보람이 있을 것이다.

잠시 후, 실내의 조명이 완전히 꺼졌다.

어둠에 눈이 겨우 익숙해질 즈음, 도시에서는 절대로 볼 수 없는 화려한 밤하늘이 머리 위의 스크린에 선명하게 펼쳐졌다.

암흑이라는, 바닥도 벽도 없는 커다란 풀장에 반짝반짝 빛나는 모래를 흩뿌려놓은 듯한 그 영상을 보고서 나는 다시금 진심으로 느꼈다.

참 예쁘다, 하고.

어쩌면 이렇게 우주는 아름다울까, 하고.

그 후, 감상할 때의 주의 사항 몇 가지가 안내되고 곧이어 머리 위의 별 가득한 밤하늘에 대한 해설이 조용한 음악과 함께 시작되었다. 하지만 그런 거 없이 별빛만 봐도 지금 어느 하늘을 보여주고 있는지 쉽게 이해가 되었다.

주황빛으로 빛나는 항성과 푸른빛이 감도는 백색 항성이 유난히 반짝이면 그건 봄철 하늘이다. 전자의 항성은 아르크투루스, 후자는 스피카다. 보통 둘은 늘 같이 언급되곤 한다. 북두칠성자리의 끝자락에 있는 알카이드부터 아르크투루스, 스피카를 이어 곡선을 그려내면 봄의 대곡선이 완성된다. 그 두 개의 별과 사자자리의 데네볼라를 이은 봄의 대삼각형이 더 유명할지도 모르지만, 데네볼라는 2등성이라서 의외로 찾아보기 힘들다.

잠시 후, 여름철 하늘로 영상이 바뀌면서 남쪽의 안타레스가 붉은색으로 강하게 빛났다. 전갈자리의 α별, 그러니까 전갈자리의 모양을 이루는 항성 중에서 제일 밝다. 그래서 전갈자리의 심장이라고 불리기도 한다. 베가, 데네브, 알타이르가 이루는 여름의 대삼각형은 특히나 유명하다. 베가는 직녀성, 알타이르는 견우성이다. 그 둘이 1년에 한 번, 칠석에만 만난다고 불쌍해 하는 사람들도 있지만, 그건 분명 이 두 별의 수명이 백억 년쯤 된다는 걸 몰라서 하는 소리다. 그렇게 따져보면 백 년에 한 번 만나는 것도 사실은 자주 만나는 거다. 왜냐하면 죽을 때까지 1억 번이나 데이트하는 커플이 있을 리가 없기 때문이다.

가을철 하늘, 겨울철 하늘로 영상이 바뀌었다. 딱히 새로운 건 없었다. 이런 플라네타륨에서 상영하는 기초적인 내용은 이미 내 머릿속에는 완벽하게 들어가 있다.

그래도 좋았다.

나는 아마 지금 이 자리의 그 누구보다도 별에 대해서 잘 알고 있겠지만 솔직히 이런 지식은 아예 없어도 괜찮을 것 같다.

그렇지 않을까?

그런 것쯤 몰라도 별이 찬란한 밤하늘의 아름다움과, 우주의 광대함을 느끼는 데는 아무 지장이 없다.

약 한 시간 정도의 플라네타륨 상영이 끝나고, 조별 자유시간이 됐다.

과학관에 전시된 것, 예를 들어 손으로 표면을 만지면 플라스마 광선이 다가오는 커다란 유리구슬, 자전거를 이용한 인력발전 장치, 초음파 센서에 의한 신장 측정, 기울어진 방 등은 적어도 나와 미요시가 유치원생이던 시절부터 설치된 것이어서 별로 새롭거나 신기하지 않다. 하지만 이곳에 처음으로 온 나루사와는 모든 것이 흥미로워 보이는지 뭘 볼 때마다 잔뜩 들떠 소란을 떨어서 나는 솔직히 흐뭇했다.

그러는 사이에 우리는 기간 한정 전시 코너에 이르렀다.

'여러 나라의 로켓 역사'라고 명명된 그 장소에는 우리 키 정도 되는 다양한 로켓 모형이 일렬로 즐비하게 늘어서 있었다.

"로켓에도 여러 가지 종류가 있구나."

미요시는 흰색과 주황색의 두 가지 색 조합이 촌스러운, 아니 그래서 눈길을 끄는 H-II 로켓 모형을 보면서 감탄하는 것처럼 고개를 끄덕이더니 눈앞에 있는 설명문을 읽기 시작했다.

"H-II 로켓은 우주 개발사업단과 미츠비시 중공이 개발한 로켓으로 1994년부터 1999년까지 일곱 번이나 발사되었습니다. H-II 로켓은 원형인 H-I 로켓보다 크기도 더 작고

2단식 로켓이면서, 2단 엔진뿐만이 아니라 액체 보조 부스터도 모두 국내에서 개발된 최초의 순수 국산 로켓입니다. 그렇지만 국산이라는 원칙을 지나치게 고집하여 한 대당 생산비용이 너무 비싸졌습니다. 그것이 큰 결점이 되었습니다. 후속기인 H-IIA 로켓은 현재에도 활동하고 있습니다.”

그 설명을 들으며 나는 로켓의 결점까지 제대로 기술한 점이 참 괜찮다며 새삼 감탄했다.

「저기, 하루.」

나루사와가 내 파카의 후드를 잡아당기면서 나를 불렀다. 후드를 뒤에서 꾹꾹 잡아당기는 건 목이 턱턱 막히니까 그만 좀 해라.

몸을 돌려 무슨 일이냐며 고개를 갸웃하니 나루사와는 방금 미요시가 읽은 설명문 속의 ‘액체’라는 단어를 가리켰다.

「이 단어는 liquid를 말하는 거지?」

아무래도 나루사와는 한자의 뜻을 확인하고 싶었던 모양이다.

나루사와의 물음에 고개를 끄덕이자 그 애는 묘하게 새된 목소리로 다시 물었다.

「그렇지? 그럼 이거 잘못된 거 아냐?」

그 말을 듣고 나 역시 무슨 뜻인지 바로 알아차렸다.

……정말이네.

진짜로 잘못됐다. 나루사와의 지적대로 이 설명문은 틀렸다. H-II 로켓의 보조 부스터의 연료는 확실히 액체가 아니라 고체이기 때문이다.

나루사와의 지적이 옳다는 걸 깨닫고, 나는 크게 놀라 그 애의 눈을 다시 쳐다보며 고개를 끄덕였다.

「역시 맞지?」

내 동의를 얻은 게 자못 기뻤는지 나루사와는 환한 표정을 지었다.

「H-Ⅱ 로켓의 보조 부스터는 액체 연료가 아니라 고체 연료야. 제어하기 힘든 액체 연료를 중간에 분리해서 떨어뜨리는 보조 부스터에 쓸 이유가 없잖아. 메인 로켓 엔진이 액체 연료니까 그거랑 헷갈렸나 보네.」

나루사와의 입에서 쏟아져 나온, 결코 표면적인 지식의 나열이 아닌, 한 걸음 더 나아간 설명을 듣고 나는 눈을 휘둥그렇게 뜨지 않을 수가 없었다.

어떻게 그런 것을?

나루사와가 어떻게 그런 전문적인 지식까지 알고 있는 거지? 바로 얼마 전까지만 해도 성층권이라는 단어도 몰랐으면서.

「에헷.」

이유를 물어보니 나루사와는 기쁘게 웃었다.

「공부했거든.」

세상에, 공부했다니……. 아니, 지금 그 말은 어디서 많이 듣던 소리인데?

「나 그거 말고도 아는 거 많아!」

나루사와는 그렇게 말하면서 눈앞에 늘어서 있는 모형 중에서도 가장 사이즈가 큰 것 — 미국의 로켓인 새턴 Ⅴ를 가리켰다.

「이 새턴 Ⅴ는 미국이 만든 건데, 세계에서 제일 큰 로켓이야. 6년 동안 13회나 발사됐지. 전부 성공한 건 아니지만, 누가 죽는 사고는 한 번도 발생하지 않은 굉장한 로켓이야. 처음으로 달 표면에 착륙한 아폴로 11호의 발사체도 새턴 Ⅴ였고, 미국이 처음으로 개발한 우주정거장의 스카이랩 1호를 쏘아 올린 것도 이 새턴 Ⅴ거든! 나는 로켓 중에서도 새턴 Ⅴ가 제일 좋아!」

그런 식으로 나루사와의 입에서 술술 쏟아지는 말에 나는 내 귀를 의심했다.

지금 나루사와가 한 설명은 그 애의 바로 앞에 놓인 설명문 안내판에 적혀 있는 것과 매우 비슷했다. 그러나 나루사와는 지금 설명을 하는 도중에는 이 안내판을 한 번도 보지 않았다. 설마 한 번 쓱 보고 전부 외웠을 리는 없을 것이다. 그러니까 지금 설명은 전부 이 애의 머릿속에서 나온 것이 틀림없다는 뜻이 된다.

"야, 하루, 왜 그래?"

영어를 알아듣지 못하는 미요시가 내 어깨를 살짝 두드리며 물었다.

"아까부터 무슨 얘기를 하는 거야?"

그 물음에 나는 여전히 혼란스러운 상태로 나루사와가 여러 로켓에 대해 속속들이 잘 알고 있다는 사실을 미요시에게 알려주었다.

"흐음? 그렇구나."

나와는 대조적으로 미요시는 별로 놀라는 기색도 없이 맞장구만 쳤다.

"혹시 하루, 너와 얘기하고 싶어서 공부하고 온 거 아닐까?"

뜻밖의 말에 나는 눈을 동그랗게 떴다.

그런 건가? 만약 그런 거라면 나도 은근히 기쁘긴 한데. 하지만 겨우 그것만을 위해서 이렇게까지 공부를 하고 그럴까?

「하루! 내 말 좀 잘 들어!」

그러나 나루사와는 나와 미요시와의 대화를 억지로 끝내려는 듯 목청을 높이면서 이번에는 좀 전의 새턴 V와는 또 다른 모형 앞으로 나를 질질 끌고 왔다.

「자, 이번에는 이 소유즈 로켓에 대해서 설명해줄 테니까!

들어봐. 잘 들어보라고!」

아니, 설명해주겠다니. 딱히 네 설명을 듣고 싶은 건 아닌데.

"하루, 인기 폭발이네."

나루사와한테 휘둘리는 나를 보면서 미요시가 쿡쿡 웃었다. 그 얼굴에는 나루사와 때문에 대화가 끊겼다고 언짢아하는 기색은 전혀 찾아볼 수 없었다.

"어쩐지 내가 너희 둘의 데이트를 방해하는 것 같은데?"

미요시는 그런 식으로 까불거리며 농담을 던졌지만, 오랫동안 미요시와 알고 지내며 길러온 나의 관찰력에 따르면 미요시는 나루사와가 자기에게는 마음을 열어주지 않는다는 점에 다소 서운해하는 것처럼 보였다.

그래서 나는 미요시가 화장실에 간 사이, 「너 말이야, 미요시가 싫어?」 하고 나루사와에게 단도직입적으로 물어보기로 했다.

그때 나루사와는 R2-D2라는 마치 가짜처럼 키 작은 로켓에 영어로 말을 걸고 무슨 대답을 듣는 척하면서 뭐가 그렇게 재미있는지 깔깔 웃고 있다가, 나의 그 물음을 듣자마자 전구의 불이 획 꺼지듯 웃음기를 거두며 말했다.

「그냥 보통이야.」

보통이라고?

하긴 뭐, 싫어한다는 대답보다야 낫지만. 그렇다면 미요시를 일부러 피할 필요는 없지 않을까. 그냥 평범하게 대해주면 되잖아.

그렇게 나름대로 잘 타일러보았다.

「딱히 피하는 거 아니야.」

얘가 무슨 소리를 하는 거야? 피할 요량이 아니라면 미요시랑 편하게 얘기를 하면 될 것 같은데.

그러나 나루사와한테도 할 말이 있는 모양이었다.

「나 일본어 잘 못한단 말이야. 발음도 엉망이고.」

그거야 그럴지도 모르지만.

하지만 우리 할아버지한테는 그런 건 개의치 않고 말만 잘 했으면서. 그리고 설령 나루사와의 발음이 나쁘다고 하더라도 미요시는 그런 걸 비웃는 짓은 절대로 하지 않는다.

책망하고 있는 게 아닌데도 나루사와는 고개를 푹 숙이고 말았다. 게다가 살펴보니 당장이라도 울 것처럼 눈동자에 물기가 어려 있었다.

미요시와 친하게 지내는 것을 완강하게 거부하는 그 태도에 화가 전혀 안 난다고 한다면 그건 거짓말이겠지만, 내가 지금 하는 행동도 도가 지나친 참견이기는 했다.

물론 그런 건 잘 안다.

억지로 친하게 지낼 필요는 전혀 없다는 것쯤은.

미요시는 미워하기 힘들 정도로 착한 아이다. 하지만 그렇다고 해서 세상 사람들 모두가 미요시에게 호감을 품고 있을 리는 없다. 게다가 나루사와와 미요시가 친하게 지낸다고 해서 나한테 무슨 이득이 생기는 것도 아니니 그냥 놔두면 될 일이다. 내가 굳이 뒤치다꺼리를 다 해줄 필요는 손톱만큼도 없다.

나도 안다.

그런 건 잘 알고는 있지만.

그래도 나루사와와 미요시의 사이가 좋거나 나쁜 것 중 어느 한쪽을 고르라고 한다면, 당연하지만 나는 후자를 고르고 싶다.

이를 어쩌나 하고 고민을 하면서 멍하게 과학관 내부를 이리저리 둘러보았다.

그때 나루사와가 아까 잔뜩 신이 나서 나에게 설명했던 그 로켓 모형이 눈에 들어왔다.

……흐음.

만약 나루사와가 로켓에 관심이 많다면, 그 관심을 미요시와의 관계 개선에 이용할 수 있지 않을까?

그래서 나루사와에게 정말로 로켓을 좋아하냐고 다시금 물어보니 갑작스러운 화제 전환에 당황했는지 그 애는 얼굴을 들고 새파란 눈동자를 크게 뜨면서도 살짝 고개를 끄덕였다.

「응, 좋아하게 됐어.」

그렇구나. 좋아하게 된 거구나. 그 이유에 대해 군이 묻지는 않았지만, 그건 참 좋은 일이다. 아주 훌륭하다. 박수라도 쳐주고 싶다.

그래서 나는 연이어서 나루사와에게 이런 말을 꺼냈다.

「다음 달에 미요시와 풍선 로켓을 쏘아 올릴 거야.」

「뭐?」

「너도 하고 싶어?」

놀라서 눈을 동그랗게 뜬 나루사와에게 그렇게 묻자 그 애는 바로 힘차게 자기의 흰 손을 번쩍 들었다.

「하고 싶어! 하고 싶어! 나도 꼭 할래!」

예상대로 나루사와는 기대로 가득 찬 표정으로 얼굴을 빛내며 외쳤다. 나는 그런 반응에 속으로 씩 웃었다.

「그럼 미요시랑 사이좋게 지낼 수 있어?」

재빨리 그런 거래 조건을 제시했다. 미요시가 이 자리에 있다면 보나 마나 세모눈을 하고 화를 낼 게 분명하다는 건 물론 잘 안다.

「그, 그건…….」

「사이좋게 지내지 못하면 안 끼워줘.」

머뭇거리는 나루사와 앞에서 나는 대번에 고개를 가로저었다.

「나루사와, 넌 제외야.」

일부러 그런 심술궂은 말을 하니, 나루사와는 어린아이처

럼 끙끙거리며 10초 정도 망설이다가 마지막에는 포기했는지
― 그런 표현도 좀 이상하긴 하지만, 어쨌든 하는 수 없다는 듯
고개를 끄덕였다.

「……알았어. 그럼 친하게 지낼게.」

「지금부터 그래야 해. 알았지?」

「아, 알았다고.」

좋았어.

「미요시가 돌아오면 바로 사이좋게 지내야 해.」

그런 뒷거래를 한 지 1분 후.

"미안해. 많이 기다렸지?"

살가운 웃음을 지으면서 미요시가 화장실에서 돌아왔다.

"아, 나루사와는 화장실 안 가도 괜찮아? 집에 가는 버스도
조금 있으면 타야 하니까 지금 얼른 다녀오는 편이 복잡하
지 않고 좋을 텐데."

마침 기가 막힌 타이밍에 미요시가 나루사와에게 말을 걸
었다.

나는 미요시한테 들키지 않도록 나루사와의 등을 손가락
으로 쿡쿡 찔렀다. 그러자 나루사와는 나한테 어깨 너머로 미련
가득한 눈빛을 보내면서 곧 미요시에게 시선을 돌렸다.

"……미요시."

나루사와는 묘하게 퉁명스럽긴 했지만 그래도 미요시의
이름을 불렀다.

"어? 나? 응, 무슨 일인데?"

그러자 미요시는 자기 이름을 불러준 게 기쁜지 확연히 환
한 표정을 지었다.

"이제부터 미요시랑 사이좋게 지내기로 했어."

하지만 그 미소에 답하는 나루사와의 일본어는 감정이라

고는 전혀 없는, 회화 교제에나 나올 법한 문어체였기에 나는 금세 안 좋은 예감을 느꼈다.

그 불길한 예감을 적중시키는 것처럼 나루사와는 나를 가리키며 말을 덧붙였다.

"그렇게 하면 풍선 로켓 같이 해도 된다고, 하루가 말했어."

순간.

미요시가 머금고 있던 미소의 온도가 급격히 내려갔다. 입가에도, 눈가에도 분명 미소가 어려 있긴 한데 실제로는 전혀 웃고 있지 않았다. 미요시는 그런 기묘한 웃음을 나한테 지으면서 말문을 열었다.

"······오호?"

나는 이날 태어나서 처음으로 깨달았다.

이 '오호'라는 감탄사가 상황에 따라서는 이렇게까지 무서운 울림을 품을 수 있다는 것을.

—

사회 과목 견학 수업 이튿날, 나는 준비를 마치고 풍선 로켓 2호기 제작에 들어갔다.

벌써 도면, 말만 거창하지 사실 그렇게 대단한 것도 아니지만 아무튼 설계도는 준비했기 때문에 거기에 맞게 손만 잘 움직이면 되었다.

우선 동네 대형마트에 가서 발포 스티로폼을 산 다음 그걸 커터 칼로 깎아 지름 30센티미터, 높이 10센티미터 정도의 원추를 만들었다. 원추라기보다는 동그란 로봇 청소기 같은 모양새다. 이건 풍선 로켓의 몸통에 해당한다.

그 발포 스티로폼 내부를 잘 도려내어 아래에서 위쪽으로 렌즈가 튀어나올 수 있도록 디지털카메라를 설치했다. 아무리 딱 맞추어 도려내도 발포 스티로폼과 카메라 사이에는 약간의 빈틈이 생기기 때문에 그 공간에는 종이 점토를 조금 채워 넣어 안정감을 높였다.

마찬가지로 스마트폰도 몸통 안쪽에 고정했다. 참고로 스마트폰이라고 해도 유행이 한참 지난 중고품으로, 통신 기능만 되는 저가 SIM 카드까지 합쳐도 5천 엔 정도밖에 안 되지만 GPS 발신기 역할로는 충분하다. 다만 스마트폰을 전파를 발신할 수 있는 상태로 하늘로 날리면 전파법에 위반되기 때문에 그 부분은 약간 조정해야 한다. 나는 전용 애플리케이션을 이용하여 발사 때는 비행기 탑승 모드가 되고, 착륙했을 때는 자동으로 통상 모드로 돌아갈 수 있도록 설정해놓았다. 이 방법을 쓰면 비행 중에 경로를 추적할 수 없어서 안타깝긴 하지만, 하늘 위에서 GPS를 사용하려면 전문 자격증도 필요하고 무엇보다 그런 기기 자체가 상당히 고가의 물건이라서 어쩔 수 없다. 짜증이 나다가도 사실 이런 관련 지식과 대처 방법을 알게 된 것은 여러 가지로 요령을 알려준 사람이 있었던 덕분이라서 내가 따로 불만을 터뜨릴 입장도 못 된다.

발포 스티로폼 안에 넣는 것은 스마트폰과 카메라 두 개뿐이다. 로켓의 상단부에는 로켓이 나중에 안전하게 착지하도록 낙하산을 매달아두었다.

이쪽도 그리 대단한 게 필요하지는 않고, 나일론 소재로 된 모형용 낙하산을 천 엔 정도로 싸게 파니 그걸로 때우면 충분하다. 풍선이 상공에서 터져서 부력을 잃은 후에는 이 낙하산이 펼쳐지게 되어 있다.

작년에 쏘아 올린 1호기는 겨우 2천 미터 정도 올라갔을 뿐인데도 카메라 영상이 자꾸 빙빙 도는 문제점이 있었기에 이번에는 도래, 그러니까 원래는 낚싯줄의 꼬임을 방지하기 위한 도구를 중간에 끼웠다. 효과가 얼마나 있는지는 해봐야 알겠지만, 없는 것보다는 나을 거라고 믿는다.

풍선 로켓 2호기는 이것만으로 완성이다. 제작하는 데 세 시간도 채 걸리지 않았다.

총 중량은 풍선 자체의 무게를 제외하면 500그램도 안 된다. 스마트폰을 카메라로 활용하면 더욱 무게를 줄일 수 있지만, 중고품이라 카메라 기능을 사용하면 배터리에 문제가 생겨서 그 점은 단념할 수밖에 없었다.

그리고 이만큼 하는 데 들인 비용은 지난번 풍선 로켓에서 회수한 카메라와 스마트폰을 제외하고 발포 스티로폼, 종이 점토, 모형 낙하산, 도래 등등 잡다한 물건을 모두 포함하여 3천 엔 정도였다. 여기에 5천 엔 정도 하는 풍선까지 1년치 세뱃돈으로 간신히 다 마련할 수 있었다.

그러나 언젠가 미요시한테도 설명한 것처럼 정작 중요한 헬륨 가스가 제일 비쌌다.

이번에 빌린 헬륨 가스통은 2천 리터 용량이다. 웹 사이트를 이곳저곳 열심히 검색해봤지만 1만 3천 엔보다 싼 것은 보이지도 않았다. 아니, 기체 한 통에 1만 엔 이상이나 하다니 미친 것 같다. 우주를 향한 내 의지가 흔들리지는 않았지만, 주문 버튼을 클릭하는 데에는 상당한 용기가 필요했다.

그렇게 완성된 풍선 로켓은 겉으로는 홀 케이크 모양의 발포 스티로폼으로만 보인다. 그래도 나는 이 흰 물체에 신기할 정도로 애착을 느꼈다.

날아오를 수 있을까.

이 작은 존재는 얼마나 높이 날아갈 수 있을까.

영하 50도 이하의 극한 속에서도 버티고, 시속 100킬로미터를 넘는 기류에도 굴하지 않고 무사히 성충권까지 도달해서 그곳의 경치를 나한테 보여줄 수 있니?

—

다만 풍선 로켓을 발사하기 위해서는 로켓 제작과는 별도로 또 다른 큰 문제를 해결해야 했다.

기껏해야 풍선 로켓이라고는 하지만 항공법상으로는 기구에 해당해서 정부의 허가를 받아야 한다는 것이다. 그러려면 자유 기구 여행 허가서 같은 게 필요하단다. 지름 1미터 80센티미터 정도의 풍선을 날리기 위해 일일이 나라의 허락을 받아야 한다는 게 어쩐지 답답하기 짝이 없었다. 하늘은 이렇게나 넓은데 말이다. 그렇지만 내가 생각한 계획에 그런 이상한 규칙이 얽히는 것도 내가 어린애 놀이의 범주를 뛰어넘은 일을 하기 때문이라고 생각하니 어쩐지 자랑스럽게 느껴졌다.

허가에 필요한 서류 작성은 별로 고생스럽지는 않지만, 당연하게도 '사쿠라 하루 12세'가 책임자로 인정될 리가 없었다. 제대로 된 어른을 책임자로 내세워야 했다.

원래라면 아빠나 엄마한테 부탁해야 한다.

"그걸 알면 그렇게 하지 그러냐."

방에서 겨우 열한 수째에 장군이 잡힐 정도의 외통 장기를 두며 미간에 깊은 주름을 새기고 있던 할아버지를 붙들고 사정 설명을 했지만, 곧바로 그렇게 거절만 당했다.

"네 엄마, 아빠도 네가 하는 일에 무작정 반대하지는 않을 거 아니냐."

그런 건 나도 안다. 하지만 할아버지도 내가 지금 아빠나 엄마하고 대화하기 힘든 처지에 있다는 걸 다 이해하고 있으면서.

할아버지는 외통 장기 책자를 읽기 위해 쓰고 있던 돋보기 안경을 벗고 미간을 주무르면서 깊은 한숨을 내쉰 후, 조용한 목소리로 말씀하셨다.

"벌써 1년이 다 되어간다, 하루."

그 한마디에 내 가슴속 깊은 곳에서 둔탁한 아픔이 지나갔다.

"물론 작년에는 여러모로 힘든 일도 있었지. 소문이 꼬리를 무는 바람에 한때는 손님 발길이 뜸할 때도 있었어. 그런데 나는 네가 정말로 나쁜 짓을 했다고는 생각하지 않는다. 그 증거로 지금은 손님들이 우리 가게를 다시 찾고 있지 않냐."

그건 단순히 미요시가 — 아니, 미요시네 집안사람들이 여러모로 다리를 놓아주고 도와준 덕분인 거지, 결코 내 행동이 정당했다는 의미가 아니다.

"그쪽 부모의 입장도 있으니 다 잊고 살라고는 나도 말 안 한다."

할아버지가 오랫동안 다리미를 쥐어 단단해진 손바닥으로 내 어깨를 조용히 도닥였다.

"하지만 그렇다고 해서 언제까지고 그 일을 질질 끌고 살 필요는 없어. 앞으로 살날도 얼마 남지 않은 이 할아비가 손자 녀석이 풀 죽은 얼굴로 학교 가는 모습을 더는 보지 않았으면 좋겠구나."

풀 죽은 얼굴이라니, 딱히 그런 표정을 짓고 다닌 적은 없는데.

그런데 이제 정말 큰일이다.

그나마 도움을 줄 동아줄이었던 할아버지가 안 된다면 이제 아빠나 엄마한테 부탁할 수밖에 없다. 차라리 정부에 신고하지 않고 몰래 해버릴까 궁리를 하던 순간이었다.

"그래서?"

어느새 돋보기안경을 다시 쓰시고는 내가 내민 서류에 시선을 두고 있던 할아버지가 나한테 물었다.

"여기에 이름을 쓰고 인감을 찍으면 되냐?"

……어?

나도 모르게 눈을 휘둥그렇게 떴다.

"어쩔 수 없지 않니."

할아버지는 놀란 나를 돋보기안경 너머로 바라보시면서 마구 자란 회색 눈썹을 살짝 치켜세웠다.

"내가 널 모르겠냐. 허락 안 해주면 몰래 할 게 뻔하니까."

할아버지는 내 어리숙한 생각 정도는 다 꿰뚫고 계신 모양이다.

할아버지는 내가 준비한 필수 서류, 풍선 로켓의 예상 비행 지역과 시간 등을 정리한 자료를 팔락팔락 넘겼다.

"나는 여기에 쓰인 내용이 뭔지 잘 모르겠지만 안전한 건 맞지? 혹시라도 비행기에 부딪치는 일은 없는 게냐?"

그런 부분은 괜찮아. 그리고 만약에 항공국이 안전하지 않다고 판단하면 아예 허가도 내주지 않을 테니까.

할아버지는 그제야 이해했다는 듯 고개를 끄덕인 후, 서류에 사인을 해주었다.

"그러고 보니 항공국이라는 데는 아카네가 취직한 곳 아니냐?"

갑작스러운 질문에 잠시 생각에 잠겼다.

그랬던가? 아카네 누나가 올봄부터 근무하는 곳은 분명 삿포로 항공 교통 관제부라는 곳이긴 한데……. 그곳을 항공국 산하에 있는 기관이라고 봐도 되는 걸까? 항공국의 조직도까지는 나도 잘 모른다.

"어쨌든 간에 상관이 아예 없다는 건 아니지?"

그렇게 말씀하신 할아버지는 가볍게 턱을 쓸었다.

"그럼 일단 그 애한테도 미리 말해두는 게 좋지 않으냐? 여
러모로 신세를 지기도 했으니 안부도 물을 겸 알려주도록
해라."

으으 ─.

솔직히 아카네 누나한테 말해봤자 풍선 로켓을 발사하는
데 무슨 득이 될 것 같지는 않다.

그래도 지금은 할아버지한테 도움 받는 처지이기도 하니
순순히 그 말씀에 따르자고 마음먹으며 나는 고개를 끄덕였다.

─

이렇게 하여 그날 바로 아카네 누나한테 문자를 보냈더니 다행
히도 오늘 밤은 시간이 된다고 해서 오랜만에 스카이프로 통신
을 하기로 했다.

아빠가 쓰시다가 나한테 준 컴퓨터를 켜서 약속했던 저녁
8시보다 5분 전에 스카이프에 로그인을 해두었다. 시오자키 아
카네의 계정은 이미 로그인 상태여서 8시에 호출을 넣었더니,
누나는 한 열 번쯤 콜이 울리고 나서야 겨우 통신을 받았다.

"여보세요, 하루? 잘 들려?"

곧바로 싸구려 헤드폰을 통해 아카네 누나의 활기찬 목소
리가 들려왔다.

"어, 이거 비디오 통화가 아니구나. 비디오로 하자, 비디오로."

그 말을 하자마자 아카네 누나가 내 대답은 전혀 기다리지
않고 비디오 통화 요청을 바로 보내는 바람에 나는 어쩔 수 없

이 수락하였다.

비디오 통화가 시작되자, 방금 목욕을 마쳤는지 그 긴 머리를 타월로 감아올리고 캐미솔을 입고서 한 손에는 캔맥주를 든, 단정치 못한 차림의 아카네 누나가 화면에 나타났다. 아무리 5월이라고는 해도 그런 차림으로는 감기에 걸릴 것 같았다.

"오오, 나왔다! 하루다!"

누나 쪽 화면에서도 나의 얼빠진 얼굴이 나타났는지 아카네 누나는 나를 보자마자 생기 있게 활짝 웃었다.

"와아, 오랜만이다. 못 보던 사이에 많이 큰 것 같다?"

그런 물음에는 나도 어떻게 대답하면 좋을지 모르겠다. 따져보면 별로 오래간만도 아니다. 아카네 누나하고는 누나가 3월에 오사카에서 아사미로 돌아왔을 때 잠깐 만났기 때문이다.

아카네 누나, 그러니까 시오자키 아카네는 최근까지 나의 과외 선생님이었다.

나는 초등학교에 입학하자마자 영어 공부를 독학으로 시작했지만, 겨우 1년 만에 한계를 느끼고 반쯤 포기하는 심정으로 과외 선생님을 찾아보았다. 그때 소개받은 이가 바로 당시 대학생이었던 아카네 누나였다. 재미교포라서 초등학교와 중학교를 미국에서 다녔다는 누나는 마침 보람 있는 아르바이트 자리를 찾고 있다고 했다.

이후, 누나는 대학을 졸업할 때까지 3년 동안 나에게 영어를 가르쳐주었다. 아카네 누나는 영어 말고도 지금 내가 풍선로켓을 만드는 데 큰 도움이 되는 고교 물리의 기초 지식도 이것저것 가르쳐주었다. 누나를 만나지 못했다면 지금의 나는 있을 수 없다는 생각에 무척 고맙다. 은인이라고 불러도 과언이 아니다.

"일단 하루의 얼굴을 안주 삼아 건배해야지~"

그런데 예전 제자와 스카이프로 통화를 하는데도 뜬금없이 캔맥주를 신이 나서 따니까 그런 감사의 마음은 사라졌다.

바로 본론부터 꺼내는 것도 뭐해서 일단 직장은 잘 다니냐고 물으니 아카네 누나는 유리잔에 맥주를 따르면서 가볍게 대답했다.

"재미있긴 한데 바빠. 바쁘지만 보안대 다니던 때에 비교하면 그나마 낫지 뭐."

보안대라는 건 오사카에 있는 항공보안 대학을 가리키는 것으로, 아카네 누나는 홋카이도 대학을 졸업하고 나서 국토 교통성에 취직한 후, 보안대에서 1년간 연수를 받은 다음에 올봄부터 항공관제관이 되었다. 지금은 홋카이도 항공 교통 관제부에 소속되어 있어서 사는 곳도 여기서 그리 멀리 떨어져 있지 않다.

"아직 훈련 기간 중이라서 나 혼자 뭘 할 수 있는 것도아니야. 하루도 NASA에 취직하지 못하면 공항에서 일하는 게 좋을 거야. 매일 실컷 비행기를 볼 수 있다고."

아카네 누나가 아주 천진스러운 어조로 그렇게 말했다. 하긴 듣고 보니 그런 미래도 나쁘지 않을 것 같았다. 하지만 그래도 내가 가고 싶은 장소는 비행기가 날아다니는 하늘보다는 좀 더 높은 곳이다.

"그래서? 오늘은 무슨 일로 연락을 다 했어? 너는 이런 싱거운 잡담을 하려고 연락하는 성격은 아니잖아?"

싱거운 잡담이라는 말에 다소 섭섭했지만 어쨌든 좋다. 나는 고개를 끄덕인 후, 3주 후에 풍선 로켓을 쏘아 올릴 것이며, 이번 발사에도 항공국의 허가가 필요하다고 짧게 내 뜻을 전했다.

"아아, 그러고 보니 항공법에 그런 귀찮은 게 있었지. 이젠 별로 기억도 잘 안 나지만."

아카네 누나는 말은 그런 식으로 해도 아마 농담일 것이다. 애당초 풍선 로켓을 쏘아 올릴 때 전파법과 관련한 조언을 해준 것도 누나였기 때문이다. 그런 누나가 하물며 자기 직업과 연관된 항공법에 대해 잊을 리가 없다.

"하루, 네가 하는 일이니 별문제야 없겠지만 혹시 필요하면 내가 최종 점검이라도 좀 해줄까?"

아카네 누나는 금방 비어버린 유리잔에 맥주를 다시 부었다.

"비행 경로의 예측 같은 건 제대로 해놓지 않으면 허가를 못 받을 수도 있다?"

순간 꼭 좀 해달라고 고개를 끄덕일 뻔했지만, 얼른 정신을 차린 나는 고개를 저었다. 아까 할아버지한테도 비슷한 말을 했지만, 그런 이유로 허가를 받지 못하면 그때는 내가 다시 계산하면 될 일이다.

훈련 기간 중이라고 해도 현역으로 뛰는 항공관제관인 아카네 누나의 지혜를 빌리면 비행경로의 예측은 더욱 정밀해질지도 모르겠지만, 그러면 안 된다. 나는 가능한 한 나 자신의 힘으로 해보고 싶다. 너무 과장된 표현일지도 모르겠지만 나한테 있어 이 풍선 로켓은 나 자신과의 싸움과도 같은 것이니까.

"어머나, 그렇구나."

아카네 누나가 그런 내 심정을 얼마나 이해하고 있는지는 모르겠지만, 내가 그렇게 거절하자 재미없다는 듯 입술을 비죽 거렸다.

"하루는 참 귀여운 맛이 없다니까. 괜히 어른스러운 척만 하고. 예전에는 그렇게나 가르쳐달라면서 나한테 매달렸으면서."

아니, 누나한테 가르쳐달라고 매달린 적은 없었던 것 같은데.

아카네 누나한테는 항상 감사한 마음뿐이다. 게다가 따지고 보면 지금 나루사와 영어로 대화할 수 있는 것도 아카네 누나 덕분이기도 하고 말이다.

그런 생각에 오랜만이니 나루사와에 대해서도 짧게 보고를 했다. 그래 봤자 지난달 워싱턴에서 온 전학생이고, 로켓에 관심이 많아서 이번 발사도 같이 하게 되었다는 정도의 얘기가 전부였지만. 다만 괜히 귀찮아질 것 같아서 나루사와의 성별은 일부러 알려주지 않았다.

"오오, 그럼 앞으로 그 애가 하루의 영어 선생님이 되겠네."

아카네 누나는 내 설명을 듣고 나더니 작게 미소 지으며 말했다. 하긴 그런 생각도 할 수 있긴 하겠다. 생생한 영어를 배울 수 있다는 점에서 본다면 나루사와는 정말로 이상적인 상대이기 때문이다. 하지만 아무리 형식상이라고 해도 그 애를 선생님으로 삼는 건 좀……

"근데."

내가 그렇게 나루사와한테 약간 실례가 아닌가 싶은 생각을 하던 차였다.

"근데 난 좀 마음이 놓인다."

갑자기 아카네 누나가 잘 어울리지 않는 부드러운 표정으로 그렇게 말했다.

아주 짤막한 말이긴 했지만, 아카네 누나가 어떤 심정으로 그런 말을 했는지는 굳이 생각해볼 것도 없었다.

그 증거로 아카네 누나는 다 알면서 왜 그러냐는 듯 진지한 표정을 지었다.

"하루, 너도 이제 작년 같은 짓은 절대로 하는 거 아니야."

아카네 누나까지 그런 식으로 낮에 할아버지와 나눴던 이야기를 꺼냈다.

"미리 말해두지만 두 번은 없어. 그때는 진짜 절교야, 알았지?"

요즘 초등학생들도 그런 진지한 얼굴로 절교라는 말은 안 한다고 따지려다가 나는 그냥 순순히 고개를 끄덕이기로 했다.

"음, 그래야지."

내 대답에 만족스러워하며 고개를 주억인 아카네 누나는 아까와는 달리 이번에는 음흉하게 웃었다.

"그런데 말이야, 그 나루사와라는 애는 여자애 아니니?"

……그걸 어떻게 알았지?

결국 아카네 누나의 예리한 감으로 나루사와가 여자애라는 걸 순식간에 간파당했다. 그 이후 30분간 누나가 술안주 삼아 그 애에 대해 이것저것 질문 공세를 펴는 바람에 나는 잔뜩 지치고 말았다.

—

그런 우여곡절을 거쳐, 나는 며칠 후 공항국에 자유 기구 비행 허가 신청서를 제출했다.

내가 사는 아사미 시에는, 물론 우리 집 근처는 아니지만, 근방에 신치토세 공항과 오카다마 공항이 있어서 자칫하면 허가를 못 받는 게 아닐까 싶어 꽤 불안했다. 그러나 2주일 정도 지나고 나서 공항국에서 온 우편물 안에는 그토록 학수고대하던 허가증이 들어 있었다.

A4 용지 한 장의 간단한 허가증이었지만 거기에는 꽤 큼직한 포스트잇 하나가 붙어 있었다.

그 메모에는 당일 풍선 로켓을 쏘아 올릴 때의 주의 사항 몇 가지가 손글씨로 적혀 있었는데, 담당자가 매우 장난스러운 사람인지 마지막 부분에 '멋진 하늘 여행을 하시길'이라는 말까지 덧붙여놓아서 그걸 본 순간 내가 하는 일을 인정받은 것 같아 나답지 않게 매우 크게 기뻐했다.

또한 나는 풍선 로켓을 쏘아 올리기 위해 보험을 드는 것까지 고려해두었다.

솔직히 지름 30센티미터 정도쯤 되는 풍선 로켓이 낙하하는 바람에 제삼자한테 무슨 피해가 생길 가능성은 ― 홋카이도의 땅 면적을 따졌을 때 ― 거의 없긴 하다. 하지만 그 희박한 일이 안 일어난다는 보장도 없다. 그래서 나는 최악의 경우를 대비해 인터넷으로 이것저것 조사하다가 개인 배상 책임 보험이라는 것에 주목하게 되었다. 이 보험은 일상생활 속에서 발생한 우연한 사고로 배상 책임을 져야 하는 경우, 그 지불을 보험 회사가 대신해주는 것이다. 물론 풍선 로켓 발사가 그 일상생활의 범주에 얼마나 해당할지는 모르겠지만 그래도 아무 준비도 안 하는 것보다는 나을 것이다.

이 보험 액수는 매월 부담액으로 따지자면 100엔짜리 동전 두 개를 내면 거스름돈으로 잔돈을 받을 수 있는 정도였다. 그래서 내 용돈 안에서 해결을 해보자 싶어 할아버지한테 가입을 부탁했지만 "그런 건 자동차보험 특약 때문에 벌써 가입했다. 사람이 어디서 남에게 폐를 끼치게 될지 모르니까. 그보다 초등학생 손자 녀석의 코 묻은 용돈으로 보험료를 내게 하는 할아비가 어디 있냐!"라며 꿀밤만 한 대 얻어맞고 말았다. 제법 묵직한 꿀밤이었다.

―

또 일주일이 지났다.

6월의 첫 주말인 토요일이 바로 운명을 가르는 날이다.

새벽 3시 반으로 맞춰둔 알람시계가 진동하기 3분쯤 전에 나는 눈을 번쩍 떴다. 그대로 이불 속에서 가만히 있다가 3시 반이 되기 10초 전에 알람을 끄고 이불에서 나왔다.

커튼을 걷으니 동쪽 하늘이 벌써 희끄무레해진 상태였다. 6월쯤 되면 아사미 지역의 일출 시각은 새벽 4시보다 더 이르다.

다행히도 비구름은 보이지 않았다. 창문을 열어 확인해보니 바람도 거의 불지 않았다. 일기예보 사이트를 확인해봐도 오늘 날씨는 종일 평온할 거라고 한다. 비가 내리든 말든 구름 위로 로켓이 날아가 버리면 큰 문제는 없지만 그래도 준비한 것을 생각하면 날씨가 맑은 게 훨씬 낫다.

내 방에서 옷을 갈아입고, 외출 준비를 마친 후에 거실로 나갔다. 당연히 아무도 일어나지 않았다. 항상 일찍 일어나는 할아버지도 아직은 꿈나라 여행 중이다.

이 시간에 거실에 불을 환하게 켜놓는 것도 어쩐지 꺼려져서 주방에 있는 작은 형광등만 켰다. 어젯밤에 미리 취사 예약을 해놓은 전기밥솥의 뚜껑을 열자 뜨끈한 김과 함께 갓 지은 밥이 모습을 드러냈다. 그렇지만 지금부터 아침밥을 먹으려고 하는 게 아니다. 도시락을 만들려는 것이다. 이래 봬도 나는 요리가 특기다.

주먹밥으로 만들 밥을 우묵한 볼에 덜어 식히는 사이, 우선 달걀말이를 만들었다. 나는 짭짤한 걸 좋아하지만 오늘만큼은 설탕을 잔뜩 넣어 달달하게 만들기로 했다. 잘 푼 달걀물을 적당히 데워진 달걀말이 프라이팬에 부은 순간, 핫케이크라도 만드는 것처럼 달콤한 냄새가 거실을 떠다녔다.

우리 집 냉장고 안에는 썰어 말린 무나 톳 같은 것이 항상 준비되어 있어서 그것도 반찬으로 추가했다. 이것도 사흘 정도 전에 내가 미리 만들어둔 음식이다.

가게를 하는 집은 흔히 요리할 시간이 부족하기 마련이다.

그래서 미리 만들어두는 반찬이 최고다. 내가 초등학생이지만 제법 요리를 할 줄 아는 것도 집안 사정의 영향이다. 내가 가게를 볼 수는 없어서 가족들이 바쁠 때 하다못해 요리라도 해놓자는 마음에서 배우기 시작한 것이 계기였다.

고기반찬이 부족해서 튀김이라도 할까 했지만 고기를 재워둘 시간도 부족하고 아침부터 튀김 요리를 하려면 이것저것 신경을 많이 써야 해서 그냥 치킨 너겟과 프라이드치킨을 오븐에 넣고 데웠다. 이 정도로도 도시락 통의 공간은 충분히 채울 수 있지만, 잠시 고민하다가 냉장고에서 소시지도 꺼냈다. 조금만 더 수고를 하면 이것도 꽤 맛깔스러운 반찬이 된다.

반찬을 다 마련하고 나서 주먹밥을 만들고 있는데, 우리 집에서 제일 일찍 일어나는 할아버지께서 거실로 나왔다.

"뭐야, 벌써 일어났냐. ……아주 달달한 냄새가 나는구나."

그렇게 말씀하시며 할아버지는 미니 사이즈라고는 하지만 열 개 이상이나 만들어 늘어놓은 주먹밥에 눈길을 주었다.

"그런데 참 많이도 만들었구나. 한창 먹을 나이이긴 하니."

물론 한창 식욕이 왕성할 때긴 하지만 그래도 2단짜리 찬합에 꽉 채운 도시락을 나 혼자 다 먹을 리는 없다. 미요시와 나루사와의 몫까지 있다고 하니까 할아버지는 아주 기쁜 표정을 지으셨다.

"호오, 오늘은 그 금색 꼬마도 있는 거냐. 그거 참 다행이로구나."

대체 뭐가 다행이라는 걸까. 그리고 금색 꼬마라는 표현도 좀 이상하다.

찬합에 반찬과 주먹밥을 채우고 있자니 이번에는 엄마가 옆 침실에서 나오셨다. 겨우 4시가 좀 넘었을 뿐인데 우리 가족의 아침은 참 이르다.

엄마는 주방에 선 나를 보면서 은근히 불만스러운 표정을 지으셨다.

"도시락이 필요하면 미리 말하지 그랬니. 내가 싸줬을 텐데."

굳이 그럴 필요는 없다는 뜻을 담아 나는 고개를 가로저었다.

"그래? 근데 오늘은 미요시도 만나는 거지?"

그렇게 말한 후, 엄마는 재미있다는 듯 웃음을 지었다.

"그 도시락을 보고 우리 집에서는 항상 하루가 다 요리를 하는 줄 아는 게 아닐까?"

엄마 얼굴을 보니 그게 반쯤 농담으로 하는 소리라는 걸 알았다.

하지만 아무리 농담이라도 그런 구차한 말이 나오는 건 가슴 한구석에 적어도 그러한 마음이 있어서가 아닐까 생각하니 나는 어렴풋한 짜증을 — 아니, 한심함을 느끼지 않을 수 없었다.

우선 미요시가 우리 가족에 대해 그런 비아냥거리는 소리를 할 리가 없다.

'오늘 말이야, 하루가 도시락을 직접 만들어 온 거 있지? 하루네 엄마는 이럴 때 도시락도 안 싸주다니 말이 돼?' 하는 식의 그런 빈정거리는 소리가 그 녀석 입에서 나올 것 같나?

그리고 설령 내가 우리 가족의 식사를 다 책임지는 줄로 알아도 무슨 문제가 있다는 걸까. 내가 엄마 대신에 가족 모두의 식사를 준비하는 일은 한 달에 두세 번 정도 있을 뿐이니 실제로는 거의 없는 셈이다. 하지만 엄마는 마음속 어딘가에서 그것마저도 남들이 알게 하고 싶지 않은 게 분명하다. 그렇지 않으면 농담이라도 아까와 같은 말을 할 리가 없을 테니 말이다.

그런 생각을 하면서 뱃속 저 깊숙한 곳에서 치밀어 오르는 불쾌감을 억지로 깨물어 씹고 있는데, 엄마는 내 그런 심정은 조금도 신경 쓰지 않고 물으셨다.

"하루, 오늘 그 발사인지 뭔지 하는 거니? 그거 정말 해도
괜찮니? 위험하지는 않아?"

이제 와서 그런 다정한 엄마 같은 염려를 하다니.

"너 공항 같은 데에 신청서 내고 그랬지? 어린애가 그런 짓
을 해도 괜찮긴 하니?"

⋯⋯괜찮아.

"만약에 혹시 비행기에 부딪히기라도 한다면⋯⋯."

그러니까 정말 괜찮다고!

그렇게 날카롭게 대꾸하면서 나도 모르게 감정적으로 눈
앞에 있는 책상을 세게 내리치자 엄마는 겁먹은 것처럼 어깨를
흠칫했고, 할아버지는 날카로운 시선을 보냈다.

짜증 난다.

평소에는 쭈뼛거리며 제대로 말도 못 하면서 이럴 때만 부
모다운 불만을 터뜨리는 엄마 때문에 도저히 화를 참을 수가 없
었다.

"지금 무슨 큰 소리가 나지 않았어?"

옆 침실에서 아직도 잠이 덜 깬 얼굴에 놀란 표정을 지은
아빠가 나오시자 나는 더더욱 숨이 턱턱 막힐 지경이었다. 여기
에 있다가는 숨통이 막혀서 당장이라도 죽을 것만 같다.

주먹밥의 열기를 좀 더 식혀야 했지만, 얼른 찬합 뚜껑을
닫고 그걸 재빠르게 보따리에 쌌다.

이 자리에 더는 있고 싶지 않다.

여기에 있으면 미칠 것 같다.

한시라도 빨리 바깥으로.

알고 있다. 내가 나빠서라는 건 다 안다.

일시적으로 가게에 손님이 오지 않게 된 것도 내 탓이고,

엄마가 나를 은근히 무서워하는 것도 다 내 탓이다. 나는 가게 일을 거들 수도 없으니 나중에 이 가게를 이어받는 일도 아마 없을 것이다. 전부 다 내 잘못이다.

알고 있다. 다 내가 나빠서라는 건.

하지만 그래도.

마음속 어딘가에서 이런 생각을 하기도 한다.

사실은.

나는 조금도 잘못한 게 없다고.

사실은.

전부 신이 잘못한 거라고.

내가 이렇게 된 것도 모두 신 때문이니까.

풍선 로켓이 든 배낭을 메고, 아직 뜨끈한 도시락을 한 손에 쥔 채 거실을 빠져나갔다. 내 시야 가장자리에서 서 있던 엄마가 무슨 말을 하려고 했지만, 일부러 무시했다.

도망치듯 계단을 내려가 집을 나섰다. 아직 어느 가게도 셔터를 열지 않은 새벽의 상점가를 뜀박질하며 지나갔다. 그대로 칙칙한 색의 아케이드를 벗어나자 아무것도 가리는 것이 없는 아침 하늘이 나를 맞이해주었다.

갑자기 숨통이 탁 트이자 나는 한 번 크게 심호흡을 했다.

뒤를 돌아 살짝 올려다보니 시선 끝에는 아스나로 상점가의 거무칙칙한 간판이 있었다.

더 어릴 때는 이 상점가의 아이라는 사실이 은근 자랑스러웠다. 그러나 지금은 전혀 그렇게 생각하지 않는다. 나에게 이 상점가는 쓸데없이 나를 옭아 묶는 중력장에 불과하다.

빨리 벗어나고 싶다.

한시라도 빨리 어른이 되어 이 장소가 뿜어내는 중력에서 멀리, 멀리 벗어나고 싶다.

풍선 로켓을 쏘아 올릴 장소는 상점가에서 걸어 30분 정도 걸리는 곳에 있는 도립 아사미 삼림공원으로, 일본에서 손꼽을 정도의 넓이를 자랑한다. 면적은 20제곱킬로미터 이상인데, 깜짝놀랄 정도로 넓고 무시무시할 정도로 아무것도 없다. 물론 공원이기에 자연을 접할 수 있는 시설이나 홋카이도 지역의 개척을 주제로 한 역사관도 있지만, 솔직히 그런 걸 제대로 이용하는 사람은 매우 드물다. 초등학생의 사회 과목 견학에나 사용하는 시설일 뿐이다. 차라리 야구나 축구용 운동장을 만들어주면 좋겠다. 그렇지만 풍선 로켓을 발사하기에는 안성맞춤인 장소이니까 그리 불만은 없다.

미요시와 나루사와하고는 그 삼림공원 근처에 있는 편의점에서 만나기로 했는데 내 눈에 편의점이 들어왔을 때 그 둘은 벌써 약속 장소에 와 있었다.

문득 둘의 모습을 멀찌감치 떨어져 관찰해보기로 했다.

미요시와 나루사와는 사이좋은 분위기까지는 아니었지만, 미요시가 친근한 태도로 무슨 말을 하면 나루사와도 가끔 어설픈 일본어로 대답은 하는 모양이었다. 그 사회 과목 견학 수업 때와 비교한다면 이 둘의 관계는 조금이긴 하지만 더 좋아졌다. 조금 억지로 갖다 붙여놓은 사이였다는 건 인정한다. 그래도 나루사와에게도 미요시의 다정한 마음이 전해지고 있는 건 분명했다.

계속 훔쳐보고만 있을 수는 없어서 일부러 두 사람의 눈에 들어오게끔 걸음을 내디뎠을 때였다.

「아, 하루!」

미요시보다 먼저 나루사와가 두 손을 들고 외쳤다.

「아이참, 하루, 너무 늦었잖아.」

늦었다고 해서 나도 모르게 손목시계를 봤지만, 약속했던 오전 5시까지는 아직도 10분이나 남아 있었다. 오히려 너무 일찍 온 것 같은데.

「얼마나 기다렸는지 알아? 벌써 열 시간이나 기다렸단 말이야!」

그렇게 말하며 나루사와는 뭐가 그렇게 재미있는지 입을 크게 벌리고 즐겁게 웃었다. 기분만큼은 벌써 최고조인가 보다.

"하루가 오면 이렇다니까."

미요시는 그런 영문을 알 수 없는 말을 입에 올리면서 생긋 웃었다.

"좋은 아침, 하루."

그러면서 손바닥을 접었다 폈다 하는 인사를 하던 미요시는 바로 의아한 표정을 지었다.

"근데 그건 뭐야?"

미요시는 내가 힘들게 상점가 창고에서 꺼내서 여기까지 낑낑대며 밀고 온 작은 손수레를 보고 고개를 갸웃거렸다.

"손수레네."

"근데 안에 아무것도 안 실려 있는데?"

손수레 안에 아무것도 없으면 채워 넣으면 되잖아.

나는 그런 쓸데없는 대꾸로 맞받아치기보다 손수레를 끌고 바로 앞에 있는 편의점 안으로 들어갔다.

그러자 나루사와도 바로 달려와 옆에 나란히 섰다.

「뭐 사는 건데? 아, 과자?」

아침부터 과자를 먹겠냐.

편의점에 들른 건 쇼핑을 하기 위해서가 아니다.

—

몇 분 후, 나는 편의점 점원이 다소 의심스러워하는 눈빛으로 건네준 회색 헬륨 가스통을 손수레 위에 얹고 삼림공원을 향해 나아갔다.

참고로 이 가스통의 무게는 무려 17킬로그램이나 된다. 그 무거운 걸 집에서부터 가지고 오는 건 뼈를 깎을 정도로 힘들다고나 할까, 아니 내 비실대는 팔뚝으로는 무리다. 그래서 나는 헬륨 가스통을 인터넷으로 주문하면서 일부러 아까 그 편의점에서 수령할 수 있도록 지정했다.

20킬로그램에 육박하는 물체를 옮기는 건 손수레를 써도 제법 완력이 필요했지만, 목적지인 삼림공원은 그 편의점으로부터 걸어서 10분 정도 거리에 있는 곳이어서 그렇게까지 힘들지는 않았다.

벌써 5시가 지나 주변은 완연한 아침 공기에 휩싸였다.

공원에는 우리 말고는 아무도 없었다. 하지만 이제 한 시간만 더 있으면 개를 산책시키는 사람, 혹은 새벽 조깅이나 운동으로 건강을 챙기려는 인근 주민들이 늘어날 게 분명하다. 오늘은 토요일이라서 더더욱 그럴 것이다. 괜한 주목을 받기는 싫어서, 그러기 전에 얼른 로켓을 발사해버리고 싶었다.

풀밭의 중심, 적어도 반경 100미터 정도의 주변에 가로막는 것이 전혀 없는 장소까지 손수레를 끌고 온 다음, 미요시와 힘을 합쳐 헬륨 가스통을 내려놓았다.

「넓고 기분 좋은 곳이구나!」

나루사와가 두 팔을 활짝 펼치며 말했다. 삿포로 시립 과학관과 마찬가지로 나와 미요시한테는 이미 익숙한 장소지만, 그 애의 눈에는 이곳이 신선하게만 비치는가 보다.

그런 나루사와를 놔두고 나는 별 의미 없이 먼지를 털어내기라도 하듯 몇 번이나 손바닥을 탁탁 친 후, 풍선 로켓 2호기를 쏘아 올릴 준비를 시작했다.

우선 디지털카메라와 스마트폰의 전원을 켠 다음, 발포 스티로폼 로켓 본체의 뚜껑을 닫고 비닐 테이프로 단단히 고정했다. 카메라는 동영상 모드로 설정해놓았다. 전력 공급을 할 AA 건전지는 이날을 위해 새것으로 갈아놓아서 중간에 무슨 문제만 생기지 않는다면 세 시간 정도의 연속 가동은 가능할 것이다. 풍선 로켓의 준비는 이게 전부다.

그다음 돗자리를 깔고 그 위에서 풍선에 헬륨 가스를 충전했다. 부풀리면 약 6피트, 알기 쉽게 환산하면 180센티미터나 되는 풍선에 가스를 넣는 일은 나도 태어나서 처음 해보는 작업이어서 처음에는 헤맸지만, 나루사와와 미요시의 도움으로 거대 풍선은 천천히 그 몸집을 부풀리기 시작했다.

"무서워!"

정말이지 6피트나 되는 풍선의 크기는 상당히 컸다.

"무서워. 진짜 무섭다고! 이거 엄청 크잖아! 무서워! 이거 터지는 거 아니지? 하루, 이거 안 터지겠지? 안 터지는 거 맞지?"

「아하하하, 크다! 이렇게 큰 풍선은 처음 봤어!」

전자는 미요시, 후자는 나루사와의 감상이었다. 너희 둘 다 신이 나서 떠드는 건 좋지만 부탁이니까 아직 손이나 놓지 마. 참고로 이 정도의 가스 충전으로 풍선이 터지는 일은 절대로 없다. 목표했던 상공 3천 미터 근처까지 무사히 도달하면 이 풍선은 지금의 백 배 정도는 더 커질 것이다.

헬륨 가스를 충분히 충전한 후 마개를 사용하여 풍선 입구를 단단히 막았다. 내 키보다 훨씬 큰 풍선은 보기만 해도 박력 넘쳤다. 작은 풍선을 잔뜩 붙여 오직 부력으로만 움직였던 지난번의 풍선 로켓 1호기와 비교하면 이번에는 규모 자체가 다르다.

"와아, 대단하다. 막 위로 끌려 올라갈 것 같아."

미요시의 말에 옆에서 나루사와도 웃음을 터뜨렸다.

「이대로 날아가버릴 것 같아!」

아니, 절대로 그런 일은 없다.

하지만 지금 나루사와와 미요시가 손을 놓으면 이 풍선은 바로 하늘로 날아가고 만다. 그 생각을 하니 나는 흥분으로 몸이 부르르 떨렸다.

틈틈이 시각을 확인했다. 시곗바늘은 곧 5시 반을 지나려는 참이었다. 발사 예정은 5시 반에서 6시 사이이니까 모든 건 계획대로 잘 진행되고 있다.

배낭에서 온도계를 꺼냈다. 기온은 12도. 6월로 들어서면서 이제 낮에는 좀 포근함을 느낄 수 있지만, 이 시간은 전혀 그렇지 않다. 셔츠와 파카를 입어도 쌀쌀할 정도다.

하늘을 올려다보니 거짓말처럼 구름 한 점 없었다.

새털구름이 나와 있을 때는 대류권에서 난기류가 발생할 때가 많아서 오늘도 그럴까봐 걱정되었지만, 내 평소 행실과는 상관없이 오늘 날씨 복은 많은 것 같다.

마지막으로, 로켓 본체나 풍선의 상태를 하나씩 세세히 점검하고 나서 혹시라도 빠트린 것이 없는지 꼼꼼하게 최종 확인을 했다.

그렇게 이제 만반의 준비를 마쳤음을 두 사람에게 알리자, 풍선 로켓을 붙잡고 있던 미요시가 나에게 말했다.

"이건 하루, 네가 직접 날려."

그 제안에 나루사와도 동의하는 것처럼 고개를 끄덕였기에 나는 두 사람과 교대하여 풍선 로켓을 손에 쥐었다.

그 순간, 이런 땅바닥에 붙어 있는 대신 빨리 저 푸르고 넓은 하늘로 날아가고 싶다고 재촉하는 것처럼 풍선 로켓의 강한 부력이 내 손에 전해져왔다.

"그럼 카운트다운 한다!"

미요시가 큰 소리로 외쳤다. 아니, 그런 어색한 짓은 안 해도 된다고 말리고 싶었지만, 안타깝게도 나는 풍선을 꽉 잡고 있느라 그럴 여유가 없었다.

"나루사와도 같이 하자."

그 권유에는 나루사와도 순순히 고개를 끄덕였다.

"5부터?"

"아니, 10부터."

둘은 그런 느긋한 대화를 나눈 후, 나를 바라보았다.

"그럼 하루, 간다!"

미요시의 그 신호를 시작으로 합창이라도 하듯 카운트다운이 시작되었다. 게다가 미요시는 당연하지만, 나루사와까지 일본어로 숫자를 세면서 말이다.

"10, 9, 8 —."

두 사람의 목소리에 동조하는 것처럼 내 심장 고동도 점점 빨라졌다. 마치 심장이 입을 대신해 카운트다운을 해주는 듯했다.

"7, 6, 5, 4 —."

나는 기도했다.

물론 신한테가 아니다. 내 앞에 있는 풍선 로켓 2호기한테 말이다. 뭐든 빼앗기만 하는 신에게 올릴 기도의 말은 나한테 없다.

— 부탁이야.

제발 부탁이야, 풍선 로켓 2호기. 확인시켜줘.

날개가 없는 나를 위해서.

가가린이 한 말처럼 지구가 푸르다는 것을.

그리고 무엇보다.

"3, 2, 1 ─."

내가 도달하려는 그곳 그 어디에도 신이라는 존재는 없다는 것을.

"─ 제로!"

그 목소리와 함께 손을 놓았다.

직후.

풍선 로켓은 내 예상보다 훨씬 빠르게 술술 하늘로 올라갔다.

옆에서 미요시와 나루사와가 박수갈채와 함께 환성을 질렀다.

나는 둘의 천진한 모습을 곁눈질하다가 다시 풍선으로 시선을 돌렸다. 아주 잠깐 눈을 돌렸을 뿐인데 벌써 시선 끝 풍선은 아주 작아 보였다.

내 로켓이 ─ 아니, 로켓이라고 부를 정도로 멋진 것도 아니지만 그래도 내 손으로 직접 만든 것이 하늘을 날아간다.

그런 광경이 눈앞에 펼쳐지니 나는 형언할 수 없는 성취감과 충족감을 느끼면서도 이런 생각을 했다.

내 꿈은 이루어지지 않는다. 그건 나도 잘 알고 있다.

그래도 혹시.

그 꿈을 뛰어넘는 것이 사실은 여기에 있을지도 모른다고.

풍선 로켓 발사까지는 성공했지만, 문제는 여기부터다.

바로 풍선 로켓이 성층권 ─ 목표 지점인 고도 3만 미터 부근까지 도착하려면 약 두 시간 정도 걸리기 때문이다. 물론 군이 언급할 필요도 없지만, 풍선이 공중에서 터져서 지상으로 낙하하는 데 걸리는 시간은 그와 비교할 수 없을 정도로 짧다. 낙하산을 매달아두긴 했지만, 저 하늘 위에는 공기가 적기 때문에 마하를 뛰어넘는 낙하 속도가 나온다. 마하라는 단위를 실생활에서 사용할 기회는 적어도 초등학생한테는 별로 없다.

풍선 로켓 안의 스마트폰이 자동으로 비행기 탑승 모드를 해제하여 GPS의 신호를 발신하는 것도 세 시간 후다. 그때까지는 딱히 할 일도 없어서 바로 집에 돌아가도 큰 문제는 없다.

하지만 모처럼 일찍 일어나기도 했고 이런 곳까지 나왔으니, 다소 이르긴 하지만 여기서 아침밥을 먹자며 아까 깔아둔 돗자리 위에 앉았다.

초등학생 세 명이 먹을 양으로는 좀 많을지도 모르는 2중 찬합을 펼치자, 나루사와가 몸을 쑥 내밀어 도시락 속에 든 것을 들여다보았다.

「와아!」

그곳에 있는 소시지 더미에 시선을 주면서 높다랗게 외쳤다.

「토끼! 토끼네!」

그렇다. 그런 반응을 보고 싶어서 일부러 수고를 들였다. 소시지를 토끼 모양으로 잘라서 구웠던 것이다. 솔직히 자랑은 아니지만, 소시지에 칼집만 넣어 만든 수준이 아니다. 머리와 몸통으로 확실히 나눠서 그걸 이쑤시개로 연결했고, 검은 깨로 눈까지 붙였다.

"우와아, 섬세하다. 이거 혹시 하루, 네가 직접 만든 거야?"

「뭐어어!」

미요시의 말을 바로 쫓기라도 하는 것처럼 나루사와가 외친 후, 이번에는 나한테 영어로 물었다.

「이 도시락을 하루가 만들었다고? 전부? 혼자서?」

나는 고개를 끄덕였다.

사실 만들었다고 할 수 있는 건 주먹밥이랑 달걀말이, 토끼 모양의 소시지밖에 없지만 말이다. 치킨 너겟과 프라이드치킨은 그냥 오븐에 넣고 데우기만 했고, 톳과 말린 무 반찬도 그냥 담기만 했는데.

그렇지만 나루사와는 그런 나의 대강대강 싼 도시락 사정은 짐작도 못 한 채 동경으로 가득 찬 눈빛으로 이쪽을 쳐다보았다.

「혹시 하루, 너 천재야?」

토끼 소시지 가지고 그렇게까지 평가하는 것도 좀 뭐하다. 천재라는 호칭을 그렇게 싸게 팔아 치우다니.

"자, 빨리 먹기나 하자. 난 벌써 배가 너무 고파."

미요시의 재촉으로 모두가 손을 모으며 잘 먹겠습니다, 하고 인사를 했다. 아침 6시에 바깥에서 아침식사를 먹는 기분이란 참으로 색달랐다. 널찍한 풀밭 위를 훑고 지나가는 아침 바람도 아직은 좀 싸늘하지만, 적당히 공복감을 자극했다.

"으음~, 달걀말이 맛있다!"

달걀말이를 입에 넣은 미요시는 한 손을 뺨에 대며 몸을 꿈지럭댔다.

"난 달달한 달걀말이가 참 좋더라."

화과자 집 애라서 단것을 좋아하는 걸까? 확인할 수 있는 표본이 미요시밖에 없어서 뭐라고 단정 지을 길이 없다. 그리고 어쩐지 요즘 들어 살도 좀 찐 것 같다. 요 1년 사이에 얼굴이 살짝 동그스름해진 느낌인데.

그걸 지적하자 미요시는 어찌 된 영문인지 발끈해서 반박했다.

"안 쪘어! 살 안 쪘단 말이야! 키 크는 중이라서 그래!"

「에헤헤~.」

괜히 화를 내는 미요시 옆에서 나루사와는 헤실거리며 자기 접시 위에 토끼 소시지를 세 개나 확보해놓고는 좋아 죽는 모습이었다. 넌 좀 그만 놀고, 먹었으면 좋겠는데.

빨리 먹으라고 재촉했지만 나루사와는 고개만 획획 저었다.

「싫어!」

뭐가 싫다는 거야. 소시지 장식 따위는 도시락 통을 연 순간에 와아~ 귀여워, 잘 먹겠습니다, 하고 와구와구 먹어치우면 되는 거라고.

그래서 나는 다소 예의가 없는 행동이라는 걸 알면서도 나루사와의 접시 위로 젓가락을 뻗어 세 마리의 토끼 중 한 마리를 가차 없이 젓가락으로 푹 찔러 먹어버렸다.

「아, 아아앗!」

나루사와는 경악한 나머지 잠시 굳어 있다가 소리를 빽 질렀다.

「하루가 메리를 막 먹어버렸어!」

얘가 어디다 이름을 갖다 붙이는 거야? 그것도 하필이면 자기가 제일 아끼는 인형이랑 똑같은 이름을 붙이는 거냐고.

"너무해! 하루는 항상 심술만 부려!"

나루사와가 이때다 싶은지 일본어로 외치자 미요시도 얼른 옆에서 거들었다.

"맞아, 맞아! 하루는 항상 심술만 부려!"

할 수만 있다면 내가 너희한테 언제 심술궂은 짓을 했냐고 버럭버럭 따지고 싶었지만, 웬일로 "그렇지?" 하고 의기투합을 하는 미요시와 나루사와를 보고는 그냥 분위기에 맞춰 한숨만 쉬고 말았다.

아침식사를 마치고 나는 바로 집으로 돌아가고 싶었지만, 준비성이 좋은 미요시가 원반이며 배구공 등을 가지고 왔길래 그냥 삼림공원에서 놀기로 했다.

하지만 두 시간 내내 몸을 움직일 마음은 들지 않아서 중간에 놀이에서 빠져 풍선 로켓 2호기의 비행경로를 혼자서 예측했다.

요즘은 기상청 사이트를 비롯하여 그날의 바람 방향을 꽤 정확히 파악할 수 있는 사이트들이 일반인에게 제법 많이 공개되어 있어서 스마트폰 하나만 있으면 풍선 로켓의 비행경로는 상당히 정밀하게 도출해낼 수 있다.

그렇게 몇 개의 웹 사이트를 확인해보니 아무래도 오늘은 상공의 제트기류가 상당히 강한 모양이었다. 이 시기의 제트기류는 시속 100킬로미터 정도가 평균적이지만 오늘은 150킬로미터가 넘었다.

풍선 로켓 2호기가 지금, 〈천공의 성 라퓨타〉에 빗대어 말하자면 용이 사는 곳으로 향하는 글라이더처럼 그 폭풍을 버티며 외롭게 성층권을 향해 나아간다고 생각하니 나는 이렇게 지상에서 멍하게 있는 것이 미안해졌다. 나랑 또래인 주인공, 파즈는 그렇게나 애를 쓰고 노력했는데 나는 이래도 되는 걸까.

그런 상념에 잠겨 내가 가지고 있던 홋카이도 전역이 그려진 지도 위에 기상 사이트의 정보를 기반으로 하여 비행경로를 적어나갔다. 처음에는 이시카리 평야 어딘가에 착륙하면 좋겠다 싶었지만, 그게 너무나도 안일한 생각이었음을 알아차리는 데 그리 오랜 시간이 걸리지 않았다.

예측 경로를 계산했을 즈음, 마침 미요시와 나루사와도 공놀이에 지쳤는지 이쪽으로 다가왔다.

"어때, 하루? 풍선 로켓은 잘 날아가고 있……지는 않은가 봐?"

생글거리는 표정으로 물은 미요시였지만, 내 표정을 보자마자 눈꼬리를 늘어뜨렸다. 아무래도 내 감정이 얼굴에 다 드러난 모양이다.

"지도네."

펼쳐진 지도를 보고 나루사와가 일본어로 아주 당연한 말을 했다. 나루사와는 그 자리에 쪼그리고 앉아 지금 내가 지도에 기입한 비행경로를 손가락으로 따라 그렸다.

"오비, 히로……. 오비히로 시?"

그러더니 다소 자신 없어 하면서도 그 종착점 부근에 있는 지명을 소리 내어 읽었다. 그런 나루사와 곁에서 미요시도 큰 목소리로 외쳤다.

"어, 하루, 오비히로라니 정말?"

맞다. 그랬다.

이시카리 평야 정도쯤에 착륙할 것으로 봤던 내 상상은 얄팍했다.

기상 사이트의 정보와 내 계산을 믿는다면 이곳 아사미 시에서 쏘아 올린 풍선 로켓 2호기는 아무래도 상공에 흐르는 제트기류의 영향을 예상보다 심하게 받은 바람에 동쪽으로 흘러가, 유바리를 넘어 오비히로 바로 앞에 있는 신토쿠마치라는 곳까지 날아간 모양이었다.

거리만 따져도 약 150킬로미터 정도 떨어진 곳이다. 아무래도 풍선 로켓 2호기는 내 예상과는 달리 엄청나게 긴 비행을 하기로 마음먹었나 보다.

그 사실을 깨달은 나는 너무 기가 막혀서 입을 떡 벌리고 말았다.

신토쿠마치의 서쪽에 있는 유바리다케 산속에 떨어지는 것보다는 나을지도 모르겠지만, 그런데 오비히로 바로 앞까지 가다니. 이거 참 멀리도 갔네…….

「있잖아. 이건 어떻게 회수할 거야?」

그때 나루사와가 매우 소박한 질문을 던졌다.

「혹시 지금 바로 신토쿠마치에 가는 거야?」

……신토쿠마치란 말이지.

자세히 조사하지 않아서 잘 모르겠지만 특급 열차를 타면 어린이 요금이라도 편도 4천 엔은 내야 할 것 같다. 그리고 이 신토쿠마치라는 곳은 지도상으로 보니 교통망이 그다지 발달한 것처럼 보이지 않아서, 그곳에 도착해도 돌아다닐 수 있는 수단이 없다는 게 문제가 될 것 같았다.

하지만 내 예측이 얼마나 정확한지 모르는 상황에서 지금은 얌전히 풍선 로켓 2호기가 GPS 신호를 발신하기를 기다릴 수밖에 없다.

부탁이야, 풍선 로켓 2호기.

최악의 경우, 오비히로에 떨어져도 괜찮으니까 유바리다케 산중에는 절대로 떨어지지 마.

—

그런 기도와 함께 기다린 지 한 시간쯤 지났다.

내 손에 들려 있던 스마트폰 알람이 앞으로 1분 남았음을 알렸다.

지금 이 알람은 발신기 역할을 하도록 풍선 로켓에 설치해 둔 스마트폰의 비행기 탑승 모드가 해제되기까지 남은 시간을 알리는 것이다.

그때가 바로 풍선 로켓이 자신이 있는 장소를 알리는 순간이다.

"이제 1분 남았다!"

바로 옆에서 내 스마트폰을 들여다보던 나루사와가 일본어로 즐겁게 외쳤다.

"와아, 굉장히 두근거린다! 어디까지 날아갔으려나!"

나루사와만큼은 아니지만, 미요시도 좀처럼 흥분을 가라

앉히지 못했다. 가슴이 두근거리는 건 나도 마찬가지였지만 솔직히 나는 기대보다 불안이 더 앞섰다. 그저 회수 불가능한 곳에 떨어지지 않기만을 바랄 뿐이었다.

그리고 몇십 초를 더 기다리자 어느덧 알람에 표시된 시간은 5초를 남겨두고 있었다.

"4, 3, 2, 1, 제로!"

미요시와 나루사와가 오늘의 두 번째 카운트다운을 마치자 스마트폰에서 '삐삐삐삐' 하는 알람이 울렸다.

나는 곧바로 알람을 멈추고 전용 애플리케이션을 켰다. 말이 전용 애플리케이션이지 그리 대단한 건 아니다. 사전에 등록해놓은 다른 스마트폰의 현재 위치를 확인할 수 있는 프로그램으로, 원래 기능은 어디서 잃어버렸는지 모르는 스마트폰을 찾기 위한 것이다. 당연히 풍선 로켓 2호기에 장착된 스마트폰은이미 등록해둔 상태였다.

애플리케이션 작동을 확인한 후, 나는 일단 마음을 진정시키기 위해 심호흡을 한 번 하고 나서 해당하는 스마트폰 — 풍선 로켓 2호기의 위치를 찾아 검색했다.

그대로 잠자코 기다린 지 20초 정도가 지났다.

스마트폰에 검색 결과가 표시되었다.

'풍선 로켓 2호기, 오프라인.'

그 결과를 받아 보고 너무 놀란 나머지 몇 초 정도는 아예 숨조차 쉴 수 없었다.

「뭐어어!」

나루사와의 비명을 흘려들으며, 나는 애플리케이션을 다시 작동시켰다. 그러나 몇 번이나 다시 켜봐도 풍선 로켓 2호기에 있는 스마트폰의 위치를 찾아낼 수는 없었다.

왜지? 대체 이게 어떻게 된 일이지?

펭귄은
하늘을
올려다본다

"혹시 아직도 비행기 탑승 모드가 해제되지 않은 거 아닐까……?"

미요시는 그렇게 말했지만 아마 그럴 리는 없다.

비행기 탑승 모드는 발사 후 세 시간 후에는 완전히 해제되게 설정해놓았다. 몇 번이나 직접 확인했기 때문에 그 부분만큼은 확실하다.

그렇다면 단순히 풍선 로켓 안에 있는 스마트폰 자체에 무슨 문제가 발생한 것일지도 모른다.

내 예상으로는 발포 스티로폼 덕분에 외부와 차단되어 있다고는 하지만, 최저 영하 50도까지 내려가는 극한의 저온으로 인해 고장이 났거나, 아니면 20분 정도 걸리는 성층권에서의 낙하 과정에서 무슨 안 좋은 영향을 받았으리라고 짐작할 수밖에 없었다.

그런 생각을 하면서 다시 한번 데이터를 불러들이려고 해도 손에 든 스마트폰은 여전히 풍선 로켓 2호기의 신호를 포착하지 못했다.

……그렇다면?

이 결과를 한마디로 표현하자면 다시 말해 — 실종이었다.

실종. 회수 불가.

모처럼 이렇게 발사가 성공적이었는데도 풍선 로켓 2호기가 찍었을 영상을, 성층권에서 보이는 지구를 볼 수 없다고?

절망적인 그 현실을 알고 난 순간.

"엇, 하루! 괜찮아?"

정신을 차리고 보니 나는 그 자리에 쓰러져 있었다.

내가 심한 충격을 받아 기절한 줄만 안 미요시는 매우 당황한 얼굴로 나를 내려다보았다.

그러나 나는 자신도 잘 알 수 없는 유쾌한 기분이 들어서 그 자리에서 숨을 토해내듯 크게 웃고 말았다.

그런 나를 보고 미요시와 나루사와는 나란히 얼빠진 표정을 지었다.

"하루? 정말 괜찮아? 드디어 미친 거야?"

무슨 그런 말도 안 되는 소리를. 그리고 '드디어'라니, 뭐가 드디어야?

「하루, 살아 있는 거 맞지?」

나루사와도 몸을 굽혀 내 얼굴을 내려다보면서 물었다. 나는 괜찮다고 대답하는 대신 풀밭에 드러누운 채 가볍게 어깨를 들썩이면서 미소를 지었다.

「괜찮아, 하루. 실패한 게 아닐 거야!」

그러자 나루사와도 내가 실의의 구렁텅이에 빠진 게 아니라는 걸 이해했는지 밝게 웃으며 두 팔을 쫙 펴고 말했다.

「하루의 풍선 로켓은 분명 우주까지 갔을걸!」

나루사와의 그 엉뚱한 말에 나는 살짝 멍해지고 말았다.

하긴 그렇겠다.

나루사와의 말은 옳다.

GPS의 신호를 잡지 못해서 그렇지, 내 풍선 로켓 2호기가 성층권까지 도달하지 못했다고 단정 지을 수는 없다. 오히려 성층권까지 무사히 도달했기 때문에 그런 문제가 발생한 것일지도 모른다. ……너무 낙관적으로 받아들이는 게 아닐까 싶었지만 그래도 나는 오늘 이 손으로 조금이나마 우주에 도달했다.

누가 뭐라고 해도 그것만큼은 확실하다.

기분이 상쾌했다.

가슴 안쪽에 턱 걸려 있던 것이 사르르 녹아 사라지는 것만 같았다. 그 무엇과도 바꿀 수 없는 충족감과 성취감이 몸 안쪽에서 샘솟는 것이 느껴졌다. 일상생활 속에서는 결코 느낄 수 없는 이 감각에 언제까지고 계속 젖어 있고 싶었다.

「아, 맞다!」

그런 충만함을 맛보고 있던 차에 갑자기.

「있잖아, 하루! 내 말 좀 들어봐!」

기대에 차서 들뜬 나에게 어느 정도 영향을 받았는지 나루사와는 흥분을 감추지 못하고 뺨을 발갛게 물들이며 다급하게 말했다.

고개를 돌려보니 눈앞에 나루사와의 푸른 눈동자가 가까이 있었다.

「하루, 그거 기억나? 얼마 전에 내가 너희 집에서 잤을 때 좋은 생각이 났다고 했잖아.」

그러고 보니 그런 말을 했었지. 그 일이 있은 지 벌써 한 달이나 지나서 완전히 잊고 있었는데. 대체 그게 뭐 어쨌다는 걸까.

「있잖아.」

나루사와는 그 금빛 머리칼을 살랑거리며 살짝 내 쪽으로 다가와 입꼬리를 한껏 끌어 올리며 기쁘게 미소를 지었다.

「난 나중에 커서 우주 비행사가 될 거야!」

갑작스럽게 그런 말을 했다.

그것도 엄청나게 빛나는 표정으로. 마치 그게 나에게 주는 깜짝 선물이라도 되는 듯한 태도로 그런 말을 했다.

그런 웃기지도 않는 소리를.

「그래서 난 지금 열심히 공부하고 있어. 우주 비행사가 되기 위해서 말이야. 하루가 로켓을 만들면 내가 거기에 타는 거지! 정말 멋진 생각이지?」

나루사와의 그런 천진한 말을, 거절당할 일은 절대로 없을 거라 믿는 그 표정을 앞에 두니 나는 도저히 냉정해질 수가 없었다. 아까까지 황홀하게 벅차오르던 마음은 거짓말처럼 싹 사라지고, 마치 머리에 찬물을 뒤집어쓴 기분만 들었다.

지금 나는 지금 어떤 표정을 짓고 있을까.

우주 비행사가 된다고? 우주 비행사가 되겠다고? 내가 로켓을 만들면 네가 그걸 타겠다고? 그게 좋은 생각이라고?

뭐가?

어디가?

「그게 뭐가 좋은 생각이라는 거야?」

그렇게 되묻자마자 눈앞에 있던 나루사와가 순간 표정을 흐렸다. 내 반응이 그 애에게 그렇게나 의외였던 걸까.

「엇, 그거야…….」

우물거리는 나루사와를 향해 나는 바로 고개를 가로저었다.

됐다.

대답하지 않아도 된다. 아니, 그 이상 말하지 않았으면 좋겠다.

이성의 뚜껑이 소리를 내며 날아갈 것 같으니까.

어두운 감정의 파도가 나를 삼킬 것 같으니까.

알고 있다. 나도 알고 있다.

나루사와는 아무 잘못이 없다. 얘는 그저 성격이 천진할 뿐이다. 무지할 뿐이다. 아주 조금 남들의 감정을 알아차리는 게 서툰 거다.

— 하지만.

하지만 안 되겠다.

그만큼 나도 잘 안다.

설령 악감정을 갖고 한 소리가 아니더라도 이 이상 나루사와의 말을 듣는다면 내 마음은 터지고 만다. 그 애의 천진난만함을 이해하면서도, 그 무신경한 태도를 도저히 용납할 수가 없었다.

그러니까 부탁이야. 제발 더는 말하지 마. 정말 이 이상은.

진심으로 그렇게 바랐지만.

「왜, 왜 그렇게 너무한 말을 하는 건데?」

내 앞에 있는 어린 그 애가 역시 어리고 미숙한 내 생각을 이해할 리가 없다.

「나는…… 하루가 기뻐할 것 같아서……. 하루가 만든 로켓에 내가 탄다면 정말 멋질 것 같아서. 그래서…….」

그 한마디가 끝이었다.

「될 수 없을걸.」

종이에 휘갈겨 쓰기라도 하는 것처럼, 무언가를 내리찍는 것처럼 나는 감정을 토해냈다.

「너 같은 애는 절대로 우주 비행사가 될 수 없어.」

휘두른 주먹은 이제 멈출 수 없었다.

「왜? 될 수 있어! 될 수 있단 말이야!」

온몸을 앞으로 쑥 내밀며 언성을 높이는 나루사와는 달리 나는 차갑게 대꾸했다.

「그럼 우주 비행사한테 제일 필요한 것이 뭔지 알아?」

그 물음에 나루사와는 입을 꾹 다물고 말았다.

하긴 어떠한 일에 가장 필요한 것이 무엇이냐는 질문은 곧바로 대답하기 힘든 애매한 것이다.

근데, 나루사와.

우주 비행사만큼은 말이야, 이 물음에 의외로 명확한 대답이 있다고. 네가 모르면 가르쳐줄게.

우주 비행사가 되는 데 필요한 것은 굉장히 다양하다.

우주라는 매우 특수한 환경에서는 아주 작은 실수 때문에 프로젝트가 실패할 수 있고, 어처구니없이 동료가 죽을 수도 있다.

여러 가지 의견이 있겠지만 나는 세상 모든 직업 중에서 우주 비행사만큼 다양한 능력을 요구하는 건 없다고 믿는다. 우주 비행사는 우주에 관한 지식을 습득하거나 이해하는 건 물론이고 선천적 소질, 상황 인식, 자기관리, 위기관리 등 다방면의 능력도 최고 수준을 충족해야 한다.

그러나 실제로 우주를 향해 여행을 떠났던 선인들의 대부분은 하나같이 그런 기술보다도 우주 비행사가 훨씬 더 중시해야 할 것이 있다고 말한다.

폐쇄된 공간에서 식사나 배설 같은 간단한 생명 유지 활동 하나하나에 세심한 주의를 기울여야 하는 우주 비행사들은 국적을 뛰어넘어 서로 힘을 합쳐야 한다. 그런 상황에서 가장 중요한 것이 무엇인가.

그 대답은 너무나도 간단하다.

「협동심이야.」

우주 비행사라는, 세상에서 한 주먹도 채 되지 않는 존재가 되기 위해 이 단순하면서도 명확한 요소만큼 필요불가결한 것도 없다.

같은 반 친구들하고도 친하게 지내기는커녕 친해지려는 노력마저도 하지 않는 애가 어떻게 우주 비행사가 될 수 있느냔 말이다.

나루사와 이리스, 넌 협동심 따위는 없잖아?

내 처지는 제쳐놓고 나는 소녀에게 날카로운 비웃음을 던졌다.

기분 좋았다.

짜릿한 쾌감에 몸이 살짝 떨릴 지경이었다. 나와 똑같이 낮고 우중충한 기운이 고인 곳으로 상대방을 붙잡아 끌어내리는 일이 이렇게나 기분 좋은 일일 줄은 몰랐다.

동시에 그 행위가 이렇게나 마음속에 허무함을 쌓는 일이라는 것도 몰랐다.

「흑……, 흐으, 으윽…….」

바로 내 눈앞에서 나루사와가 울음을 터뜨리기 시작했다. 대성통곡을 한 건 아니었지만, 그 파란 눈망울에서 굵직한 눈물이 줄줄 흘러넘쳤다.

"야! 하루!"

옆에 있던 미요시가 내 어깨를 아플 정도로 붙잡고 억지로 내 몸을 자기 쪽으로 돌렸다.

"왜 그래! 너 지금 나루사와한테 무슨 소리를 한 거야!"

나루사와와 영어로 한 대화를 이해하지 못했을 텐데도, 미요시의 눈빛은 명백히 나를 탓하고 있었다. 그 책망은 단순히 나루사와가 울어서만은 아닐 것이다.

"왜 나루사와가 우는 건데? 하루, 지금 애한테 뭐라고 말한 거야!"

그 대답을 거부하기라도 하듯 나는 눈을 감아버렸다.

나루사와를 울린 것에 대해 변명할 마음은 없었다.

하지만 그렇다고 해서 바로 사과하고 싶지도 않았다.

울고 싶었다.

사실은 나도 나루사와처럼 남의 눈치 보지 않고 펑펑 울고 싶었다.

언어 장벽

이제 8월 말에 접어들었고, 홋카이도의 짧은 여름은 벌써 끝났다.

여름만큼이나 짧은 여름방학도 일주일 전에 끝나서 이제 그 느긋한 시간을 그리워하는 분위기마저 사라졌다. 전국적으로는 아직도 열기가 가시지 않았다고 하는데, 이곳의 아침저녁은 벌써 쌀쌀할 정도라서 반소매 옷을 입은 애들의 숫자도 나날이 줄어들었다.

풍선 로켓 2호기 발사가 실패한 지 3개월이나 지났다.

마음 같아서는 당장이라도 3호기를 만들고 싶지만 그 전에 해결해야 할 문제가 산더미였다. 그 문제들은 모두 이 한마디로 정리할 수 있다.

자금 부족.

그랬다. 돈이 없었다.

아직 모아둔 세뱃돈이 좀 남아 있긴 했지만, 2호기의 실종으로 인해 발신기로 쓰던 스마트폰과 디지털카메라 모두를 잃어버린 게 제일 큰 타격이었다.

나는 지금 매월 천 엔 정도의 용돈을 받고 있다. 초등학생치고는 나름 꽤 받는 편이니 딱히 불만은 없다. 그래도 매월 천 엔씩 모으는 것으로 우주를 향해 나아가기는 너무 버겁다.

앞서 말한 두 기자재는 용돈이든 세뱃돈이든 꾸준히 모으면 어떻게든 다시 마련할 수는 있다.

하지만 내가 안고 있는 또 한 가지의 문제는 매우 해결하기 어려운 것이었다.

다음에 풍선 로켓 3호기를 발사할 때는 아예 쏘아 올린 후에 실시간으로 카메라 영상을 보고 싶다는 마음이 커져서 생긴 문제다.

처음 이런 발상을 했을 때, 스카이프 같은 영상 통화가 세계 곳곳에서 이루어지고 있는 시대니까 카메라 영상을 지상에서 보는 것 정도는 일도 아니라고 생각했지만 실제로는 엄청난 착각이었다.

여러모로 조사해본 결과, 고도 1만 미터 이상의 상공에서 전파를 내보내려면 엄청나게 비싼 무선 발신기와 수신기가 필요하단다. 다시 말해, 재난 지역에서 공중 촬영을 하는 무인 헬기에 장착된 정도의 전문적 기자재가 아니면 안 된다는 것이었다.

그리고 이 발신기와 수신기는 모두 합쳐서 아무리 싸게 사더라도 30만 엔 정도는 한다. 만 엔 정도 하는 헬륨 가스를 가지고 비싸다고 투덜댈 일이 아니었다. 정말로 이제 헛웃음밖에 나오지 않았다.

게다가 만에 하나 그렇게 고가의 기자재를 확보한다고 하더라도 영상을 송출할 정도의 강한 전파를 개인이 내보내면 당장에 전파법에 걸리고 만다.

그럼 어떻게 하면 좋은가 하니, '제2급 육상 특수 무선 기사'라는 자격증을 취득하면 된단다. 그리고 이 자격증은 합격률이 70퍼센트 이상이나 되는 거라서 열심히 공부만 하면 초등학생이라도 합격할 수 있다고 한다. 그걸 알게 된 나는 봄부터 공부를 시작해서 풍선 로켓 2호기를 발사한 그다음 주에는 시험을 보았다. 결과는 턱걸이로 합격이었고, 지난달에 내 뚱한 얼굴 사진이 붙은 면허증을 받게 되었다.

그런 사실을 알고 그랬는지는 모르겠지만 지역 신문사에서 풍선 로켓에 대해 취재하고 싶다고 연락이 온 적도 있었다. 물론 거절했다.

그런 건 질색이기 때문이다.

그 기사를 읽은 누군가가 세상에는 이렇게나 열심히 노력하는 아이도 있구나, 하고 기특하게 여기는 게 끔찍이도 싫었다. 이건 그냥 자의식이 지나쳐서 튀어나온 괜한 걱정일지도 모르겠지만.

손을 움직이고 머리를 굴려 자격증을 딴 건 좋았지만, 고가의 발신기와 수신기는 구할 수도 없고 그런 걸 대신할 만한 것도 전혀 찾을 수 없었다.

그런 문제로 골치를 썩이고 있어서 그런지, 미요시 말로는 요즘 교실에서 나는 한층 더 가까이 다가가기 힘든 분위기라고 한다.

내 입장에서 말하자면, 최근 들어 내가 유난히 무뚝뚝하고 퉁명스러운 기운을 뿜어내는 건 반 전체의 분위기가 자꾸만 불쾌한 방향으로 흘러가고 있기 때문이었다.

구체적으로 설명하자면, 요즘 들어 나루사와 이리스에 대한 반 아이들의 괴롭힘이 매우 노골적일 만큼 심해졌다. 계기가 된 것은 방과 후의 '3분 영어 회화' 시간이었다.

2학기가 되자 우리 6학년 2반에는 일본어가 서툰 친구, 나루사와 이리스를 위해서 '3분 영어 회화'라는 바보 같은 시간이 생겼다.

이름 그대로 매일 방과 후에 딱 3분간 모두가 영어를 배우는 시간이다. 우리 6학년 시간표에도 일주일에 한 번 영어 수업이 있긴 하지만, 그건 영어를 이용한 놀이에 가까운 수준이어서, 학습이라고 보기는 힘들었다.

2학기 첫날, 오카자키 선생님의 입에서 이 3분 영어 회화 계획을 들은 순간 나는 아, 이제 큰일이 나겠다는 확신이 들었다.

오카자키 선생님은 분명히 밝히지 않으셨지만, 내가 개인적으로 알아보니 아무래도 그 멍청한 계획을 제안한 이들은 시의 교육 위원회와 학부모회인 모양이었다. 가시가 돋친 말처럼 들릴지도 모르겠지만, 솔직히 나는 그 사람들을 진심으로 한심하기 짝이 없는 바보들이라고 생각했다.

그 사람들은 상상이 안 되는 걸까?

방과 후만 되면 다들 1초라도 빨리 학교에서 탈출하고 싶어서 난리인데, 자기네 반만 한 명의 친구를 위해서 3분씩이나 쓸데없이 더 있어야 한다면 아이들이 그 한 명에게 얼마나 많은 반감을 품게 될지를.

—

방과 후.

그 사건은 오카자키 선생님이 평소처럼 종례 전 3분 영어 회화를 진행하던 중에 일어났다.

"선생님, 이 공부 그만하면 안 돼요?"

내 입으로 말하는 것도 좀 웃기지만, 2학기 들자마자 내 옆자리에 앉게 되어 졸지에 불쌍한 처지가 된 여학생, 카리야 슈코가 천천히 손을 들며 날카로운 목소리로 물었다.

"이게 무슨 의미가 있어요?"

순식간에 교실 안 공기가 불길하게 일렁였다.

오늘 오카자키 선생님은 서점에서 파는 영어 회화 책을 손에 들고 "학교에서 제일 좋아하는 과목은 무엇입니까?"와 같은, 생활에 도움이 되는지 안 되는지 도통 알 수 없는 영어 문장을 가르치고 있었다. 그러던 참에 카리야의 질문을 들은 선생님은 잠시 표정을 흐리면서도 온화하게 대답하셨다.

"의미가 없다고? 카리야, 왜 그렇게 생각하니?"

"왜냐고요? 누가 봐도 다들 의욕이 없으니까요."

카리야는 그렇게 말한 후 주변을 둘러보았다.

"반 애들도 그렇지만 선생님도 마찬가지잖아요."

하던 말을 잠시 끊은 카리야는 바로 눈앞에 서 있는 나루사와를 잡아먹을 듯 노려보면서 다시 말을 내뱉었다.

"그리고 나루사와도요."

3분 영어 회화 시간만 되면 나루사와는 교단 옆에 서 있어야 했다.

선생님이 어설픈 손놀림으로 칠판에 쓴 영어 예문을 그 애가 마지못해 발음하면 그걸 나머지 아이들이 무슨 염불이라도 되는 것처럼 우물우물 반복하여 발음한다. 이 일련의 흐름이 바로 3분 영어 회화 시간의 정체였다. 누구 하나 좋을 게 없는 최악의 시스템이다. 물론 제일 불쌍한 건 나루사와겠지만. 만약 내가 그 애의 입장이라면 당장 등교 거부를 했을 것이다.

"선생님, 이 3분 영어 회화 때문에 다들 불만이 많다고요."

카리야 슈코는 우리 반에서 가장 목소리가 큰 리더 격 학생이다.

어떻게든 어른스러워 보이고 싶은 건지 항상 중학교 교복과 비슷한 옷을 입고 다니는 것이 좀 바보 같지만 그래도 공부는 제법 한다. 지금도 다소 감정적인 태도를 내비치긴 했지만 나름대로 이치에 맞는 의견을 제시하는 것 같았다.

"우리 반만이 아니라 지금 복도에서 우리 반 종례가 끝나길 기다리는 다른 반 애들도 그래요."

그 말에 교실 창문 너머를 흘끗 보니 누가 누구를 기다리고 있는지는 모르겠지만, 이미 종례가 끝난 다른 반 아이들 몇 명이 바깥에서 서성이는 모습이 보였다. 그 애들은 조금 전까지만 해도 기다리기 지루해서 어쩔 줄 모르고 있다가 지금은 우리 교실의 수선함을 알아차렸는지 호기심에 가득 찬 눈빛으로 안쪽을 바라보고 있었다.

"저희는 이런 거 안 해도 나루사와랑 친하게 지낼 수 있는데요. 오히려 이런 식으로 하면 사이만 더 나빠질 뿐이에요."

그 말의 뒷부분은 나도 매우 공감하는 내용이었지만, 앞부분은 자기 의견의 신빙성을 높이기 위한 핑계에 불과했다. 아무리 시간이 지나도 반 아이들이 나루사와와 사이좋게 지내지 못해서 이런 수업 시간이 따로 생기게 된 측면은 분명히 있었다.

"나루사와, 너도 그곳에 멍하게 서 있는 거 싫지?"

카리야의 갑작스러운 물음에 나루사와는 마치 선생님으로부터 모르는 문제를 대답해보라는 지명이라도 당한 것처럼 흠칫 어깨를 떨더니 시선을 이리저리 돌렸다. 예전에도 그런 말을 했지만, 나루사와는 카리야를 대하기 거북해했다. 아니, 더 간단히 말하자면 아주 싫어하는 것 같았다.

"……아니, 난 별로, 상관없는데."

잠시 후 나루사와가 일본어로 더듬더듬 대답하자 카리야는 더욱 날카로운 눈초리로 쩨려보았다.

"야, 뭐가 상관없다는 거야? 왜 싫다고 솔직하게 말을 못 하는 건데?"

카리야의 어조는 빈말로도 다정하다고 할 수 없었다.

하지만 나루사와의 태도 역시 전혀 바람직하지는 않았다. 물론 나루사와도 이 3분 영어 회화의 피해자이지만, 꼭 카리야가 아니더라도 누구나 이런 상황에서는 나루사와가 자기 의견을 좀 더 분명히 하는 게 좋다고 생각할 것이다.

"네가 별 상관없다고 여기는 일을 억지로 해야 하는 우리 처지는 생각 안 하니? 네가 확실하게 싫다고 말하란 말이야!"

"카리야, 일단 진정해라."

오카자키 선생님께서 흥분하기 시작한 카리야를 타이르며 둘 사이에 끼어들었다.

교실 분위기는 최악이었다. 마치 공기 자체가 질척해진 것 같아 참을 수 없이 기분이 찝찝했다. 슬쩍 고개를 돌려 반 아이들의 표정을 살펴보니 다들 자기한테 무슨 불똥이라도 튈까 봐 시선을 다른 곳으로 휘휘 돌리고 있었다.

그리고 잠시 침묵이 내려앉았다.

"……그래. 알았다."

오카자키 선생님께서 그렇게 말씀하시며 펼쳐 든 영어 회화 교본을 덮고, 교실 전체를 천천히 둘러보았다.

"그럼 내일 아침에 3분 영어 회화에 대하여 설문조사를 하겠다."

설문조사라고?

아이들에게 주도권을 줘도 되는 건지 염려되어 내가 미간을 찌푸린 직후였다.

"만약 설문조사에서 반 정원 40명 중에…… 그래, 35명. 35명 이상이 하지 말자고 응답한다면 '3분 영어 회화'는 일단 그만두도록 하마."

"왜 굳이 35명인데요?"

'40명 중에서 35명 이상 동의'라는 제법 까다로운 조건에 카리야는 선생님께 바로 따지고 들었다.

"원래는 과반수로 정하는 거잖아요!"

"왜 과반수가 아니냐고? 카리야, 아까 네가 그러지 않았니."

확신에 가득 찬 카리야의 반박에 선생님께서는 두 손으로 교단의 책상을 짚었다. 그리고 평소에는 벌레 하나 못 죽일 것 같이 온화한 얼굴을 굳히고, 입꼬리를 씩 끌어 올리며 다 안다는 듯한 웃음을 지으셨다.

"반 친구들 모두가 불만이 많다면서? 그렇다면 40명 중에서 40명으로 정해야 될 것 같다만."

그 대답에 나는 마음속으로 혀를 내둘렀다.

3분 영화 회화 시간을 이어갈지 말지를 학생 설문조사에

맡긴다고 하셨을 때 솔직히 좀 한심스럽다 싶었는데 아아, 이런 속셈이었구나.

"……네, 알았어요."

결국 자기가 한 말에 자기 발목을 잡힌 카리야는 도저히 일리 있는 반박을 찾을 수 없었나 보다.

"그럼 그 조건으로 할게요."

그 말을 끝으로, 내일 설문조사를 하기로 결정이 났다.

—

그리고 몇 분 후, 하굣길.

"하루, 이대로 있으면 안 되지 않아?"

미요시는 혼자 교실을 빠져나온 나를 바로 뒤쫓아 와서 밑도 끝도 없이 본론부터 꺼냈다. 나는 학교에서 말 걸지 말라고 했던 약속은 어떻게 됐냐며 눈치부터 줬다.

"설문조사, 어떻게 하면 좋지?"

하지만 미요시는 아랑곳하지 않고 당혹스러움과 분노가 뒤섞인 표정으로 말을 계속 이어나갈 뿐이었다.

"하루, 넌 뭐라고 응답할 거야?"

나는 물론 '3분 영어 회화'라는 비극 제조기 같은 시스템은 바로 중지해야 한다고 강하게 주장하고 싶지만, 내 의견이 어떤지는 중요하지 않다. 설문조사니까 그저 내 뜻을 솔직히 쓰면 될 일이다.

내가 그렇게 답하자 미요시는 잔뜩 표정을 흐렸다.

"그거야 그렇지만……. 근데 정말 3분 영어 회화 시간이 없어지게 되는 걸까?"

그 물음에 나는 어깨를 으쓱하는 수밖에 없었다.

내가 그걸 어떻게 아냐.

카리야의 말대로 반 아이들의 대부분이 3분 영어 회화에 강한 불만을 품고 있다는 건 틀림없는 사실이다. 과반수 찬성이라는 조건이라면 확실하게 3분 영어 회화는 중지되고 말 것이다.

하지만 40명 중에서 35명이라는 조건에서는 상황이 달라진다.

3분 영어 회화 따위는 시간 낭비니까 하지 말자고 대답하지 못하는 애들도 아마 다섯 명쯤은 나올지도 모른다. 왜냐하면 그만두자는 선택은 겉보기에는 나루사와 이리스라는 존재를 무시하겠다는 것이기 때문이다. 그런데 그건 정말로 피상적인 얘기일 뿐, 사실은 나루사와 본인도 3분 영어 회화에 부담감을 느끼고 있을 터였다.

"야, 하루."

미요시는 도토리처럼 동그란 눈동자로 똑바로 나를 쳐다보았다.

"그날 이후로 이리스랑 조금이라도 말은 해봤어? 전혀 안 했지?"

이 녀석은 언제부터 나루사와를 '이리스'라고 친숙하게 부르게 된 거지…… 하는 의문은 일단 놔두고, 미요시가 언급하는 '그날 이후'가 언제를 뜻하는지 다시 물어볼 필요는 없었다.

풍선 로켓 2호기를 발사한 날 있었던 그 말다툼 — 아니, 그 '사건' 이후부터 나루사와는 거짓말처럼 내 근처에 오지 않았다. 그 전까지는 내가 화장실에 갈 때마저도 무작정 졸졸 따라오기 바빴는데.

완전히 말 상대를 잃은 나루사와는 마치 갓 전학 왔을 때로 돌아간 것처럼 항상 교실에서 혼자 덩그러니 있었다. 미요시가 가끔 말을 거는 것 같지만, 반응은 시원찮기만 한 모양이다.

그렇게 나루사와가 떨어져 나가니 나도 자연스레 외톨이가 되었다. 근데 그건 당연한 일이고, 지금까지 계속 그러고 지냈으니 이제 와서 딱히 새삼스러울 것도 없다. 오히려 나루사와가 친근하게 쫄래쫄래 따라다녔던 때가 특이했던 거라고 나 자신한테 말하는 것은 쉬운 일이다.

　"하루, 이제 8월도 곧 끝나잖아."

　미요시가 마치 달래기라도 하는 것처럼 말했다.

　"싸우고 나서 3개월 내내 화해도 안 했잖아. 꼭 그래야겠어? 서로에게 안 좋은 일이잖아, 안 그래?"

　하다못해 나한테 대답할 틈 정도는 줬으면 좋겠다.

　"그러니까 역시 하루, 네가."

　끊임없이 빠르게 쏟아내는 미요시의 말을 제지하기라도 하는 것처럼 나는 고개를 가로저었다. 미요시가 무슨 말을 하려는 건지는 쉽게 짐작할 수 있었다.

　역시 내가 먼저 사과하는 게 낫다고 할 거지?

　싫어. 난 그것만큼은 싫다고.

　나도 양보할 수 없는 게 있다. 아니, 애당초 양보할 수 없었으니까 그런 싸움이 난 거다. 정확히는 나루사와가 그런 것도 알아차리지 못하는 애였으니까.

　"이리스가 다소 무신경했을지도 모르지만……."

　내 반응을 보고 미요시가 푸념이라도 하는 것처럼 대꾸했다. 이미 미요시한테는 그때 내가 나루사와와 무슨 얘기를 했는지 다 설명해놓았다.

　"그래도 하루도 좀 어른스럽지 못했던 거 아니야?"

　초등학교 6학년을 붙잡아놓고 어른스럽지 못하다고 따지다니.

　"하루, 넌 평소에 굉장히 어른스럽잖아."

그렇지 않다고 고개를 저어 부정하자 미요시는 눈썹을 치켜세웠다.

"아니거든! 내 말이 맞아!"

그렇게 버럭 소리를 지르고 나서 내 눈을 빤히 바라보았다.

"너는 항상 확실한 꿈이나 목표를 갖고 있잖아. 그리고 그걸 위해서 꾸준히 노력하고……. 얼마 전에도 어려운 자격증을 땄다면서? 하루는 우리 반 누구보다도 어른이야."

그런 식으로 나를 칭찬하는 미요시 앞에서 나는 겸연쩍지 않을 수가 없었다.

미요시, 그렇게 온갖 칭찬을 다 해주는데 미안하지만 절대 그렇지 않아. 난 네가 생각하는 것만큼 어른도 뭣도 아니야.

정말로.

사쿠라 하루는 손톱만큼도 어른이 아니다.

—

이튿날, 조회 시간. 오카자키 선생님은 어제 방과 후에 선언했던 대로 반 아이들 전원을 대상으로 무기명 설문조사 용지를 돌렸다.

싸구려 갱지로 만든 그 설문조사지에는 방과 후 '3분 영어 회화'를 앞으로도 계속하는 데 찬성인가 반대인가 둘 중 하나를 선택하라는 항목, 그리고 이에 관해 자신의 의견을 쓸 수 있는 공간이 있을 뿐이었다.

나는 용지를 배부받자마자 조금의 망설임도 없이 '반대'에 동그라미를 쳤지만 내 의견을 적는 곳에는 어떤 말도 쓸 수가 없었다.

오른쪽에 앉은 카리야를 슬쩍 훔쳐보니 그 의견란에 작은 글씨로 무슨 의견인지를 깨알같이 적고 있었다. 아마도 거기에는 3분 영어 회화가 얼마나 의미가 없는지를 저주의 말처럼 구구절절 써놓았을 게 분명하다. 나 참, 쟤도 의견을 쓰란다고 저렇게 착실히 쓰네.

내 시선을 눈치챘는지, 카리야는 내 쪽을 한 번 째려보고는 반사적으로 자기 설문지를 가렸다. 그러고는 오히려 내 쪽을 엿보곤 했지만 나는 굳이 뭘 가리려고 애를 쓰지도 않았다. 아니, 그냥 보여줘도 되는데. 걱정하지 마, 카리야. 나도 네 의견에 대찬성이니까.

설문조사 결과는 방과 후에 발표했다.

교실 안이 긴장감으로 술렁이는 중, 오카자키 선생님은 맨 앞에 앉아 있는 카리야를 흘끔 내려다보시고는 평소보다 더욱 엄숙한 어조로 말씀하셨다.

"설문조사 결과, 3분 영어 회화는 앞으로도 계속하게 되었다."

그 순간, 내 옆자리에서 카리야의 표정이 얼음처럼 싸늘해지는 것이 느껴졌다.

"구체적인 숫자는 밝힐 수 없지만, 3분 영어 회화를 계속하는 것에 찬성한 학생이 다섯 명보다 많이 나온 게 사실이야. 다들 여러 가지 느끼는 바가 있을 거고 선생님도 그 정도는 안다. 그렇지만 한번 정한 일이니까 중간에 포기하지 말고 끝까지 잘해보자."

알겠지? 하고 선생님께서 동의를 구해도 교실은 실망과 체념으로 뒤덮인 분위기였다.

자, 그럼.

그렇게 많은 아이들이 원치 않은 결과로 끝난 설문조사가 있은 이튿날부터 무슨 일이 생겼는지는 아마 쉽게 상상이 될 거다.

당연하지만 다들 찬성에 표를 던진 사람을 찾아내려 안달이었다.

하지만 그 누구도 한번 회수된 설문조사지를 일일이 확인할 수는 없었다. 그러자 필연적으로 누구누구가 수상하다는 추측과 억측이 난무했다.

카리야 슈코, 그러니까 여학생이 반의 리더라 그런지 몰라도 대놓고 한 사람을 지목하는 일은 일어나지 않았다. 이건 내 추측이지만, 만약 카리야가 남자애였다면 의심스러운 누군가를 때려눕히는 일까지 발생했을 게 틀림없다.

물론 그건 바람직하지 않지만, 차라리 그랬으면 이 상황이 빨리 종료되지 않았을까 하는 생각까지 든다. 지금 우리 반은 겉으로는 평온했지만 속으로 갈등이 점점 번져가는 형국이었다. 구체적인 예를 들자면, 사이좋게 지내는 무리 속에 끼어 있는 아이들끼리도 누구는 믿을 수 있어, 근데 누구는 좀 수상한 것 같다고 쑥덕거리는, 우정 등급 평가와 같은 구별 짓기가 6학년 2반 곳곳에서 은밀히 시작되고 있었다.

물론 이는 평상시에도 있었던 일이지만, 그 설문조사로 인해 두드러지게 된 건 틀림없는 사실이다.

내 눈에는 반 아이들 모두가 서로를 의심하며 교실 분위기가 급속히 나빠진 것처럼 보였다.

내가 이렇게 말하는 것은 좀 그렇지만, 지금까지는 한때 구제 불능의 문제아였던 나 사쿠라 하루에게 얽힌 피비린내 나는 기억이 나루사와가 아이들로부터 괴롭힘당하는 걸 어느 정도 막아주었을 것이다.

하지만 이제는 그렇지 않다.

나루사와가 전학 온 이후 간신히 억눌려 있던 아이들의 악의는 언제부턴가 어느 한도를 넘어 천천히 새어 나왔고, 이윽고 기세를 더해 급류로 변하고 말았다. 그걸 다시 눌러 막을 길은 없다. 나는 그 사실을 우리 반의 그 누구보다도 잘 알았다.

악의는 공유하면 쾌락이 된다.

따돌림은 따돌림 당하는 대상을 제외한 사람과 우정을 다지는 행위다.

부서진 것은 다시 이으면 된다.

간단하다.

유대감을 쌓기 위해서는 누군가를 공통의 적으로 간주하면 된다.

그리고 그 단순한 스트레스 배출구로써 나루사와 이리스만큼 적절한 사람도 없었다.

아이들의 악의가 본격적으로 나루사와를 덮친 건 체육 수업 때였다.

체육관에서 남녀가 섞여 피구를 하는 와중, 오카자키 선생님은 급한 호출을 받고 그 자리를 비우게 되었다.

그때 나루사와의 팀은 나루사와를 포함해서 대여섯 명이 코트 안에 남아 있었는데, 같은 팀이어도 코트 바깥에 있던 나는 그 광경을 보고 본능적으로 위기감을 느꼈다.

그리고 안 좋은 예감은 숨 돌릴 새도 없이 바로 현실이 되었다.

오카자키 선생님이 시야에서 사라지자마자 나루사와는 다른 팀으로, 코트 안에 남아 있던 카리야가 마치 물 만난 물고기처럼 공으로 상대 팀을 하나하나 맞추기 시작했기 때문이다. 그것도 아주 고의로 나루사와 말고 다른 애들만 노렸다.

눈 깜짝할 사이에 코트 안에는 나루사와만 남게 되었다.

널찍한 코트 안에 작은 여자아이가 한 명.

그 광경만으로도 안타까웠다. 반 아이들 중 카리야와 친한 애들의 얼굴에는 남녀 가릴 것 없이 비웃음이 가득했다.

그렇게 나루사와만을 코트에 남겨둔 후, 이제 상대 팀은 코트 외야에 있는 이들을 중심으로 공을 패스하기 시작했다. 나루사와가 공에 맞을락 말락 하는 아슬아슬한 경로로 말이다. 그곳에서 벌어지는 건 스포츠가 아니라 나루사와라는 움직이는 표적을 공으로 맞추는 대신 공포와 수치심을 주는, 피구의 탈을 쓴 폭력이었다.

그렇게 되니 나루사와는 얼른 경기를 끝내려고, 먼저 나서서 공에 맞으려 했다. 하지만 외야에 있는 아이들은 이리저리 공을 돌리며 그렇게 되도록 내버려두지 않았다.

그러다가 나루사와가 아예 움직이지도 않으려고 하면 이번에는 마치 도발이라도 하는 것처럼 그 애의 몸을 스치게끔 공을 날카롭게 던졌다. 미리 약속하거나 연습한 것도 아닌데도 이 악의 넘치는 무리에 가담한 아이들 모두가 한마음으로 행동해 놀랄 정도였다. 철장 속에 있어서 아무 저항도 하지 못하는 동물을 장난삼아 갖고 노는 것처럼 카리야를 비롯한 아이들은 서로 신나게 공을 돌렸다.

물론 그런 광경에 즐거워하는 아이들만 있는 건 아니었다. 적어도 이대로 있어서는 안 되겠다고 정의감을 발휘하는 학생 역시 있었다.

"카리야, 너 이제 좀 그만해!"

갑자기 반 아이 중 한 명이 소리 높여 외쳤다. 미요시였다.

미요시는 카리야와 같은 팀의 외야에 있음에도 불구하고 카리야와 나루사와 사이에 비집고 들어가 몸으로 막아섰다.

용감했다. 그야말로 현기증이 날 정도로.

하지만.

"뭐야? 왜 그렇게 난리야? 그냥 장난으로 하는 건데 뭐."

……있잖아, 미요시.

너도 이제 진절머리가 날 정도로 잘 알게 되었지? 그런 정의감만으로는 절대로 터져 나오는 악의를 막을 수 없다는 걸.

아니, 오히려 무작정 막아버리면 그 반동으로 나중에 더욱 큰 충격이 되돌아올 수도 있다고.

"장난이라도 이런 짓은 하지 마."

미요시는 작은 덩치임에도 두 손을 활짝 벌리며 카리야 앞을 벽처럼 막아섰다.

"은근 성질나게 하네. 너 대체 뭐야?"

카리야는 미요시에게 치미는 짜증을 조금도 감추려 들지 않았다.

"미요시, 너 진짜 분위기 파악 못 하는구나."

"그따위 분위기는 파악 못 해도 괜찮거든? 아니, 파악하고 싶지도 않아."

미요시도 물러서지 않았다. 미요시는 카리야의 적대심과 악의를 정면으로 맞받으면서도 조금도 물러나지 않았다.

그런 미요시의 강경한 태도가 카리야의 마음을 움직인 건 아니었을 거다.

"……아아, 이제 하나도 재미없다."

카리야는 갑자기 옅은 미소를 지으며 그런 말을 하더니 땅바닥에 몇 번 공을 튀겼다.

"알았어. 제대로 맞추고 끝낼 테니까. 자, 얼른 비키기나 해."

재촉하듯 말했다. 미요시는 반신반의하는 것 같았지만 그런 말을 듣고 움직이지 않을 수도 없는 노릇이었다. 미요시는 험악한 표정을 지으며 옆으로 비켜섰다.

그걸 보더니 카리야는 앞으로 나가 중앙선 직전에 선 다음, 코트 한가운데에 서서 둘의 언쟁을 멍하게 바라만 보고 있던 나루사와를 향해 외쳤다.

"그럼 맞추겠습니다!"

잔뜩 신이 나서 모두가 들으라는 듯 그렇게 소리친 후, 팔을 휘둘렀다.

그리고 그 선언대로 공을 던졌다.

그것도 온 힘을 다해서.

아마 나루사와의 얼굴을 향해서.

하지만 카리야가 던진 공은 그 애가 의도한 대로 나루사와를 때려 맞추지는 못했다.

카리야의 손을 떠난 공은 바로 옆에서 날아가는 경로를 가로막으며 불쑥 튀어나온 사람 — 미요시의 측두부를 멋지게 가격했기 때문이다.

거의 1미터 아니, 50센티미터도 채 되지 않는 단거리에서 공기가 빵빵하게 채워진 고무공에 제대로 얻어맞은 미요시는 보는 사람의 간담을 서늘하게 할 정도로 무참하게 나뒹굴었다. 공을 막으려는 자세조차 취해보지도 못하고, 아니 취하지도 않고 미요시는 체육관 바닥에 끔찍하게 쓰러지고 말았다.

그런 광경을 목격한 나는 정신을 차리고 보니 이미 반 아이들을 밀치며 미요시한테 달려간 후였다.

그냥 상황을 지켜보기만 할 작정이었는데. 그때와 같은 일이 다시 일어나서는 안 된다며 마음을 애써 억누르고 있었는데.

무릎을 꿇고 미요시의 상태를 확인했다. 그러자 미요시는 "으윽" 하는 짧은 신음을 토해냈다.

"귀가 멍멍해……."

의식까지 잃지는 않았지만 미요시는 공에 얻어맞은 왼쪽 귀를 꼭 누른 채 그 자리에 주저앉아 초점이 맞지 않는 눈동자로 나를 쳐다보았다.

"뭐지, 소리가 잘 안 들려."

그 대답에 나는 온몸에 털이 바짝 서는 듯한 공포를 느꼈다. 안 된다. 이 애한테 무슨 장애가 남아서는 절대로 안 된다.

"괜찮아, 하루. 혼자 일어설 수 있으니까."

어깨를 빌려주려고 하자 미요시는 그렇게 대답하며 비틀거리면서도 혼자 힘으로 일어섰다.

그런 미요시의 바로 뒤에서 마치 유령이라도 본 것처럼 잔뜩 굳어버린 표정으로, 방어라도 하듯 가슴 앞에 두 손을 모아 꽉 쥐고 있던 나루사와를 향해 나는 시선을 던지며 말했다.

「너도 따라와.」

돌이켜보니 그건 그 애와 3개월 만에 나눈 대화였다.

「으, 응…….」

내 재촉에 나루사와는 그제야 제정신을 차린 모양이었다.

"미, 미안해, 미요시! 나, 나 때문에……."

미요시는 많이 아플 텐데도 미소를 지었다.

"아니야. 괜찮아, 이리스. 귀에 공을 살짝 맞은 것뿐이니까."

그런 둘의 말을 들으면서 나는 고개를 돌려 그 자리에 있던 반 아이들 모두를 훑어보았다.

그러자 다들 내 시선에서 벗어나려는 것처럼 어색해하며 눈길을 피했다.

자기 책임은 아니라는 식의 태도에 분노가 치솟았다. 하지만 그렇다고 해서 내가 그 애들을 탓할 자격은 어디에도 없고 그럴 수도 없다. 본질적으로 따지자면 나도 그 애들과 똑같은 짓을 했으니까.

조금이라도 냉정함을 되찾기 위해 한 번 크게 심호흡을 하고는 뒤를 돌아보았다.

그곳에는 카리야 슈코의 새파랗게 질린 얼굴이 있었다. 그 아이는 이미 한 반의 리더가 아니라 의도치 않게 심각해진 상황에 놀라 겁먹은, 그저 어리석은 한 명의 어린애에 불과했다.

나는 그 사실을 이해하면서도 도저히 참을 수가 없었다.

멍하게 서 있는 카리야를 앞에 두고 나는 치미는 감정을 억누르기 위해서 증오라는 잼을 손가락에 가득 묻혔다.

"카리야, 넌 아무 잘못 없어."

그런 말과 함께 그 애를 향해 희미한 냉소를 날렸다.

"……그게 무슨 소리야."

카리야의 단정한 얼굴이 점점 붉어지더니 이내 와락 구겨졌다. 뒤이어 뾰족한 눈가를 따라 눈물이 흘러내렸다.

"대체 그게 뭐냐고!"

절규라도 하는 것처럼 나한테 소리쳤다.

"때려! 차라리 때리란 말이야! 그냥 나도!"

연이어서 한 번 더 고함쳤다.

"슈타 때처럼 속이 시원해질 때까지 두들겨 패면 될 거 아니냐고!"

나는 그 외침에 가능한 한 평온하면서도, 어쩌면 동정이라고 받아들일 수도 있을 시선만을 남기고 미요시와 나루사와의 뒤를 쫓아 체육관을 나왔다.

물론 자비심에서 한 행동은 아니었다.

그러는 편이 그 애를 더욱 고통스럽게 할 수 있다는 걸 알고 있었을 뿐이다.

―

양호실로 옮겨진 미요시는 곧바로 병원에 가게 되었다.

사건의 당사자인 카리야와 나루사와, 그리고 나까지 세 명은 오카자키 선생님한테 개별적으로 불려갔다. 내가 마지막 차

례였다.

잠시 고민했지만 나는 공 돌리는 장난에 참여했던 반 아이들의 이름을 소상히 전하지는 않았다. 그런 짓을 해봤자 나루사와에 대한 아이들의 구박과 천대가 더 심해지기만 할 것이다. 오히려 내가 말하지 않는다면 카리야의 행동에 편승해서 나루사와를 괴롭히려고 했던 애들은 아마 이번 일로 얌전해질 테고 말이다.

"잠시라도 눈을 떼는 게 아니었는데. 내가 부주의했구나. 미안하다."

오카자키 선생님은 그렇게 말하면서 평소에도 잘 다듬지 않아 텁수룩한 머리칼을 더욱 흐트러뜨리는 것처럼 이리저리 헤집었다.

학생 지도실에는 나와 오카자키 선생님 둘뿐이었다.

내가 설명을 모두 마치자, 오카자키 선생님은 팔짱을 낀 채 심각한 표정을 지으면서 가늘고 긴 숨을 토해냈다.

"나는 지금 미요시가 괜찮은지 확인하러 병원으로 갈 건데 사쿠라, 너도 같이 가겠니?"

그 제안에 나는 잠시 고민하다가 고개를 가로저었다.

미요시가 걱정되긴 했지만, 이번 사건의 당사자라고 하기 어려운 내가 병원까지 따라가는 것도 좀 이상하다고 느꼈기 때문이다. 미요시한테는 오늘 밤에라도 문자로 연락해 괜찮은지 물어보면 된다.

학생 지도실을 나와 오카자키 선생님과 헤어진 후, 나는 가방을 가지러 6학년 2반 교실로 돌아갔다.

학교가 파한 지 꽤 시간이 지나서 이제 아무도 없겠거니 했는데, 주황빛 석양이 쏟아져 들어오는 교실 안에 나루사와가 남아 있었다.

어딘지 모르게 명한 표정으로 책상 앞에 앉아 있던 그 애는 나를 보자마자 무슨 말이라도 하고 싶은 표정을 지었다.

그러나 그대로 30초 정도 묵묵히 기다려줘도 아무 반응이 없어서 나는 내 자리에 걸어둔 가방을 손에 들고 교실을 나서려고 했다.

「하루.」

막 교실을 떠나려고 하는데, 나루사와는 나한테 다가오더니 내 팔을 살짝 잡아끌었다.

「오늘 나 때문에 정말 미안해.」

웬일로 어울리지 않게 그런 기특한 소리를 했다. 돌이켜보면 지금 그건 3개월 만에 처음으로 나루사와가 나한테 건넨 말이었다. 그렇지만 그 첫마디가 사과라는 게 안타까운 이유는 대체 뭘까. 내 마음을 도통 종잡을 수가 없었다. 내 감정이라서 더더욱 이해를 못 하는 것이겠지만.

나루사와의 사과에 뭐라고 답하면 좋을지 몰라서 일단 선생님이 지금 병원에 갈 거라는 얘기부터 전해주었다. 하지만 그 말을 하고 보니 마치 당장 미요시에게 사과하고 오라며 등을 떠미는 것 같아서 마음속으로 후회를 했다.

「괜찮아. 오늘 저녁에 미요시네 집으로 사과하러 갈 거니까.」

따로 재촉하지 않아도 나루사와는 원래부터 그럴 마음이었나 보다.

「나 때문에 다쳤으니까…….」

나루사와는 자기 자신한테 들려주기라도 하는 것처럼 중얼거렸다.

그 말대로 미요시는 다쳤다. 그렇지만 나루사와를 감싼 건 미요시가 원해서였고, 자신이 다친 것에 대해서 나루사와를 탓할 일은 분명, 아니 절대로 없을 것이다.

나루사와가 입을 다물자 교실 안에는 침묵만 흘렀다.

아직도 운동장에서 노는 학생들이 있는지 떠들썩한 소리가 석양이 가득한 교실에 메아리쳤다가 벽에 빨려 들어가듯 사라졌다.

바로 앞에서는 나루사와가 잔뜩 흐린 표정으로 긴 속눈썹을 드리운 채 시선을 내리깔고 있었다.

나는 그냥 빨리 집으로 돌아가고 싶었지만, 그 애가 아직도 할 말이 더 남은 것처럼 보여서 잠시 그대로 기다려주었다.

「있잖아, 하루.」

역시나 예상대로 그 애는 무슨 큰 결심이라도 한 것처럼 나를 쳐다보았다.

「슈타가 누구야?」

그 이름.

나루사와는 내가 웬만하면 이름조차도 듣고 싶지 않은 존재에 대해 정면으로 물었다.

머릿속에서 그 물음을 무시하고 가버리면 되지 않느냐는 목소리도 들려왔지만, 그 속삭임을 순순히 따르지는 않기로 했다.

왜 나루사와는 그런 걸 알고 싶어 하는 걸까.

나는 메고 있던 가방을 근처의 책상 위에 내려놓고 나서 물었다. 그런 내 물음에 나루사와는 잠시 망설이듯 다시 바닥에 시선을 떨구었다가 이내 눈을 똑바로 들었다.

「지금 물어보지 않으면 아마 평생 못 들을 것 같아서.」

그러더니 이런 과장된 대답을 했다.

나는 잠시 생각에 잠겼다.

나루사와한테 내가 겪었던 일에 대해 알려줄 필요는 조금도 없다. 하지만 동시에 이렇게 묻는데 대답을 회피할 핑계 역시 안타깝게도 전혀 없었다.

별로 즐거운 얘기도 아니다.

즐겁기는커녕 들으면 매우 불쾌할 것이다.

변명이라도 하듯 그렇게 내 뜻을 전했다. 그러나 나루사와는 그래도 상관없다는 듯 흔들림 없는 눈빛으로 고개를 한 번 끄덕였다.

그런 나루사와의 모습에 나는 마음속을 가볍게 정리하듯 잠시 뜸을 들이며 어떻게 말을 꺼내면 좋을지 고민했다.

슈타는 우리 반이 5학년 2반이었을 때 같은 반이었던 애의 이름이다.

그 이름을 의식하는 것만으로도 그 애의 얼굴, 스기무라 슈타의 얼굴이 뇌리에 선명히 되살아나는 게 무서웠다. 정말로, 너무나도 암담한 기분이 들었다.

그럴 수밖에 없는 게.

기억 저 밑바닥에서 떠오르는 슈타의 얼굴은 언제나 어떻게 해도 도저히 지울 수 없는, 검붉은 피투성이였으니 말이다.

스기무라 슈타.

공부는 그리 잘하지 못했지만, 운동을 잘하고 키도 큰 데다 분위기 메이커에, 성격도 사교적이었다. 웃으면 슬쩍 드러나는 덧니가 매력적이어서 여자애들에게 인기가 있었던 그 아이가 반의 중심인물이 된 것은 당연한 일이었다. 당시에 5학년 2반의 리더가 누구였냐고 물으면 누구나 카리야 슈코가 아니라 그 애의 이름을 꺼낼 것이다. 스기무라 슈타는 그런 존재였다.

그리고 나, 사쿠라 하루는 그 애한테서 박해를 받고 있었다.

'학교 폭력'이라는, 알기 쉬운 단어를 쓰는 게 더 나을지도 모르겠지만, 그 괴롭힘은 나 개인에게만 해당하는 것이 아니라 주변에까지 영향을 끼쳐 더 많은 피해자를 낳는다는 점에서 단순한 학교 폭력이라 하기 어려웠다.

그 박해가 시작된 이유는 지금도 잘 이해가 안 간다.

나는 매일 나 나름대로 여러모로 신경을 쓰며 조용히 학교 생활을 할 셈이었지만, 그 애는 그런 내 모습이 마음에 들지 않았나 보다. 정확히 기억이 나지는 않지만, 그해 봄 새로운 반 편성이 있고 나서 황금연휴가 끝날 즈음부터 그 애는 나를 본격적으로 괴롭히기 시작했다.

괴롭히는 방법도 참으로 가지각색이었다.

악담, 험담 등의 비방과 모함, 소지품을 빼앗고 훔치는 일 정도는 일상다반사였고 장난이라며 가혹한 폭력을 가하는 일도 종종 있었다. 때리거나 발로 차는가 하면 수영장 물속에 정신을 잃기 직전까지 내 머리를 강제로 밀어 넣기도 했다. 구체적인 예를 들자면 끝도 없겠지만 제일 고통스러웠던 일을 하나 꼽으라면 세 시간 동안 청소도구함 속에 갇혀 있었을 때였다. 그 기억 때문에 난 지금도 좁고 어두운 곳이 싫다.

앞서 그 애가 공부를 잘하는 편은 아니었다고 평했지만, 사실 머리가 나쁜 편은 아니었다. 카리야 슈코도 그렇지만 어느 정도 주변 사람을 이끌 줄 아는 사람 중에서 멍청한 사람은 거의 없을 것 같다. 그리고 그 애는 그 좋은 머리를 잘못된 방향으로만 발휘했다.

그 탓에 나는 하루하루가 지옥이었다.

그렇다고 해서 선생님이나 부모님한테 상담할 수도 없었다. 대체 왜 그럴 수 없었냐고 묻는다면 아마 이렇게 대답할 것이다.

자존심이 있으니까.

이 정도의 시련은 내 손으로 이겨내지 않으면 안 된다고.

이런 하잘것없는 일에 우는소리만 해서는 절대로 우주라는 저 머나먼 장소까지 도달할 수 없을 거라고 나 자신을 억지로 다잡았다. 그런 마음가짐은 별로 칭찬받을 만한 방법이 아니었을 수도 있다. 그렇지만 그렇게라도 생각했으니까 그나마 참아낼 수 있었다.

아슬아슬했을지 몰라도 어떻게든 버텼다.

적어도 나 자신이 당하는 괴롭힘만큼은.

그런데 문제는 거기서 끝나지 않았다.

「스기무라는 곧 미요시한테도 손을 대기 시작했어.」

이유는 매우 간단했다.

그렇게 하면 내가 재미있을 정도로 과민한 반응을 보이니까.

이제 건전지가 다 닳아서 더는 움직이지도 않을 줄 알았던 장난감이 마치 새것처럼, 그것도 원하는 대로 신선한 반응을 보인다는 걸 알았으니까.

그 점을 눈치챈 스기무라 슈타는 이제 공격의 화살을 미요시에게 돌렸다.

내 옆에 있다는 이유로 괴롭힘을 당하면서도 자기 자신보다 나를 더 걱정해준 내 유일한 버팀목을 향해 그 애는 몇 번이나 손을 뻗었다.

나는 그런 짓만큼은 도저히 참을 수 없었다.

— 그래서.

「그래서 복수했어.」

만약 악의라는 것에 질량이 있다면 내가 스기무라 슈타에게 쏟아 부은 악의의 무게는 그 애의 것과는 비교가 되지 않을 게 분명하다.

나는 그때까지 속으로 꾹꾹 눌러 참고만 살았던 거대한 악의를 한 방울도 남기지 않고 모조리 방출해버렸다.

150

펭귄은
하늘을
올려다본다

복잡한 건 하나도 없었다.

나는 친구들 앞에서 장난삼아 미요시의 옷을 벗기려고 했던 스기무라 슈타의 머리를 붙잡아 창문에 내리쳤다. 그리고 산산이 부서진 유리 조각 위에 그 애의 몸을 넘어뜨린 다음, 그 위에 걸터앉아 온 힘을 다해 계속 때렸다. 그뿐이었다.

주먹으로 때렸다.

그저 정신없이 때리고 또 때렸다.

깨진 창문 유리에 이마가 크게 찢어졌고, 코에서는 수돗물처럼 피가 철철 흘렀지만 나는 개의치 않고 그 애가 의식을 잃을 때까지, 의식을 잃고 나서도 내 주먹 뼈가 부러지는 게 아닌가 싶게 아플 만큼 계속, 스기무라 슈타가 본능대로 악의를 휘둘렀던 것처럼 나도 내 안에 자리한 이성을 버리고 악의에 몸을 맡겼다.

꽉 쥔 주먹에 피를 가득 묻히면서, 넘치는 분노를 멈추지 않고 쏟아내는 내 모습은 반 아이들의 눈에 매우 충격적이었을 것이다. 주로 코나 이마의 출혈이 대부분이었지만, 그 순간만큼은 교실의 모든 곳이 새빨갰다. 그 일로 인해 반 아이 중에는 지금까지도 내 눈을 똑바로 못 쳐다보는 애들이 있다.

굳이 따져볼 것도 없이 내가 한 짓은 상해죄로 취급되어, 가해자인 나는 청소년 시설 같은 곳으로 보내져도 할 말이 없는 상황이었다.

하지만 그런 일이 있었음에도 특별한 법적 처벌을 받지는 않았다.

나는 심한 괴롭힘을 당하고 있었다는 확고한 증거를 나름 많이 확보하고 있었고, 미요시를 필두로 하는 몇몇 정의로운 아이들이 나한테 유리한 증언을 해준 덕분이었다. 담임인 오카자키 선생님도 적지 않게 내 편을 들어주셨다.

그래서 그 사건이 있은 이튿날부터 스기무라는 학교에 오지 않게 되었다.

두 번 다시 오지 않았다.

가을이 깊어지고 겨울이 얼굴을 비출 즈음, 출석부에서는 아예 이름조차 사라졌다. 소문을 듣자 하니 여기서 꽤 먼 곳으로 이사하여 그럭저럭 즐겁게 잘 지내고 있다고 들었지만, 그건 내 알 바가 아니었다. 아무래도 좋았다. 내 눈앞에서 그 애가 사라져주기만 한다면.

거기서 잠시 말을 끊자, 이제까지 맞장구 한 번 안 치고 조용히 이야기를 듣고 있었던 나루사와가 잔뜩 고민 어린 표정으로 말했다.

「……그건 하루가 잘못한 게 아니잖아.」

버릇인지 나루사와는 치맛자락을 꽉 쥐면서 말했다.

「하루는 잘못한 거 없어!」

그 말에 나는 고개를 가로저으며 대답했다. 누가 잘못이냐 아니냐는 중요한 게 아니라고. 그리고 정말로 힘들었던 건 그 이후부터였으니까.

상점가에 안 좋은 소문이 돌았다.

'안 좋은 소문'이라는 표현은 다소 두루뭉술하게 미화된 건지도 모른다.

사쿠라 클리닝 집의 아들이 반 친구한테 폭력을 써서 심하게 다치게 하고 무려 전학까지 가게 내몰았다는 그 소문은 표면적으로는 변명할 여지없이 사실이었으니 말이다.

그리고 손님을 상대로 하는 가게는 아주 사소한 일로도 손님의 발길이 끊기곤 한다. 오랜 단골손님마저 무서울 정도로 간단히.

그 소문이 아스나로 상점가에 퍼져나가면서 사쿠라 클리

닝을 찾는 손님의 수는 급격하게 줄었다. 그야말로 가게를 유지하는 게 힘들 정도였다. 한때는 정말 폐점을 고민해야 할 정도의 위태로운 순간까지 내몰렸다.

「혹시.」

그런 내 설명을 들은 나루사와는 눈을 휘둥그렇게 뜨며 입술을 떨었다.

「하루가 아빠 엄마랑 사이가 안 좋은 건 그거 때문이야?」

사이가 안 좋다는 표현도 적절하지는 않은 것 같은데. 그리고 적어도 아빠하고 나 사이에는 그런 심각한 문제도 없고.

근데 나루사와의 말대로 그 사건 이후, 엄마하고는 서로 어떻게 거리를 두어야 하는지 종잡을 수 없게 되었다.

돌이켜보면 그렇게 된 것도 무리는 아니다.

왜냐하면 엄마는 나처럼 그 상점가에서 태어나 내 인생의 몇 배나 되는 세월을 그곳에서 보내셨기 때문이다.

물론 엄마가 대놓고 나를 탓하지는 않았다. 하지만 거짓말처럼 손님이 뚝 끊겨버린 상황에서, 작년의 10분의 1도 채 되지 않은 매상을 앞에 두고 나한테 아무런 감정이 없지는 않았을 테다.

좀 더 현명한 해결 방법이 있지는 않았니?

아무리 그래도 너무했던 거 아니니?

나는 여전히 엄마가 우리 사이에 무슨 두꺼운 필터라도 낀 것처럼 모호한 표정을 지으며 나를 쳐다보실 때마다 그런 말들이 엄마의 목구멍에 턱 걸려 있는 것처럼 느껴져서 견딜 수가 없다.

어머니는 항상 자식을 최우선으로 생각한다.

그건 거짓이 아니다. 하지만 부모도 사람이다. 자기 자식이 저지른 짓이라고 해서 뭐든 무조건으로 용서하고 받아주고 고개를 끄덕여주지는 않을 것이다.

「그래도」

나루사와는 마치 이야기의 대단원을 해피 엔딩으로 끝내 달라고 조르는 어린아이처럼 살짝 다가오면서 물었다.

「지금은 손님이 찾아오잖아?」

그렇다. 지금은 나름 손님들이 찾아온다. 예전과 똑같다고 는 할 수 없지만 그래도 그 당시에 비하면 훨씬 나아졌다.

하지만 그것도 미요시네 가족이 이것저것 도와준 덕분이 다. 정확히는 미요시만이 아니라 미요시네 집과 얽힌 여러 사람 들이다.

미요시네 가족은 자기 가게에 오는 많은 손님에게 사정을 설명해주었다고 한다. 게다가 거기에 그치지 않고 상점가에 있 는 백 곳 넘는 가게들을 일일이 돌면서 지금 떠도는 소문의 내 용 전부가 오해는 아니지만, 사정이 있어서 그렇게 된 일이라고 해명했단다. 사쿠라 하루가 같은 반 친구를 때린 건 괴롭힘을 당하고 있던 우리 집 아이를 도와주려 그런 거라고. 자기들 체면은 아랑곳하지도 않고 사태 해결에 최선을 다했다.

그런 미요시네 가족들의 도움 덕분에 사쿠라 클리닝은 폐 점의 위기를 벗어나 지금에 이르게 되었다. 물론 모든 것이 다 원래대로 돌아간 것은 아니지만. 나와 엄마의 관계가 바로 그중 하나였다.

「그리고 카리야는 스기무라와 유치원 때부터 서로 알고 지 낸 사이래. 아마 걔를 좋아했던 걸지도 몰라.」

무겁고 답답한 이야기의 마지막을 나는 그런 별 의미도 없 는 농담으로 끝맺었다.

조금은 웃어주기라도 할 줄 알았는데 그렇지 않았다.

정신을 차리고 보니 나루사와는 울고 있었다.

슬퍼서라기보다는 치밀어 오르는 분노를 꾹 눌러 참는 것 처럼 입술을 꽉 깨문 채 그 푸른 눈동자에서 떨어지는 눈물을 조금도 닦아내려고 하지 않았다. 딱히 울음이 터질 만한 얘기를 한 건 아니었는데.

그런 상태로 얼마나 시간이 지났을까.

창문을 통해 쏟아지는 석양이 더욱 눈부시게 빛나면서 교실 전체를 붉게 물들였을 때였다.

「불공평해.」

나루사와는 그렇게 말했다.

그 애답지 않게 매우 어른스러운 목소리로.

얼굴 곳곳에 분노의 기색을 띄운 채로 다시 한마디를 덧붙였다.

「신은 왜 이렇게 불공평한 짓만 하는 건데?」

······아아.

정말 그러네.

그것만큼은 나도 동감이야, 나루사와.

—

이튿날.

어제 일어난 사건의 당사자인 미요시, 카리야, 나루사와 중에서 학교에 온 사람은 미요시뿐이었다. 미요시는 등교하자마자 몇몇 아이들에게 둘러싸여 다친 귀는 괜찮은지를 묻는 질문 세례를 받았지만, 여전히 사람 좋은 미소로 화답했다.

그러던 중 미요시는 나와 눈이 마주쳤다. 내가 턱을 괴고는 인사 대신 눈썹을 크게 들썩이자, 미요시는 무슨 영문에서인지 입을 옆으로 활짝 벌리더니 "이잇―!" 하는 소리를 내며 괴상한 표정을 지었다. 왜 나한테 그런 표정을 짓는 건지 곰곰이 생각해봐도 딱히 짐작 가는 건 없었다.

나는 어제 미요시가 보낸 문자 덕분에 몸 상태가 어떤지 이미 알고 있었다.

일시적으로 난청을 겪긴 했지만, 다행히도 고막이 다치지 않아서 큰일이 생기지는 않았단다. 그걸 알고 나는 가슴을 쓸어 내렸다.

아무 일도 없다니 다행이다.

야, 좀 더 따듯한 말을 해주면 어디가 덧나? 네 문자 속에는 애정이 부족하다고.

참고로 이 문자 메시지에는 유난히 복잡한 표정의 이모티콘이 세 개 정도 붙어 있었지만, 나는 그냥 못 본 척 넘어가도 괜찮겠지 생각했다.

내일은 학교 갈 거야?

가야지. 딱히 이상도 없는데. 그리고 하루는 내가 없으면 쓸쓸 하잖아.

그럼 내일 보자.

혹시 방금 지은 미요시의 그 괴상한 표정은 어제 주고받은 대화 때문일까. 내가 무슨 잘못을 한 것 같지는 같은데…….

사건 이튿날임에도 불구하고 그날은 딱히 아무 일도 일어 나지 않았지만, 다시 그다음 날에 카리야가 학교에 나타났을 때 교실 안에는 묘한 공기가 흘렀다.

카리야는 등교하자마자 볼멘 표정을 하고 자기 자리에 가 만히 앉아 있었다.

평소 같으면 그 애가 교실로 들어오면 누구 하나라도 근처 로 다가왔을 텐데. 그러나 지금은 모두 멀찌감치 떨어져서 눈치 만 볼 뿐, 아무도 적극적으로 말을 걸려고 하지를 않았다. 뭐 저 렇게 매정할 수 있나 싶지만, 누구라도 문제아와 친하게 지내고 싶지 않은 건 당연하다.

똑같은 문제아를 제외하고는.

마치 카리야 혼자만 나루사와를 괴롭힌 것 같은 분위기구나, 하고 옆자리인 내가 약간의 위로의 마음을 담은 쪽지를 건네주자 카리야는 어안이 벙벙한 표정으로 눈을 휘둥그렇게 떴다. 혹시 기분을 상하게 했나 싶어 고개를 갸웃거렸지만 아무래도 그건 아닌 모양이었다.

"네가 먼저 말을 걸다니 이런 건 처음이네."

그랬나? 하긴 그럴지도 모른다. 꼭 필요한 내용이 아니면 같은 반 아이들한테 말을 거는 일 자체가 거의 없으니까. 그래도 문제아끼리 조금은 사이좋게 지내는 것도 나쁘지 않을지도 모르지.

농담 섞어 그렇게 대꾸하자 카리야는 가만히 쳐다보았다.

"너랑 친하게 지낼 바에야 차라리 혼자가 낫겠어."

그렇게 냉담하게 대꾸하면서도 표정이 조금은 누그러진 듯했다.

—

사건이 난 지 사흘이 지나도 나루사와는 학교를 나오지 않았다.

우리 반 아이 중 누군가가 오카자키 선생님한테 물었지만, 선생님은 나루사와가 감기에 걸린 것 같다며 말만 흐릴 뿐이었다. 거짓말이 분명했다.

사흘이 일주일이 되고, 일주일이 또 지나도 나루사와는 모습을 드러내지 않았다.

우리 반에서는 등교 거부를 하는 게 아니냐는 소문이 돌기 시작했다. 하긴 소문이고 뭐고 간에 아예 학교를 안 오고 있으니까 등교 거부라는 말이 맞긴 하지만.

"내가 무슨 말실수라도 했나?"

어느 날 방과 후 하굣길에서 미요시는 언젠가 그랬던 것처럼 내 뒤를 쫓아와 어두운 표정으로 불쑥 그 말부터 꺼냈다. 얘는 무슨 고민거리만 생기면 나랑 같이 하교하려는 이상한 습성이라도 있는 걸까.

"마지막으로 이리스를 만난 건 아마 나였을 텐데."

아아, 카리야한테 공으로 맞은 날, 나루사와가 너희 집에 사과하러 갔었구나.

그때 나루사와가 어땠냐고 물어보니, 미요시는 눈꼬리를 축 늘어뜨렸다.

"부모님까지 같이 오셔서 우리가 더 미안할 정도로 사과하고 가셨어. 난 정말 괜찮고 내가 하고 싶어서 한 일이라 신경 쓸 필요는 없다고 했는데……."

그러게.

내가 보기에도 나루사와는 미요시에 대한 죄책감 때문에 등교를 못 하는 일은 없을 것 같았다.

—

또다시 순식간에 일주일이 지났다.

9월 말에 들어서자 이제 바람도 선선함을 넘어 쌀쌀하게 느껴질 정도였다. 최고 기온은 20도도 채 되지 않았고, 최저 기온이 10도를 밑도는 날도 잦았다.

나날이 짙어지는 겨울 기운이 가을을 밀어내듯이, 마침내 교실에서 나루사와 이리스라는 아이의 기억이 거의 흐려졌던 어느 종례 시간이었다.

"자, 너희에게 알려주어야 할 소식이 있단다."

오카자키 선생님은 매우 유감스러운 얘기라도 하듯이 운을 떼더니 학생들이 주목하고 있다는 걸 확인하시고는 무거운 어조로 말씀하셨다.

"지금 학교를 쉬고 있는 나루사와 말인데."

오카자키 선생님께서 그 이름을 언급하자 안 좋은 예감이 들었다.

"다음 달에 미국으로 돌아간다고 하는구나."

그 예감은 이렇게나 간단히 적중하고 말았다.

순간 깜짝 놀랐는지, 화난 것 같이 얼굴이 굳어진 카리야가 내 옆자리에서 벌떡 일어났다. 그 애의 얼굴에도 나와 마찬가지로 경악이라는 두 글자가 쓰여 있었다.

"혹시 저 때문이에요?"

카리야의 질문은 이제까지 했던 그 어떤 말보다 직설적이었다. 반면에 오카자키 선생님은 부드럽게 고개를 내저었다.

"아니, 카리야, 너 때문이 아니란다. 나루사와가 미국으로 가는 건 아버지 일 때문이니까. ……거짓말이 아니니 걱정하지 마라."

그 말을 듣고도 카리야는 안도하기는커녕 너무 놀라 넋이 나간 표정으로 자기 자리에 앉을 뿐이었다.

지금 카리야도 그 소식을 액면 그대로 받아들일 수는 없을 것이다. 아마 자신을 탓하고 있을지도 모른다. 만약 그렇다면 카리야도 의외로 다정한 아이일 수 있겠구나. 여전히 스기무라 슈타에게 아무런 죄책감을 품고 있지 않은 나와는 달리.

종례 후, 다른 때보다 훨씬 소란스러운 교실 안에서 나는 평소와 다름없는 태도를 유지하려고 애쓰며 자리에서 일어났다. 그러나 교실을 나선 순간, 누군가가 내 파카 옷자락을 뒤에서 잡아당겼다.

왠지 낯설지 않은 그 감각에 화들짝 놀라 뒤를 돌아봤지만, 내 등 뒤의 사람은 눈길을 확 잡아끄는 금발 소녀가 아니었다.

"야! 하루!"

미요시였다.

"넌 왜 아무 상관없다는 듯 집에 가려는 거야?"

미요시는 날카로운 눈초리로 단호하게 물었다. 학교에서 말을 걸지 말라는 약속은 어떻게 되었느냐는 말이 목구멍까지 솟아올랐지만, 그걸 지금 이 자리에서 지적할 만큼 나도 분위기 파악을 못 하는 건 아니었다.

내 파카 옷자락을 붙든 채 미요시는 은근하게 타이르는 어조로 말했다.

"하루, 오늘 이리스네 집에 같이 가지 않을래?"

가서 뭘 어쩌려고? 할 얘기도 없는데.

"그냥 얼굴이라도 좀 보고 오자. 이대로 헤어지면 너무 슬프잖아."

난 그렇게까지 걔랑 친하지도 않다고, 가능한 한 태연하게 대꾸할 셈이었다.

"……넌 왜 그렇게 한심한 거짓말을 하는 거야?"

그러나 아무래도 미요시의 다갈색 눈동자는 마치 커피 필터처럼 내 말에서 찌꺼기만 쏙쏙 골라내는 모양이었다.

"사실은 나보다 훨씬 슬프잖아. 그러면서 왜 거짓말을 하는 거냐고."

미요시는 단호하게 말하면서 뿌리치듯 내 파카에서 손을 떼었다.

"됐어. 그냥 나 혼자 갈 거니까."

그렇게 톡 쏘아붙이고는 내 옆을 빠른 걸음으로 지나가버렸다. 나도 모르게 나는 그 자리에 멍하게 서 있었지만, 미요시는 한 번도 내 쪽을 돌아보려고 하지 않았다.

그 뒤를 당장이라도 쫓아가야 한다고 마음속의 누군가가 속삭였다.

하지만 나는 마치 실내화 바닥의 고무와 복도의 리놀륨이 녹아 서로 엉겨 붙은 것처럼 그곳에서 꼼짝도 할 수 없었다.

—

솔직히 어느 정도 예상하긴 했었다.

나루사와가 나한테 스기무라 슈타에 관해 물었던 바로 그 날, 지금 물어보지 않으면 평생 묻지 못할 거라는 과장된 말을 했을 때부터 다시 전학 가는 게 아닐까 하는 예감이 좀 들긴 했다.

저녁 8시, 나는 내 방 침대에 똑바로 누워 천장을 바라보았다.

머릿속이 나루사와에 대한 생각으로만 가득했다.

괜한 고집을 부려서 하는 소리가 아니라 나루사와 이리스와 사쿠라 하루는 서로 친하거나 사이가 좋은 건 전혀 아니었다. 메리 분실 사건 이후부터 그 애는 나한테 적극적으로 접근하긴 했지만 그건 어디까지나 일방적이었고, 그 애도 그 이상의 뭔가는 바라지 않았다.

하지만 그렇구나.

나루사와는 미국으로 이사 가는구나.

참 멀다.

미국은 정말 멀다.

침대에서 벌떡 일어난 나는 책상 앞 의자에 앉았다.

내 책상 위에는 싸구려 하늘색 지구본이 놓여 있다. 그걸 가볍게 돌리고는 그 표면에 손가락을 대어 쓸었다. 내 손가락은 지구를 간단히 세 바퀴 정도 돈 후, 노렸던 대로 북아메리카 대류에 멈췄다.

나루사와는 이 크디큰 대륙의 어디로 이사 가는 걸까? 역시 워싱턴으로 돌아가는 걸까. 만약 그 애가 진심으로 우주 비행사를 꿈꾼다면 그곳은 일본보다 훨씬 공부하기 좋은 환경일 것이다.

나루사와는 처음부터 일본에서 지낼 기간이 짧으리라는 것을 잘 알았다.

그래서 같은 반 아이들과 친하게 어울리려고 하지 않았다.

친해져봤자 금방 다시 리셋되어버리는 인간관계라면 차라리 아예 처음부터 그런 관계를 만들지 않는 편이 훨씬 나을 테니 말이다. 그 심정을 이해하지 못하는 건 아니다.

하지만 어째서일까.

그 생각만 하면 신기할 정도로 속이 부글부글 끓었다. 왠지 짜증만 치솟았다.

나루사와에게 난 어떤 존재였던가.

일방적으로 졸졸 따라다니며 제 마음대로 내 일에 상관하고.

아직도 내 마음속 깊은 곳에서 덜 아문 생채기를 맨손으로 마구 만지기나 하고.

그렇게 사람을 잔뜩 쥐고 흔들어놨으면서 이번에는 아무 말도 하지 않고 사라지겠다는 건가.

얼마나 제멋대로인지.

……도저히 참을 수가 없었다.

거기까지 생각이 미치자 더는 가만있을 수가 없었다.

시계를 보니 저녁 8시 반을 지나려던 참이었다. 방문하기에는 다소 늦은 시간이긴 했지만 상관없다.

그렇지 않은가.

이제 서로 피장파장이니까.

의자에서 일어나 이제 곧 두툼한 코트에 자리를 빼앗기게 될, 항상 입는 낡은 파카를 손에 들고 방을 나섰다.

부모님한테 어딜 간다고 알릴 시간도 아까워 현관에서 바로 뛰어나가려다가 그 애의 집이 맨션 몇 호인지도 모른다는 걸 깨닫고 나는 미요시한테 문자 메시지를 보냈다.

나루사와가 사는 아사미 그랜드 타워까지는 자전거를 타고 가니 15분도 채 걸리지 않았다.

역 근처 고급 주택가 한구석에 자리한 그곳은 아직 모든 것이 새것인 데다 고개를 번쩍 치켜들어야 겨우 끝까지 올려다볼 수 있을 만큼 높은 맨션이었다. 그 애의 집은 14층에 있다고 했다.

고급 맨션이라서 당연히 현관 로비에는 자동 경비 장치가 있었다.

인터폰으로 호출하니 나루사와의 엄마가 받았다.

나루사와의 엄마는 갑자기 나타난 나에게 어떻게 대응하면 좋을지 무척 당황스러워하는 눈치였지만 금방 사정을 이해해주고 문을 열어주었다.

깜짝 놀랄 정도로 멋진 엘리베이터를 타고 곧장 14층까지 올라갔다.

엘리베이터에서 내려 통로를 오른쪽으로 꺾자 바로 '나루사와'라고 적힌 알루미늄 문패가 붙은 문이 나타났다.

심호흡을 한 번 한 후, 초인종을 누르니 곧 현관문이 열렸다.

그곳에서 나를 기다리고 있던 이는 나루사와 본인 ─ 이 아니라 나루사와와 똑같이 사금처럼 빛나는 머리칼을 가진 그 애의 엄마와 전에 만났던 키 큰 아빠였다. 설마 여기서 나루사와의 부모님이 나를 문전박대하는 것인가 걱정되어 속으로는 경계했다.

"미안하구나, 하루. 이리스는 지금 샤워 중이야."

나루사와의 엄마는 부드러운 미소를 지으면서 일본어로 말했다.

"우리 애 방에서 기다려주겠니?"

본인이 없는 방에서 기다리는 것이 어쩐지 미안해서 나는 고개를 가로저었다.

"괜찮단다. 이리스의 소중한 친구니까 그런 걱정은 안 해도 돼. 자, 들어오렴."

여러 번 권하는데 무작정 거절할 수도 없어서 나는 송구스러워하면서 신발을 벗었다.

"하루가 우리 집에 오는 건 처음이구나."

키가 큰 나루사와의 아빠는 내 어깨에 손을 얹고, 시선을 맞추며 천천히 말씀하셨다.

"네 얘기는 이리스한테서 많이 들었어. 우리 딸이랑 친하게 지내줘서 고맙다. 여러 가지로 폐를 많이 끼친 것 같아서 미안하고."

대체 무슨 오해를 하는 걸까? 아무리 머리를 굴려도 지난 3개월 동안 나는 나루사와와 친하게 지낸 기억이 없다. 그리고 딱히 나한테 폐를 끼친 적도…… 아예 없다고 하면 거짓말이 되겠지만.

송구스러워하면서 들어가게 된 나루사와의 방은 그야말로 전형적인 소녀의 공간이었다.

통일감 하나 없는 내 방과는 전혀 다르게 커튼과 테이블을 비롯한 가구들이 눈에 편안한 파스텔 핑크 색조로 잘 정리된 상태였다. 나는 베개 머리맡에 크고 작은 인형들이 잔뜩 있는 걸 보고 참 나루사와답다 싶으면서도 역시 너무 어린애 같다는 생각에 슬그머니 웃었다. 토끼 인형 메리도 보였다. 오래간만에 만났다는 반가움을 담아 머리를 쓰다듬었지만, 메리는 내 손길을 그대로 받기만 할 뿐 아무 대꾸도 하지 않았다.

벽에 걸린 커다란 코르크 보드에는 여러 장의 사진이 균형감 있으면서도 동시에 무질서한 느낌으로 장식되어 있었다. 그 사진들 속에는 백인, 흑인 구분 없이 다양한 인종의 아이들과 함께 어울려 있는 나루사와가 보였다. 미국에 있는 학교에서 찍은 것인가 보다. 사진 속의 나루사와는 그 애다운 천진한 웃음을 지으며 잔뜩 들떠 있는 모습이었다.

너무 뚫어지게 관찰하는 것도 실례일 것 같아서 시선을 돌리려던 순간, 코르크 보드 안에 나와 미요시의 얼굴이 있는 것을 알아차렸다.

그건 5월에 사회 과목 견학 수업을 나갔을 때, 학교에서 부른 카메라맨이 찍은 여러 학생의 사진 중 하나였다.

사진 속의 나는 하나같이 무뚝뚝한 표정이었다. 그중에는 대체 카메라맨이 무슨 변덕으로 찍었는지는 모르겠지만, 내가 혼자 벤치에 멍하게 걸터앉아 있는 사진도 있었다. 이건 거의 도둑 촬영 아닌가? 그리고 나루사와는 자기 사진도 아닌데 왜 이런 걸 샀담.

잠시 후, 나루사와의 엄마가 과자를 가지고 방으로 찾아왔다.

"오래 기다리게 해서 미안하구나. 이리스가 지금 열심히 머리를 말리는 중이니까 조금만 더 기다려줄래?"

괜찮다고 가볍게 고개 숙여 인사하다가 문득 알아차렸다.

아까 전부터 나루사와의 엄마는 나한테 일본어로 말을 걸었다. 외모는 완전히 서양인인데 그 입에서는 유창한 일본어가 줄줄 흘러나와서 이상한 느낌마저 들었다.

그 점에 관해 물어보니, 나루사와의 엄마는 살짝 수줍어하는 표정을 지으면서 말했다.

"아, 미안하구나. 내 일본어를 알아듣기 힘드니?"

고개를 저었다. 알아듣기 힘들기는커녕 오히려 나루사와가 일본어를 말할 때와는 달리 그 발음은 거의 일본에서 나고 자란 사람이라고 해도 과언이 아닐 정도였다.

"그러니? 다행이구나."

그렇게 대답하면서 나루사와의 엄마는 생긋 웃었다.

"그래서, 아아, 일본어 말이지? 하루, 네 말이 맞아. 미국에 있을 때부터 집에서는 일본어를 쓰자고 정했거든. 저쪽에서는 어디서든지 영어를 써야 하니까 집에서만큼은 일본어를 써야 그나마 말을 잘할 것 같아서."

아하, 하긴 그렇겠다.

"그리고 보니 하루는 영어를 그렇게 잘한다면서? 네가 영어를 술술 한다면서 이리스가 얼마나 놀라던지."

술술 말한다고 표현할 것까지는 아닌 것 같은데⋯⋯. 어쨌든 일단 지금은 그 점에 대해 따지지 않기로 했다.

그때 갑자기.

"저기, 하루."

나루사와의 엄마가 진지한 표정으로 내 이름을 부르면서 고쳐 앉더니 나를 향해 깊이 고개를 숙이며 심지어 일본인도 안 할 것 같은 정중한 인사를 했다.

"아까 이리스의 아빠도 그랬지만, 항상 우리 애랑 사이좋게 지내줘서 고맙다. 네가 있어서 정말 다행이라고 생각해."

그렇게 진심 어린 말을 건네셨다.

나루사와 엄마의 그런 모습에 언젠가 나루사와가 했던 말이 기억났다.

— 아빠는 일만 해. 엄마는 아빠의 메이드 로봇이고.

— 부모님은 나한테 별로 관심도 없어.

그건 결코. 나루사와가 일부러 한 거짓말은 아니었을 텐데.

하지만 실제는 과연 어떨까.

사실 나루사와는 자기 부모님을 나루사와 이리스라는 두 꺼운 렌즈를 통해 바라보았기에 진실을 완전히 일그러뜨린 채로 받아들인 것이 아니었을까?

나루사와의 엄마는 그 증거를 뒷받침이라도 하는 것처럼 말을 덧붙였다.

"또 저쪽으로 이사 가게 되어서 안타깝긴 하지만, 가능하면 우리 나루사와랑 앞으로도 사이좋게 지내주겠니?"

그런 부드러운 말 앞에서 난 이제 뭐가 뭔지 알 수 없게 되어버렸다.

있잖아, 나루사와. 너한테는 좀 미안하지만, 내 앞의 이 사람이 네가 말하는 메이드 로봇으로는 전혀 보이지 않는데?

그 대화를 하고 나서 10분 정도 더 기다렸을 때였다.

시선 저 끝에 있던 방문이 살짝 열리더니 기다리던 사람이 얼굴을 빼꼼히 내밀었다.

「……하루?」

나루사와는 이곳이 자기 방임에도 불구하고 어쩐지 부끄러워하는 태도로 쭈뼛거리며 내 앞에 나타났다.

목욕을 막 마쳤다고 하기에 잠옷 차림일 줄 알았는데 나루사와는 단정한 평상복을 입고 있었다. 머리도 깔끔하게 마른 상태였다. 예전에 우리 집에서 묵었을 때는 푹 젖은 머리로 당당히 돌아다니더니 이건 대체 무슨 심경의 변화인 것일까.

어찌 되었든 나는 예의상 머리를 숙이며 이런 시간에 갑자기 찾아와서 미안하다고 사과부터 했다.

「그런 건 상관없으니까 괜찮아.」

나루사와는 입술을 뾰로통하게 내밀며 은근히 퉁명스러운 어조로 대꾸했다.

나루사와는 베개 머리맡에 놔둔 메리를 끌어안으면서, 내 앞에 있는 작은 테이블 건너편에 쿠션을 깔고 앉았다.

3주 만의 재회였다.

딱히 긴장할 필요는 없는데도 몸이 자꾸만 경직되었다.

근데 난 대체 무슨 얘기를 하러 온 걸까. 무슨 불만이라도 쏟아내려고 온 것 같은데, 이렇게 나루사와와 마주하니 말이 제대로 나오지 않았다.

「저기 있는 사진 말이야.」

나는 대화를 매끄럽게 이끌어가기 위해서 마침 나루사와의 바로 뒤에 있는 문제의 사진에 대해 물어보려고 했다.

「아? 앗! 아아앗!」

내가 코르크 보드를 향해 눈길을 보내며 그렇게 말을 꺼낸 순간, 나루사와는 그것을 알아차렸다는 듯이 황급히 일어나 코르크 보드를 향해 달려가 내 시야를 가렸다. 이제 와서 숨겨봤자 아무 소용없는데.

「아니거든!」

나루사와는 잘 익은 게처럼 빨갛게 얼굴을 물들이면서 그 자리에서 몇 번이나 고개를 내저었다. 아니라는 말도 대체 뭐가 아니라는 건지 잘 이해가 안 간다만.

「그러니까 이건 일본에서의 추억으로 그냥. 어쨌든 아니야!」

대체 뭐가 아니라는 거야?

당연히 사진에 추억 말고는 다른 의미가 있을 턱이 없는데.

나루사와는 내 사진을 가진 걸 나한테 들켜서 창피한지 코르크 보드에서 사진을 떼어내 책상 서랍 안에 넣어버렸다. 뭘 그렇게까지 한담.

하지만 나루사와가 재미있을 정도로 동요하는 바람에 신

기하게도 내 안에 있던 희미한 긴장감은 어디론가 휙 날아가버렸다. 이렇게 되면 할 말도 자연히 샘솟는 법이다.

무엇부터 물어야 하나 잠시 망설였지만 나는 일단 전학에 대해 묻기로 했다. 오카자키 선생님은 나루사와가 미국으로 돌아간다고 하셨지만, 미국은 땅이 너무 넓어서 구체적으로 어디를 말하는지 알 수 없다.

나루사와는 귀까지 물든 홍조가 가시고 원래 피부색이 돌아오는 걸 기다리기라도 하듯 잠시 뜸을 들였다가 고개를 끄덕였다.

「이번에는 필라델피아래.」

필라델피아구나. 거긴 워싱턴에서 북동쪽으로 좀 떨어진 곳에 있는 도시인 것 같은데.

이어서 학교를 결석했던 3주 동안 뭘 했느냐고 물었더니 나루사와는 아주 겸연쩍은 표정을 지어 보였다.

「아무것도 안 했어.」

짧게 대답하고 나서 바로 시선을 내리깔았다.

「그냥 학교에 갈 마음이 안 생겨서. 걱정하게 해서 미안해…….」

굳이 나한테 사과할 일도 아니다. 나루사와가 학교에 오지 않았다고 해서 나한테 무슨 안 좋은 일이 생긴 것도 아니니까 말이다. 물론 미요시는 이런저런 염려를 하는 것 같았지만.

혹시 미요시도 오늘 여기를 찾아왔냐고 물어보니 나루사와는 고개를 끄덕였다.

「미요시한테는 매번 폐만 끼치네.」

정말로 면목이 없다는 표정을 지으면서 그렇게 혼잣말을 했다.

그렇다.

그런 식으로 중얼거리니까.

미요시에 대한 미안함을 평소처럼 영어로 말하니까.

내 가슴속에서 전부터 거멓게 응어리진 악의가 뱀 머리처럼 불쑥 나타나기 시작했다.

물어보고 싶어졌다. 나루사와가 곤란해할 수 있는 것에 대해서. 지금까지는 굳이 내가 먼저 이야기를 꺼내지 않았던 주제에 대해서 말이다.

「근데 나루사와, 넌 미요시와 친해지기 싫다며?」

그 애한테 일부러 그런 말을 들이밀어 보았다.

「……왜 그러는데?」

그러자 나루사와는 몇 번 정도 눈을 깜빡거리더니 그 앳된 눈매로 날카롭게 나를 쏘아봤다.

「그런 거 아니야! 난 일본어를 잘 못하니까 하루랑 영어로 대화하는 것처럼 미요시에게 많은 말은 못 하지만…….」

말끝을 흐리는 나루사와 앞에서 나는 부드럽게 고개를 저었다.

이제 됐어. 그런 연기는 안 해도 돼.

아예 직설적으로 그렇게 대꾸했다. 영어가 아니라 일본어로.

그 직후, 나루사와는 마치 뺨이라도 얻어맞은 것처럼 싸늘하게 얼어붙은 표정을 지었다. 나루사와에게 일본어로 말한 건 메리를 찾아다니던 날에 그 애한테 처음으로 말을 건넸을 때 이후 처음 있는 일이었다.

일본어는 발음보다도 읽고 쓰기가 더 어렵다. 그 읽고 쓰기를 완벽하다고 할 만큼 잘하면서 회화만 못한다는 건 상식적으로 좀 말이 안 된다.

그래도 부모님이 평소에 집에서 영어만 쓰고 있다면 그럴 수도 있겠다 싶었다. 하지만 나루사와네 가족은 미국에 있을 때부터 집에서는 일본어만 사용했다고 조금 전에 똑똑히 들었다.

나루사와의 아빠는 일본인이고, 엄마는 발음이 거의 원어민 수준이다. 그런데 나루사와 본인의 일본어 발음만 여전히 어설프다는 건 너무나도 부자연스럽지 않은가.

다시 말해 나루사와는 계속 숨기고 있었던 것이다. 일본어를 완벽하게 잘할 수 있다는 걸.

왜 그 사실을 숨기고 있었던 걸까.

그건 굳이 따져볼 필요도 없다.

편하기 때문이다.

그러는 편이 훨씬 더.

전학 첫날, 나루사와는 자기소개를 할 때 언급했다. 어차피 이사 갈 거니까 친하게 지낼 필요는 없다고.

그때부터 이미 나루사와는 알고 있었던 게 분명하다. 정확히 언제까지일지는 모르겠지만, 어쨌든 나와 미요시를 포함하여 이 동네 사람들과 오래 함께 지낼 수는 없다는 것을. 그래서 그 애는 일본어를 잘 못하는 것처럼 행동했던 것이다. 그러는 편이 남들과 거리를 두기 더 쉬우니까.

그런 사실들을 모두 늘어놓으며 일일이 지적하진 않았지만, 이제 나루사와는 변명조차 할 수 없는 모양이었다.

"……아니란 말이야."

말로는 그렇게 부정하면서도 내 추측이 옳다는 걸 증명하는 것처럼 일본어로 반박했다.

아니라면서도 지금 일본어로 대놓고 말하고 있지 않느냐며 나는 눈살을 찌푸렸지만, 나루사와가 부정한 부분은 그게 아니었나 보다.

"단순히 편하려고 일본어를 잘 못하는 척한 건 아니야. 그게 아니라고."

그럼 왜 그런 건데?

당연하게도 그렇게 재차 물었다. 그러나 나루사와는 대답하지 않고 입술만 앙다문 채 바로 앞에 있는 테이블 위에 시선을 고정할 뿐이었다.

나는 그런 나루사와에게 거의 애원이라도 하다시피 말을 이었다.

무슨 이유가 있는 거라면 제발 가만있지 말고 가르쳐줘.

진심으로 부탁이니까 알려줘.

나루사와 이리스가 일본어를 못하는 척한 데에는 어떤 피치 못할 사정이 있었다고, 그 입으로 직접 듣고 싶었다. 그걸 듣고 납득하고 싶었다. 말을 할 줄 알지만, 일부러 하지 않은 나름의 이유를 알고 내 마음을 조금이나마 진정시키고 싶었으니까.

그렇지만.

"하루는 이해 못 해."

잠시 후, 굳게 다물었던 나루사와의 작은 입에서 흘러나온 건 이쪽을 일방적으로 거절하는 한마디뿐이었다.

뭐야, 이해를 못 하다니. 네 마음대로 생각하지 마.

나는 덤벼들기라도 하는 것처럼 바로 대꾸했지만 나루사와도 거부하는 것처럼 고개를 내저었다.

"싫어. 말 안 해. 절대로 말하기 싫어. 말해봤자 어차피 모를 테니까!"

왜?

"다르니까."

뭐가?

"다르니까!"

그러니까 뭐가.

연달아 되물었다.

그리고 정신을 차리고 보니 눈앞의 나루사와의 커다란 푸른 눈동자에는 당장이라도 흘러넘칠 정도로 눈물이 가득 고여 있었다.

그 애는 떨리는 목소리로 말했다.

"하루와 내가."

그 순간.

어째서일까.

오싹한 충격이 느껴졌다.

하지만 곧 금방이라도 기절할 듯이 빠르게 의식이 아득해졌다.

그 감각을 뒤쫓다가 이번에는 어찌 된 영문인지 눈의 초점이 그 애 뒤편에 있는 코르크 보드에 붙어 있는 사진을 향해 자동으로 맞춰졌다.

코르크 보드에는 인종이나 문화의 장벽을 넘어, 활짝 웃으며 다른 사람들과 어울려 있는 나루사와의 모습이 여럿 있었다. 사방이 바다에 둘러싸여 어떤 면에서는 매우 폐쇄적인 일본과 전혀 다른 세계에서 살아온 그 애의 모습이.

그렇다.

나와 나루사와는 다르다.

어딘지 모르게 서로 닮은 줄 알았지만 그건 착각에 불과했다.

사실은 전혀 달랐다.

저 사진에 있는 소녀야말로 진정한 나루사와 이리스의 모습이었다.

나루사와는 세계 곳곳을 누비고 다닌다. 그게 설령 자의가 아니라고 하더라도 그 애는 앞으로도 다양한 세상을 볼 수 있다. 기쁜 만남도 있겠지만, 슬픈 이별도 많을 게 분명하다. 그리고 그 애는 그만큼 수많은 장소의 하늘을 봐왔을 것이다.

반면에 나는 어떨까?

작디작은 일본 안에 있는 오래된 상점가에서 조금도 벗어날 수 없다. 그 좁아터진 시야를 조금이라도 잊어버리기 위해 그저 계속 하늘만 올려다보고 있을 뿐이었다.

그렇다.

사쿠라 하루와 나루사와 이리스는 다르다.

하지만 괜찮다.

실망 따위는 하지 않아도 된다.

그렇게 나 자신을 다독였다.

어금니를 꽉 깨물고, 손톱이 손바닥 살에 박힐 정도로 주먹을 꽉 쥐면서 몇 번이나 그런 식으로 나 자신을 달랬지만.

정신을 차리고 나니, 내 의지와는 반대로 나의 몸은 멋대로 움직인 뒤였다.

「비겁해.」

그런.

비열하기 짝이 없는 한마디만 남겨두고 나는 나루사와의 방을 뛰쳐나갔다.

나루사와의 부모님한테 인사도 없이 돌아가면 실례라는 건 잘 알았다. 그러나 나는 도망이라도 치는 것처럼 현관을 나와 그 맨션을 뒤로할 수밖에 없었다.

—

이튿날.

나는 웬일로, 정말 오래간만에 하굣길에 내가 먼저 미요시에게 말을 걸었다.

왜 그랬는지 이유는 잘 모르겠지만, 나는 미요시에게 나루사와가 일본어를 할 줄 모른다는 건 거짓말이었다는 사실을 전했다.

"에이, 난 또 뭐라고."

미요시는 놀랍게도 그저 부드럽게 웃기만 하면서 이제야 안심했다는 표정을 보였다.

"아아, 다행이다. 갑자기 하루가 나한테 말을 걸길래 무슨 큰일이라도 난 줄 알았지."

이런 미적지근한 반응은 대체 뭐람……. 아니, 별로 놀라운 일이 아닌 건가?

"그 정도는 벌써 예전에 알고 있었는걸."

미요시의 말에 나는 눈을 동그랗게 떴다.

"그거야 척 봐도 이상하잖아."

미요시는 뭐가 그렇게 어렵냐는 태도였다.

"읽고 쓰기도 되고, 내가 무슨 말을 해도 다 이해하면서 말하기만 안 되다니. 그리고 발음도 그렇게까지 이상하지도 않고, 일부러 못하는 척하는 게 다 느껴지던데 뭐."

미요시가 하도 태연해서 나는 어떻게 반응하면 좋을지 알 수 없었다. 화가 나지는 않았을까. 말도 잘하면서 못하는 척을 하다니 너랑은 말을 섞기도 싫다는 의사 표시일 텐데.

미요시는 무슨 바보 같은 소리를 하냐며 소리 높여 웃었다.

"뭐? 하루, 네가 그런 말을 하면 어떡해?"

발랄하게 대꾸하더니 곧 진지한 표정을 지었다.

"음, 하루, 네 심정은 이해해. 하지만 글쎄……. 뭐라고 말하면 좋지? 표현은 잘 못하겠는데 이리스는 나를 진심으로 거부하지는 않았던 것 같아."

왜 그렇게 생각하느냐고 묻자, 미요시는 고개를 갸웃거리며 "으음" 하고는 다시 끙끙거렸다.

"글쎄, 너랑 얘기할 때랑 비슷한 느낌이 들었거든."

무슨 그런 실례되는 말을.

절대로 그렇지 않다고 딱 잘라 부정하자 미요시 역시 물러서지 않았다.

"아니, 비슷해. 너희 둘 다 외로움은 심하게 타면서 전혀 그렇지 않다고 허세만 잘 부리는걸. 그런 게 완전히 똑같아."

미요시의 잔인한 말에 목 안쪽에서 괴상한 신음이 흘러나올 지경이었다. 나는 외로움을 타지도 않고, 허세를 부린 적도 없다.

간신히 그렇게 쏘아붙이자, 미요시는 턱을 가볍게 치켜 올렸다.

"흐음? 그럼 하루는 왜 이런 식으로 나를 붙잡아서 이리스 얘기를 하는 건데?"

그러고는 눈을 가늘게 뜨며 슬며시 심술궂은 표정을 지었다.

"이리스가 뭘 하든 아무 관심도 없다면 이런 이야기는 꺼내지도 않을 텐데. 하루가 그렇게나 좋아하는 '약속'을 자기가 먼저 깨면서까지 말이야."

미요시는 말끝마다 정곡을 찌르며 계속 말을 이었다.

"그런데 이리스 때문에 느끼는 바가 있으면 이런 식으로 나를 이용해서 네 감정을 정리하면 안 돼. 오히려 문제를 똑바로 직시해야지."

내 마음을 들여다보듯 꼬집어 말한 후, 미요시는 씩 미소 지었다.

"내가 보기에는 분명 NASA의 엔지니어도 협동심이 필요할 것 같은데?"

반론의 여지조차 주지 않는 미요시의 지적에 나는 찍소리도 못 냈다.

그날 밤.

나는 내 방에 틀어박혀 계획을 다시 짜기 시작했다.

책상 위에 펼쳐놓은 것은 이전부터 발사 계획을 진행해왔던 풍선 로켓 3호기의 도면이었다.

오카자키 선생님께 확인했더니, 나루사와가 필라델피아로 떠나는 건 열흘 후, 10월 8일 비행기라고 한다. 그 날짜를 가늠해보면, 충분하다고는 할 수 없지만 그래도 시간 여유는 있는 편이다. 지금 당장 풍선과 헬륨 가스 등 필요한 물품을 주문하면 그 애가 떠나기 전까지는 문제없이 풍선 로켓을 완성할 수 있을 것이다.

풍선 로켓 2호기가 실패한 구체적인 원인은 스마트폰에서 나오는 신호가 제대로 도달하지 않아서였음이 판명되었다.

지난번에는 배터리에 영향을 주는 열에 대한 대책을 전혀 세워두지 않았다.

대부분의 전지가 영하 수십 도인 공간에서 제대로 작동하지 못한다는 사실은 알고 있었지만, 공기가 매우 희박한 상공에서는 전지에서 열이 방출되는 것 자체가 어려우니 두 시간 정도는 어떻게든 버틸 수 있을 줄 알았다. 그러나 역시 내 생각이 너무 짧았다. 그 결과, 비행기 탑승 모드로 있는 동안 급속히 열 손실이 이루어져 배터리를 작동시킬 수 있는 최소한의 온도도 유지하지 못했던 모양이다. 그래서 스마트폰의 전원이 꺼지고 만 것이다.

나는 그 해결책으로 태양 광선에 의한 온도 변화가 가장 심한 로켓 본체 상부에 단열재를 넣고, 그 위에 본체 안의 온도 변화를 인식해 켜지고 꺼질 수 있는 열 감지 스위치와 전열선을 합쳐 만든 온도 조절 장치를 끼워 넣었다. 말로 설명하니 무슨 대단한 작업 같지만, 그저 대형 마트에서 몇백 엔 정도에 파는 부품들을 이리저리 조합해 만들었을 뿐이다.

그러나 지금 풍선 로켓 3호기가 가진 최대의 문제는 그게 아니다.

내가 바라는 풍선 로켓 3호기는 발사와 동시에 그 영상을 실시간으로 볼 수 있는 시스템을 탑재한 로켓이다.

그걸 실현하기 위해 무엇이 필요한지 잘 안다.

성층권에서도 전파를 보낼 수 있는 송신기와 수신기, 그리고 안테나이다. 미리 조사해서 점찍어놓은 것이 있다. 그것만 손에 넣을 수 있다면 완성할 자신이 있다.

하지만 그런 기자재를 손에 넣는 것이야말로 겨우 초등학생에 불과한 나한테 너무 큰 벽이라는 점이 문제였다.

그날 저녁식사 후, 나는 혼자 그 벽을 어떻게든 무너뜨려보려고 할아버지의 방을 찾아갔다.

할아버지의 방은 다다미 6장 정도 크기의 일본식 방으로, 앉은뱅이책상과 서랍장, 불단뿐이다. 얼핏 보면 휑하지만 희한하게도 따스함이 감돌고 있어서 난 이 방이 참 좋다.

"오, 하루. 무슨 일이냐."

오늘도 역시 식후의 외통 장기를 두고 있던 할아버지가 돋보기안경을 벗으시면서 얼굴을 들었다. 나는 할아버지 앞에 조심스럽게 바른 자세로 앉은 후 부탁이 있다는 말을 꺼냈다.

그러자 할아버지께서는 곧바로 이렇게 물으셨다.

"뭐냐, 새삼스럽게. 용돈이라도 필요하냐?"

……이상하다.

아마도 난 이제까지 할아버지한테 용돈을 달라고 조른 적이 거의 없을 텐데 어떻게 이렇게 간단히 내 속셈을 꿰뚫어보시는 걸까.

슬그머니 거북함을 느끼면서도 바로 그 말이 맞다고 대답하자, 할아버지께서는 당신이 먼저 물었으면서도 의외라는 표정을 지으셨다.

"오오? 네가 웬일이냐. 그래서 얼마나 필요한데? 5천 엔? 만 엔?"

대번에 그렇게 묻길래 나는 내심 놀랐다. 아무리 손자라고 해도 아무 이유도 묻지 않고 그렇게 제법 큰 금액을 태연하게 제시할 리는 없는데. 그렇게까지 나를 믿고 있는 건가 싶어 솔직히 매우 기뻤다.

"어이구, 뭐야. 더 필요한 게냐?"

지금 나는 잔뜩 주눅 든 얼굴을 하고 있을 게 분명하다.

하지만 여기서 꾸물거려봤자 아무 소용도 없다. 하다못해 정신이라도 바짝 차리려는 마음에서 등을 꼿꼿이 펴고, 깊은 주름이 자글자글한 할아버지의 얼굴을 정면으로 쳐다보았다.

그리고 각오를 단단히 한 뒤, 원하는 금액을 당당히 털어놓았다.

30만 엔을 빌려달라고.

—

그리고 10분 후.

나는 할아버지에게 어떤 사정이 있는지 전부 설명했다.

처음 30만이라는 금액을 입에서 내놓은 순간, 뜻밖의 큰 숫자에 할아버지께서도 잠시 얼빠진 표정을 짓긴 하셨지만 곧 모든 설명을 끝까지 들어주었다.

"그렇구나."

할아버지는 무조건 반대부터 하지 않으시고, 우선 크게 고개를 끄덕였다.

"하루, 네 생각을 전혀 이해할 수 없는 건 아니다. 그런데 말이다. 아무리 그래도 쉽게 30만 엔을 덜컥 건네줄 수는 없지."

의연한 태도로 그렇게 말씀하신 할아버지께서는 매우 진지한 얼굴로 말을 이으셨다.

"30만 엔은 정말 큰돈이다. 셔츠 한 벌을 맡아 업자에게 세탁을 부탁하고 내가 다림질을 해서 손님에게 돌려주는 작업으로 얼마나 이익이 나는지 너도 잘 알지 않으냐?"

안다.

그거야 물론 잘 안다.

할아버지의 말대로 가게에서 제일 싼 가격으로 책정된, 한 벌당 230엔의 와이셔츠를 다림질해서 우리 집이 얻는 순수익은 겨우 100엔 안팎이다. 설령 100엔으로 잡고 계산하더라도 30만 엔을 벌려면 할아버지께서는 3천 벌이나 되는 셔츠를 다려야 한다.

계절을 따지지 않고 무시무시한 열기를 뿜어내는 보일러실에서 셔츠를 다림질하는 일이 얼마나 중노동인지는 충분히 이해하고 있다. 한여름이면 그야말로 폭포처럼 땀을 쏟으면서, 그 땀방울이 손님의 옷에 떨어지지 않도록 항상 세심한 주의를 기울여 다리미를 미끄러뜨리는 할아버지의 모습은 언제 봐도 존경스럽다.

그 노력만 돌이켜봐도 내가 지금 얼마나 어리석은 부탁을 하고 있는지 뼈저리게 알 수 있었다.

하지만 그렇다고 해서 '네, 맞습니다, 바보 같은 소리를 해서 죄송합니다' 하고 얌전히 물러날 수는 없었다.

괜히 할아버지를 의식해서 면목 없다는 표정은 짓지 않았다. 그런 걸로 문제를 해결할 수 있는 건 아니니까.

그런 나를 앞에 두고 할아버지께서는 고민에 잠겨 잠시 입을 다물고 턱을 문질렀다.

"그러면 말이다."

그렇게 말을 꺼내시고 나서 고개를 한 번 끄덕이셨다.

"조건에 따라서는 절반인 15만 엔은 빌려줄 수도…… 아니, 아예 줄 수도 있지."

……15만!

그 관대한 대답에 나도 모르게 펄쩍 뛸 뻔했지만, 그래도 15만 엔으로는 부족했다.

게다가 그냥 줄 것까지도 없다. 빌려주기만 해도 감지덕지다. 초등학생이 하는 말이라 믿기 힘들겠지만, 중학교에 다니면서 꼭 갚을 거다. 신문 배달이든 뭐든 해서라도 반드시 말이다.

그런 뜻을 전하자 할아버지는 작게 고개를 끄덕이셨다.

"하긴 초등학생이 하는 말을 어떻게 믿겠냐. 아니, 솔직히 중학생이 하는 말도 못 믿겠구나."

할아버지는 거침없이 맞받아쳤다.

지극히 옳은 말씀이셨다. 그걸 이해하고 있기에 씁쓸해하고 있는데 할아버지께서 다시 입을 여셨다.

"그런데 이 할아비는 사쿠라 하루라는 내 손자 녀석을 믿고 있거든."

진지한 표정으로 그런 말씀을 하시는 바람에 나는 눈을 휘둥그렇게 뜨고 말았다. 너무 놀라서 뭐라고 대꾸를 하면 좋을지 몰라 허둥거리고 있자니 할아버지는 느긋하게 말을 이으셨다.

"너를 믿지 못해서 돈을 안 빌려주는 건 아니야. 너라면 빌린 돈을 무슨 일이 있어도, 제아무리 시간이 걸려도 꼭 갚겠지."

그럼 대체 왜 그런 말씀을 하시냐고 내가 묻기도 전에 할아버지께서 먼저 말씀하셨다.

"나는 손자에게 빚을 지게 하는 할아비는 되고 싶지 않다."

그 말씀에 순간 나는 숨조차 쉴 수 없었다.

"돈은 중요하지. 생각하기에 따라서는 일부러 거금을 빌려줘서 그 중요성을 깨닫게 해줄 수도 있을 게다. 한데 넌 똑똑한 아이잖니. 내가 지금까지 봐온 그 어떤 아이보다도 넌 영리해. 나는 그런 네가 돈의 귀중함을 이해하지 못하는 어린애라고 보지는 않는다. 그렇게 키운 적도 없고. 그리고 네가 지금 돈을 원하는 이유도 잘못된 게 아니야. 그러니 적어도 나는 너에게 돈을 빌려주지 않겠다고 우길 필요가 없지. 돈을 관 속에까지 싸 들고 가봤자 소용도 없으니까."

하긴 불쏘시개로는 쓸 수 있을지도 모르겠구나, 하고 마지막에 그렇게 덧붙이면서 할아버지께서는 씩 웃으셨다. 농담을 건네며 웃는 할아버지 앞에서 나는 한심하게도 살짝 눈시울이 뜨거워질 뻔했다.

눈가에 어리는 열기를 억누르려고 크게 심호흡을 한 다음, 할아버지에게 다시 물었다. 할아버지가 제시하는 그 조건이라는 게 무엇인지를.

"뭘, 별거 아니다."

할아버지는 싱긋 웃으셨다.

"평범하게 15만 엔을 버는 일에 비하면 정말 별것도 아니지."

자못 유쾌한 표정으로 나에게 고했다.

"지금 바로 네 아빠와 엄마한테 사정을 설명해서 똑같이 15만 엔을 받아와라. 그러면 나머지 15만 엔은 내가 주마."

……

펭귄은
하늘을
올려다본다

……뭐가 간단하다는 거야.

할아버지, 그건 나한테 전혀 쉬운 일이 아니란 말이야.

—

10분 후, 거실.

어느덧 밤 9시 반이 넘은 시각이었다.

이미 저녁식사도, 목욕도 마친 아빠와 엄마가 소파에 나란히 앉아 버라이어티 방송을 보고 계셨다. 우리 부모님은 별 재미도 없는 텔레비전 프로그램을 멍하니 보는 걸 좋아하시는 것 같다.

나는 심호흡을 한 번 한 다음, 부모님의 시야에 들어오도록 다가가서 상의할 것이 있다며 운을 뗐다.

"왜, 무슨 일이라도 있니?"

내 태도가 평소와는 크게 달라서 그런가 보다. 이쪽을 보자마자 역시나 잔뜩 불안한 표정을 감추지 못하는 엄마의 모습에 속이 탔다.

"뭘 그렇게 새삼스럽게……. 무슨 나쁜 짓이라도 했니?"

딱히 나쁜 짓을 하려는 건 아니다. 물론 좋은 일이라고 할 수도 없겠지만.

노골적으로 표정을 흐리는 엄마 옆에서 아빠는 리모컨을 쥔 손을 뻗어 텔레비전을 끄고 나서 소파에서 조용히 일어나셨다.

"무슨 중요한 할 얘기가 있는 것 같으니까 저쪽 식탁에 앉아서 들어볼까?"

우리 가족 셋은 거실에 있는 식탁에 둘러앉았다. 식사 말고 다른 이유로 가족끼리 이 식탁 앞에 앉은 게 대체 얼마만의 일일까. 안타깝게도 지금 이 자리에 할아버지는 없다. 할아버지 왈, "내가 개입해서 도와주면 아무 의미가 없으니까."

"그래서 무슨 일이니?"

반복해서 묻는 엄마의 얼굴에는 어느새 경계하는 낯빛이 훤하게 드러나 있어서 난 그걸 의식하는 것조차 괴로웠다. 하긴 평소에는 별로 말도 걸지 않는 아이가 이렇게 송구스러워하며 할 말이 있다고 다가오니 어떻게 반응하면 좋을지 모르는 것도 무리는 아니다.

뒤틀려버릴 것만 같은 마음을 진정시키기 위해 다시 한 번 심호흡을 한 후, 메마른 입술을 핥으며 말문을 열었다.

단도직입적으로 돈을 빌려달라고.

순간, 엄마의 미간에 깊은 주름이 모여들었다. 바로 옆에서 아빠도 살짝 놀란 표정을 지었다.

"대체 얼마나 필요한데?"

그 물음에 나도 모르게 시선을 어디에 둘 줄 몰라 헤매었다.

하지만 그렇게 한들 용건이 더 쉽게 전해지는 것도 아니었다. 나는 거센 반대에 부딪힐 각오를 하고 얼굴을 똑바로 들며 솔직히 대답했다.

15만 엔.이라고.

"─ 뭐?"

곧바로, 눈앞에 있던 엄마의 얼굴이 점점 벌겋게 변했다.

"그런 큰돈을 어떻게 주겠니!"

역시나 예상대로 반사적으로 거부당했다.

그런 식으로 항상 감정적으로 대응하는 엄마를 대하려니, 내 마음은 스스로도 놀랄 정도로 싸늘하게 식었다.

……거봐.

할아버지, 이럴 줄 알았다니까.

반대하기 전에 하다못해 이유라도 물어봐주면 좋았을걸.

나도 새 게임기 같은 게 갖고 싶어서 이런 말을 꺼내는 건 아닌데. 왜 그 정도도 이해해주지 못하는 걸까?

"하루."

자포자기한 내 마음을 훤히 들여다본 것처럼 아빠가 타이르듯 내 이름을 부르며 표정을 누그러뜨렸다.

"누군가한테 무언가를 부탁할 때에는 그런 표정을 지으면 안 된다."

이어서 왼쪽에 앉아 있는 엄마 쪽을 쳐다보면서 부드러운 목소리로 말했다.

"여보, 당신도 일단 진정해. 그런 식으로 무작정 감정적으로 나오면 좋지 않아. 먼저 이유부터 들어보자고."

그 말을 들은 엄마는 아빠를 보시더니 맞은편에 앉은 나에게 시선을 던지셨다.

"……그러네. 일단 이유부터 들어봐야겠어."

마지못해서 하신 말씀이긴 했지만 어쨌든 고개를 끄덕였다.

자상한 아빠와는 달리, 마지못해 들어주겠다는 태도인 엄마를 보자 나도 모르게 화가 울컥 치솟았지만, 그래서는 안 된다며 나 자신을 다독였다. 아빠 말이 맞다. 뭔가를 부탁할 때는 먼저 나 자신부터 솔직해져야 한다.

그대로 10초 정도 눈을 감았다가 맞은편에 있는 부모님한테 전해야 할 말을 신중히 골랐다.

왜 지금 내가 30만 엔이나 되는 큰돈을 원하는가.

물론 풍선 로켓 3호기를 만들기 위함이지만, 그건 수단에 불과하지 목적이 아니다.

그럼 그 목적이 무엇이냐면……. 그렇다. 나는 결국 전하고 싶은 게 있다.

무슨 일이 있어도.

나루사와에게 전하고 싶은 것이 있다.

식탁을 사이에 두고 부모님과 대치하면서 나는 시간을 들여 모든 사정을 털어놓았다.

나루사와가 다음 달에 필라델피아로 이사를 간다는 것. 그때까지 풍선 로켓 3호기를 완성하고 싶다는 것. 그러기 위해서는 영상을 지상으로 송출하기 위한 고가의 기자재를 살 필요가 있다는 것. 그것 말고도 무선 장치의 사용 허가를 받기 위해 정부에 신청서를 내야 하니까 거기에도 나름 돈이 들어간다는 사실을 담담히 설명했다. 또한 할아버지한테는 이미 말을 해두었고, 사실은 30만 엔이라는 거금이 필요하다는 것도 솔직히 고백했다. 그런 걸 숨기고 넘어가는 건 어쩐지 치사하게 느껴졌기 때문이다.

"⋯⋯응, 그렇구나."

그 긴 이야기를 시종일관 온화한 표정으로 들어준 아빠는 내 말이 끝나자마자 맞장구를 쳤다.

"우선 하루가 말하는 나루사와라는 애한테 전하고 싶은 건 뭐니? 물론 아주 사적인 내용이라면 굳이 묻지는 않겠다만."

글쎄 어떨까.

사실 사적인 내용이긴 하다. 하지만 그건 내가 단순히 나루사와를 좋아한다느니 싫어한다느니 하는 차원이 아니다. 그렇다고 해도 역시 그 문제는 굳이 캐묻지 않았으면 좋겠다.

"응, 그래. 그럼 그 부분은 됐고."

아빠는 고개를 끄덕였다.

"근데 그걸 전하기 위해 왜 비싼 풍선 로켓이 필요하니?"

아빠는 무테안경 속 눈동자로 내 내면을 꿰뚫어보듯이 예리한 질문을 던졌다.

그렇지만 나 역시 간단히 물러설 수는 없었다.

나는 아까부터 입을 꾹 다물고 심각한 표정을 짓고 있는 엄마를 흘끗 쳐다보고는 설명을 이어나갔다.

내가 풍선 로켓 3호기 제작을 고집하는 이유는 그걸 통해서 꼭 나루사와에게 전하고 싶은 것이 있기 때문이다.

물론 아빠의 말씀대로 지금 내 가슴속 깊은 곳에 있는 말을 나루사와에게 전하기 위해 반드시 풍선 로켓이 필요한 건 아니다. 그건 솔직히 인정한다.

그러나 내가 그 애한테 전하려고 하는 건 그저 단순한 언어의 나열이 아니다. 감정이나 마음 같은 건 아무리 복잡해도 말로 어떻게든 표현할 수 있다. 두루뭉술하게 뜻을 전할 뿐이라면 구두로든, 문자 메시지로든, 편지로든, 수화로든, 필담으로든 아무거나 이용해도 되긴 한다.

그렇지만.

나는 필사적으로 생각했다.

왜 나는 이렇게까지 풍선 로켓이 필요하다고 느끼는 걸까.

오로지 내 힘으로 만든다는 게 최대의 자랑거리인 풍선 로켓인데, 왜 그 원칙을 깨고 부모님의 힘을 이렇게 크게 빌려서까지 완성하고 싶은 걸까.

그때 문득.

— 장벽.

그런 기묘한 단어가 내 손 안에 호르르 떨어져 내렸다.

그래.

그 애는 주변에 장벽을 치고 있었구나.

그 한마디가 방아쇠처럼 작용해 지금까지 모호하기만 했던 내 생각이 서서히 그 윤곽을 드러냈다. 그걸 보고도 그냥 흘려보내거나, 말할 기회를 놓치지 않도록 나는 필사적으로, 시간이 걸리더라도 또렷한 문장으로 내 생각을 자아냈다.

나는 영어를 할 수 있었으니까 일본어를 못하는 척한 나루사와와도 그럭저럭 대화를 할 수 있었다. 하지만 영어를 할 수 있든 없든 그건 그리 중요하지 않은 것 같다.

　　예를 들어, 미요시는 영어를 할 줄 모른다. 하지만 그 녀석은 자기 나름대로 나보다 훨씬 더 필사적으로 나루사와와 마음이 통하는 친구 사이가 되려고 했다. 그렇지만 그마저도 성공하지 못했다. 나루사와가 언제나 자기 주변에 장벽을 치고 있었기 때문이다.

　　"언어가 통하지 않아 생기는 그런 장벽을 말하는 거니?"

　　나의 느릿느릿한 설명을 들은 아빠는 그렇게 물었지만, 내가 보기엔 그건 좀 아닌 것 같다.

　　나는 잠시 고민하고 나서 더욱 자세하게 내 의도를 전했다.

　　그렇다. 내가 나루사와한테서 느꼈던 장벽이라는 건 언어의 벽 같은 알기 쉽고 단순한 게 아니다.

　　아마 언어 그 자체일 거다.

　　매우 자유분방해 보이고, 어이없을 정도로 제멋대로에 고집쟁이로 보이지만.

　　그 애는 여러 가지 의미에서 언어라는 것에 지나치게 얽매여 있는 게 분명하다.

　　미국과 일본이라든가.

　　우주 비행사라든가.

　　아니면 말을 할 줄 안다든가, 못 한다든가.

　　다 부숴버리고 싶다.

　　정말로 그런 구별은 아무 상관도 없는데. 박치기라도 하여 그 애의 어리석은 장벽을 산산이 부숴버리고 싶다.

　　그러기 위해 꼭 필요하다.

　　그 애가 절대 무너지지 않는다고 믿고 있는 장벽을 꿰뚫기 위한 유일한 미사일이야말로 내 풍선 로켓 3호기이다.

과연.

나의 어린애 같은 호소가 바로 앞에 있는 두 어른의 눈에는 대체 어떻게 비칠까.

"여보, 어떻게 할까?"

옆자리에 앉아 있는 엄마에게 아빠가 부드러운 웃음을 지으면서 물으셨다.

그런 아빠와는 반대로 엄마의 눈빛은 여전히 날카로웠다. 추상적인 이야기임은 분명했고, 엄마가 이해할 수 없는 것도 무리는 아니었다.

"장벽이라고 했는데."

내가 그런 생각을 하고 있을 때였다.

"하루, 너 자신의 장벽은 상관없니?"

영문을 알 수 없는 말에 나는 눈썹을 살짝 찌푸리며 반격했다. 나는 나루사와한테 장벽을 치려고 한 적은 없다고.

"나루사와에 대한 장벽을 말하는 게 아니야."

내 말을 가로막듯이 엄마가 고개를 가로저었다.

"나와 네 아빠 — 특히 나한테 말이야."

예상치 못한 엄마의 말씀에 나는 차마 입을 열지 못했다.

몸을 꼼짝할 수도, 곧바로 반박할 수도 없었다.

"하루, 넌 내가 말만 걸면 얼마나 끔찍한 얼굴을 하는지 알긴 하니?"

엄마는 눈물 가득 고인 눈을 한 채 떨리는 목소리로 감정을 쏟아냈다.

"네가 나를 보는 눈은 말이지, 엄마를 향한 눈이 아니야. 그래, 마치 그냥 같이 사는 남쯤으로 여기는 같아. 작년 그 일이 있었던 후부터 계속 그러잖아. 그런 네가 어떻게 나루사와의 장벽을 무너뜨릴 수 있겠니?"

……그건.

하긴 그런 식으로 볼 수 있을지도 모르겠지만.

그렇게 따지자면 엄마도 마찬가지잖아. 나를 볼 때 항상 어색하게 웃고, 묘하게 거리를 두거나 하고.

"아니, 엄마는 그런 얼굴을 한 적이 없어."

엄마 옆에서 아빠가 대화에 끼어들었다.

아빠가 모를 뿐이지 엄마는 항상 그런 식이었어. 엄마는 언제나 서로 남이라는 듯 뻣뻣하게 웃으며 나를 대하잖아.

나는 그런 식으로 반박했다.

"아니란다, 하루."

아빠는 천천히 머리를 흔들며 반복해서 부정했다.

"근데 하루. 만약 그런 식으로 보였다면 그건 분명 네가 그런 눈으로 엄마를 보고 있었기 때문이야."

아빠의 그 말을 들은 직후.

어째서인지 바로 그 순간, 나루사와의 말이 뇌리에 되살아나는 바람에 나는 눈을 휘둥그렇게 떴다.

— 아빠는 일만 해. 엄마는 아빠의 메이드 로봇이고.

— 부모님은 나한테 별 관심도 없어.

아니다.

전혀 다르다.

그럴 리가 없다. 적어도 내가 봤던 나루사와네 아빠와 엄마는 전혀 그 애가 이야기한 모습이 아니었다.

……그럼 나도 똑같은 짓을?

설마 나도 모르는 사이에 나루사와와 똑같은 실수를 저질렀다는 건가?

내 유치함을 두꺼운 렌즈 삼아서 눈에 보이는 것들을 나한테 유리하게끔 굴절시켰다는 말인가.

　새롭게 떠오른 가능성을 앞에 두고 경악과 당혹감에 사로 잡혀 시선을 들어 올렸을 때였다.

　"세상 모든 엄마가 다 그렇다고는 말하지 않을게."

　눈앞에서 엄마가 울고 있었다.

　얼굴을 와락 일그러뜨리고, 다 큰 어른이 딸꾹질 섞인 오열까지 하면서.

　"하지만 적어도 나는, 어떤 일이 있어도 내 아이를 미워하는 짓은 안 해. 설령 이 가게가 망하더라도, 너한테 아무리 오해를 받아도 말이야. 어떻게 내 자식을 미워할 수 있겠어?"

　이제야.

　그 심정을 듣고 나서 이제야 나는 깨달았다.

　전부 꿰뚫어보고 있었다는 것을.

　작년에 일어났던 사건 이후, 엄마는 내가 마음 한구석에 엄마에 대한 일그러진 증오심을 품고 있음을 알아차렸던 것이다.

　하지만 다 알면서도 엄마는 아무 말씀도 하지 않으셨다. 내 눈동자의 표면이 일그러져 있다는 것을 나 스스로 깨닫게 될 때까지 가만히 참으면서.

　무슨 말을 해야 좋을지 몰랐다.

　뭔가 다른 좋은 말이 있을 거라면서 필사적으로 머리를 굴렸지만 더는 무리였다.

　나는 미움받는 게 아니었다.

　적어도 지금은 손톱만큼도.

　그렇게 전하고 싶었다.

　하지만 지금 그런 내 마음을 어떤 말로 표현하더라도 그저 가짜를 좋게만 포장하려는 것처럼 보일 것만 같아서 견딜 수가 없었다.

나도 그저 엄마와 똑같이 조용히 눈물 흘릴 수밖에 없었다.

—

풍선 로켓 3호기의 제작은 순조로웠다.

나루사와가 이사 가기 일주일 전에 디지털카메라, GPS 발신기는 물론 영상 전송용 송신기와 수신기 등의 기자재가 모두 도착했다.

나는 2호기 때와 마찬가지로 발포 스티로폼으로 만든 몸통에 이 물건들을 장착했다. 영상 송신기와 온도 조절 장치가 새로 더해진 바람에 무게는 더 늘어났지만, 카메라와 GPS 발신기가 지난번보다 더욱 소형인 데다가 고성능이어서 최종적인 중량은 2호기와 별 차이 없었다.

이런 고가의 기자재를 확보할 수 있었던 건 아빠와 엄마, 그리고 할아버지 덕분이다. 단순히 돈만 빌려준 게 아니냐는 사람도 있을지도 모른다. 그러나 나에게는 눈앞에 있는 기자재 하나하나에 가족의 마음이 담겨 있는 것처럼 보여서 기쁘기만 했다.

결국 종합 통신국에는 상공에서의 무선 사용 허가 신청서를, 항공 관리국에는 자유 기구 비행 허가 신청서를 각각 제출했다.

다만 자유 기구 비행 허가 신청서라는 건 지난번에 통과가 됐다고 해서 이번에도 쉽게 얻을 수 있는 게 아니다. 당일의 기후, 항공기나 자위대의 헬기 등의 운항 상황에 따라서는 원하는 날에 허가가 나지 않을 때도 많단다. 그리고 이번에는 신청하고 나서 바로 일주일 후에 발사가 있을 예정이어서 허가를 받을 수 있을지 걱정스러웠다.

그래서 나는 다소 영악한 아이로 여겨질 수 있다는 점을 각오하고, 담당자한테 편지까지 썼다. 소중한 친구가 곧 미국으로 이사 가는데 그 전에 꼭 그 애와 함께 하늘을 향해 로켓을 쏘고 싶다. 내용은 이 정도가 전부였다.

그 편지가 도움이 됐는지는 모르겠지만, 신청서를 제출하고 일주일 만에 항공 관리국에서 지난번처럼 봉투가 도착했다. 봉투 안에는 이젠 익숙한 A4 용지 한 장의 간단한 허가서가 들어 있었고, 그걸 본 순간 나도 모르게 쥔 주먹을 번쩍 치켜들 만큼 기쁨을 감출 수 없었다.

—

풍선 로켓 발사 사흘 전에는 아카네 누나한테도 연락을 했다.

왜냐하면 지난번 발사 때 누나가 최종 확인을 제안했던 게 머릿속에 떠올라, 이번에는 꼭 부탁하는 게 좋을 것 같았기 때문이다. 그때는 오직 내 힘으로 쏘아 올리는 것에 집착한 나머지 누나의 도움을 사양했지만, 이번에는 예전 과외 선생님의 손이든 뭐든 빌릴 수 있는 건 다 빌리고 싶었다. 그리고 아카네 누나는 홋카이도 대학 공학부 출신이다. 정보 통신 전공이었던 것 같긴 한데 그래도 충분히 큰 도움이 될 것이다.

연락한 이튿날, 다행히도 아카네 누나는 연휴라며 오후 늦게 밝은 녹색 경차를 끌고 삿포로에 있는 자기 집에서 우리 집까지 달려와주었다.

"가뭄의 단비 같은 연휴를 반납하고 옛 제자의 사랑 고백 준비를 도와주겠다는 나의 관대한 마음에 감사하렴."

고맙긴 한데 '사랑 고백'이라는 표현은 좀 정정해줬으면 좋겠다. 어제 아카네 누나한테는 사정을 전부 설명했는데도, 정보 전달이 정확하게 되지 않은 모양이다.

아카네 누나의 농담을 적당히 흘려들으면서 다시 만난 기쁨을 나눈 후에 누나를 내 방으로 안내했다.

"역시 1년 반 정도 지난 것만으로는 딱히 그리워지지 않는구나."

그렇게 말하면서 내 방에 발을 들인 아카네 누나는 곧바로 책상에 눈길을 주었다.

"오, 이게 그 풍선 로켓이군."

무슨 문제가 없느냐고 물어보니 아카네 누나는 풍선 로켓을 번쩍 들어 올리며 살펴보았다.

"일단 설계도면 좀 보여줄래?"

요구대로 풍선 로켓 3호기의 도면을 내밀었다.

아카네 누나는 건네받은 도면 말고도 GPS 수신기를 비롯한 각종 대여 장비나 발사 당일의 기상 예보 등 정보를 늘어놓고서는 가지고 온 노트북에 이런저런 데이터를 입력했다.

"음, 일단은 괜찮을 것 같은데?"

그렇게 한 시간쯤 살펴본 후, 누나는 무슨 다른 뜻도 포함된 듯한 의미심장한 말을 했다. 내가 눈짓으로 '일단은'이라니 대체 그게 무슨 소리냐고 묻자, 누나는 옆에 놔둔 무선 수신기를 집어 들었다.

"GPS 신호만 받는 거면 몰라도, 카메라 촬영을 해서 데이터를 단속적으로 수신해야 하니까 풍선의 고도와 방향에 맞추어 안테나를 조정해야 해. 수신기를 기준으로 목표물을 올려다볼 때 생기는 시선과 수평선이 이루는 각도, 그러니까 올려본 각을 10도 이내로 유지해야 하지 않을까?"

그 지적을 듣고 나는 나도 모르게 입술에 손가락을 대었다. 아하, 그렇구나. 비행 중에 수신기 안테나 조정이라는 것도 필요한 부분이었구나.

근데 약간의 오차는 있어도 GPS는 고도도 인식하니까 그때마다 매번 계산해서 수동으로 조정한다면 어떻게든 될 것 같기는 하다. 다소…… 아니, 상당히 귀찮은 작업이 될 거라는 생각을 하고 있던 때였다.

"뭣하면 내가 간단한 프로그램이라도 짜 줄까?"

아카네 누나가 발랄한 어조로 그런 제안을 했다.

그런 것도 할 줄 아느냐고 깜짝 놀라자 누나는 의기양양하게 웃었다.

"그거야 할 수 있지. GPS의 데이터를 받아서 간단히 계산만 하면 되니까. 아마 다섯 시간 정도면 다 만들 수 있을 걸. 물론 그 계산 결과에 따라 자동으로 각도를 조정하는 시스템까지 만드는 건 무리겠지만."

전혀 문제없다. 안테나 방향과 각도만이라도 자동으로 계산해주면 충분하다.

꼭 부탁한다며 감사의 마음을 전하자 아카네 누나는 한쪽 입꼬리만 끌어 올리며 씩 웃었다.

"그 대신 오늘 저녁밥은 카레다? 하루, 너 요리 잘하잖아."

아무래도 누나는 우리 집에서 저녁을 해결할 셈인 모양이다. 원래부터 우리 집에 온 건 그럴 속셈이었는지도 모른다. 하지만 그 정도라면 얼마든지 해줄 수 있다. 풍선 로켓 3호기를 위해서라면 드라이 카레든, 그린 카레든, 하이라이스든 뭐든 공들여 만들 거다.

풍선 로켓 3호기가 하늘로 날아오를 최종적인 준비는 한밤중이 되어서야 끝났다.

그날 밤, 다섯 시간만 있으면 충분하다고 하면서도 결국 반나절 이상 공을 들여 프로그램을 만든 아카네 누나는 결국 잔뜩 지쳐서 내 침대 위에서 아예 뻗어버리고 말았다. 그런 누나를 곁눈질하면서 나는 완성된 풍선 로켓 3호기에 나답지 않게 이름까지 붙였다.

　— 굿럭.

　네 이름은 굿럭이야.

　눈앞의 작은 발포 스티로폼의 표면을 쓰다듬으면서 나는 소리 없는 기도를 올렸다.

　신에게 올리는 기도가 아니었다.

　내 앞에 있는 굿럭에게 하는 작은 기도였다.

　부탁이야, 굿럭. 도와줘.

　지구가 푸르다는 것도, 신의 모습은 보이지도 않는다는 것도 다 상관없어.

　그런 건 이제 됐어. 난 그저 그 애한테 전하고 싶은 게 있을 뿐이야.

　하지만 나만의 힘으로는 안 돼.

　무력하니까.

　나는 정말 아무런 힘도 없으니까.

　그러니까 네가 꼭 도와줘.

　힘없는 나를 네 힘으로 우주까지 데려가줘.

　그리고 거기서 보이는 경치가 얼마나 아름다운지를 우리한테 가르쳐줘.

　이튿날인 10월 7일, 토요일. 나루사와가 미국으로 떠나기 전날. 아카네 누나가 내 침대를 점령하는 바람에 바닥에 이불을 깔고 잤던 나는 평소보다 좀 더 일찍 눈을 떴다.

　그날, 나는 오전에 나루사와의 집에 갈 생각이었다. 그도 그럴 것이 풍선 로켓 3호기 아니, 굿럭의 발사 소식을 아직 그 애한테 알리지 않았기 때문이다.

　만약 나루사와가 이제 와서 발사 따윈 별로 보고 싶지 않다고 하면 어쩌나 불안해하면서 아침식사를 우물거리고 있을 때, 거실에 놓여 있던 전화기가 울렸다.

토요일, 그것도 아침 6시도 되기 전에 오는 전화라니, 전화 건 사람의 상식 수준을 의심하면서 나는 켜두었던 텔레비전만 멍하게 바라보았다.

"얘! 하루!"

갑자기 전화기 앞에 있던 엄마가 내 관심을 텔레비전에서 돌리려는 듯 커다란 목소리로 불렀다.

놀라서 눈을 깜박거리고 있자, 엄마는 수화기를 손으로 가리고서 나보다 더 심하게 놀란 표정을 짓고는 거실 벽이 쩌렁쩌렁 울릴 만큼 큰소리로 외치셨다.

"이리스가 어제부터 행방불명이래!"

순간적으로 엄마가 무슨 말을 하는지 전혀 이해할 수가 없었다.

그러다 그 말이 의미하는 것을 이해했을 때, 모골이 송연해지는 불쾌함과 초조함을 동반한 긴장감을 느꼈다.

전화는 나루사와의 엄마한테서 온 것이었다.

나루사와는 어제 아침 일찍 동네를 산책한다면서 밖으로 나간 후, 오늘 아침이 되어도 돌아오지 않았단다. 핸드폰이 전파가 닿지 않는 곳에 있는 건지, 전원이 아예 꺼져 있는지 알 수 없지만, 연락조차 안 된다고 했다. 나루사와의 아빠는 어제부터 나루사와가 갈 만한 장소를 샅샅이 찾고 있다지만, 지금까지 누가 그 애를 봤다는 목격 정보조차 얻지 못한 모양이었다.

"하루, 너, 어디 짐작 가는 데 없니?"

나루사와와의 첫 만남부터 기억을 모조리 헤집어보아도 학교를 제외하곤 내가 그 애랑 어딜 같이 다닌 적은 거의 없다. 사회 과목 견학 수업 때 그나마 같이 있긴 했지만. 그러다 문득 그런 생각이 났다.

삿포로 시립 과학관이 아닐까?

나루사와가 일본을 떠나는 건 내일이니까 마지막으로 사회 과목 견학으로 갔던 장소에 가서 감상에 젖어 있을 가능성도 없지는 않을 성싶었다.

내 의견에 엄마는 고개를 저었다.

"거기에는 벌써 연락을 해봤대."

하긴 그렇겠지. 나루사와의 부모님도 그 정도 장소는 바로 찾아봤을 거다.

그나저나 밤을 꼴딱 새우면서까지 집에 돌아오지 않았다니 무섭다.

그저 자기 의지로 돌아오지 않는 거라면 차라리 낫다.

하지만 일부러 돌아오지 않는 게 아니라 무슨 사건에 휘말려 돌아오지 못하게 된 거라면 상황은 긴박해진다. 그런 생각만 해도 가슴이 철렁 내려앉았다. 설마 유괴라도 당한 건 아니겠지?

……아니지.

일단 진정하자.

나는 크게 고개를 저으며 심호흡을 한 후, 조금이라도 냉정함을 되찾으려고 애썼다.

그런 최악의 경우를 상상하기에는 아직 이르다. 생사와 관련될 수도 있는 상황이니 괜히 쓸데없는 가능성만 상상하고 두려워하기보다는 우선 그 애가 할 만한 행동을 침착하게 따져보는 게 더 낫다.

나루사와가 집으로 돌아가지 않는 것에는 이유가 있을 것이다.

오늘은 나루사와가 필라델피아로 떠나기 전날이다.

일반적으로 생각하면 연이은 부모님의 전근에 반발해서

홧김에 가출했을 가능성도 농후했다.

그렇지만 그 애의 성격을 생각하면 그 가능성은 별로 크지 않을 것 같았다. 나루사와가 다소 고집쟁이에 제멋대로 구는 면은 있어도 넘으면 안 되는 선이 무엇인지 확실히 알고 지키는 것처럼 보였으니 말이다.

그럼 돌아오지 않는 게 아니라 돌아올 수 없는 게 아닐까.

그렇게 보면 자꾸만 사건 사고와 연관을 짓게 되지만, 돌아오지 못하는 이유가 꼭 그런 것만 있는 것은 아니다.

예를 들면 이렇다. 나루사와는 어떤 목적을 갖고 어느 장소로 갔다. 하지만 그 목적을 아직 달성하지 못했기에 돌아올 수 없다든가.

"하루, 너 정말 짚이는 곳은 없니?"

어느 틈에 통화를 마친 엄마가 재촉하듯 나에게 다시 물었다. 내 머릿속 사고 엔진이 이제 슬슬 시동이 걸리려던 차에 찬물을 끼얹는 엄마 말에 바로 눈을 흘겼다.

"얘, 하루."

엄마는 나의 눈초리는 개의치도 않고 불안해하시며 낯빛만 흐렸다.

"이리스네 엄마는 아마 상관은 없을 거라고 했지만……. 얼마 전에 네가 집에 다녀간 후부터 이리스의 상태가 좀 이상했대."

……뭐?

상태가 이상했다니 어떤 식으로 그랬냐고 내가 묻기도 전에 엄마는 바로 이어서 말했다.

"지도를 펼쳐놓고 계속 무슨 계산 같은 걸 했다더구나."

그 말을 듣고서 나는 마치 어딘가에서 꽉 막혀 있던 전기 신호가 단번에 뇌세포로 몰려온 것처럼 번쩍 생각이 났다.

그리고 그 깨달음과 동시에 머릿속에서 핏기가 싹 가시는 기분이 들었다.

……설마.

그럴 리는 없다.

분명 그럴 리 없다고 생각하면서도 동시에 그것 말고 또 뭐가 있겠냐는 모순 같은 확신이 들었다.

순간 내 마음의 나약한 부분이 이 사실은 차라리 숨기는 게 좋지 않을까 하고 속삭였다. 그러나 나루사와의 안전을 제일로 여긴다면 그런 선택을 할 수는 없다며 나는 나 자신을 납득시키려는 것처럼 고개를 가로저었다.

"하루, 뭔가 생각났니?"

내 표정의 변화를 알아차린 엄마의 그 물음에 고개를 끄덕이며 대답했다.

만약 나루사와가 어제 아카네 누나가 그랬던 것처럼 지도를 펼쳐놓고 뭔가 계산했다고 한다면, 고려해볼 가능성은 딱 한 가지밖에 없었다.

아마 나루사와는 그걸 찾으러 간 거다.

저 멀리 어딘가에 추락했을 풍선 로켓 2호기를.

나의 추측은 곧 나루사와네 부모님에게 전달되었다. 또한 풍선 로켓 2호기가 낙하했을 가능성이 제일 큰 신토쿠마치의 경찰서에도 나루사와에 대해 신고해두었다. 나루사와는 다른 일본인에 비하면 매우 튀는 외모이니까 목격 정보가 하나쯤 분명히 있을 거라고 기대했지만 안타깝게도 그런 바람은 들어맞지 않았다.

나루사와의 아빠는 이미 경찰에 아동 실종 신고를 했다고 한다. 그러나 유괴를 암시하는 전화가 오지 않는 이상 경찰도 무작정 적극적으로 움직일 수는 없단다. 나루사와가 풍선 로켓

2호기를 회수하기 위해 신토쿠마치에 갔다는 확실한 증거가 없기 때문이다.

그렇지만 나는 그 애가 풍선 로켓 2호기를 회수하러 갔을 거라는 적지 않은 확신을 품고 있었다.

신토쿠마치에 가야 한다.

내가 그렇게 결단을 내릴 때까지 오랜 시간은 걸리지 않았다.

저마다 심각한 표정을 하고 거실에 모여 있는 가족에게 나는 신토쿠마치에 가겠다는 뜻을 전했다. 만약 나루사와가 정말로 풍선 로켓을 찾으러 갔다면 그건 내 책임이다.

다행히 오늘은 토요일이라서 학교도 쉬는 날이다. 신토쿠마치가 여기서 가깝다고 할 수는 없지만, 특급 열차를 타면 세 시간도 채 안 걸린다. 지금 당장 출발하면 아침 10시쯤에는 그곳에 도착할 수 있다.

"하루, 로켓이 어디에 떨어져 있는지 아느냐? 그때 발신기는 작동하지 않았다고 했잖니."

하긴 할아버지의 말씀대로 풍선 로켓 2호기는 발신기가 제대로 작동하지 않아서 지금도 그 정확한 낙하지점을 알 수 없다.

그러나 불행 중 다행이랄까 나는 풍선 로켓 2호기를 발사하던 날, 나루사와 앞에서 비행경로를 예측했다. 그뿐만 아니라 나루사와는 그때 내가 지도에 적은 비행경로를 손으로 따라 그리며 훑기까지 했다. 그러니 그 애가 정말로 풍선 로켓 2호기를 찾으러 갔다면 아주 엉뚱한 곳으로 가지는 않았을 것이다. 다만 풍선 로켓 2호기의 발사는 이미 4개월도 훨씬 전의 일이니까 그 애는 그 기억에 의존하는 데에서 끝나지 않고 그 당시의 나처럼 풍선 로켓 2호기의 낙하지점을 자기 힘으로 새로이 계산했을 것이다.

그렇다.

바보 같은 그 애는 이사 가기 이틀 전임에도 불구하고 풍선 로켓 2호기를 찾으러 갔다. 내가 지금 그러려는 것처럼 혼자 특급 열차를 타고서. 그렇게 추리해보면 모든 일의 앞뒤가 딱딱 맞는다.

아까 엄마는 내가 그 애의 집에 다녀온 다음부터 나루사와의 상태가 이상해졌다고 했다. 사쿠라 하루와 나루사와 이리스를 잇는 것은 사회 과목 견학만 빼면 사실 풍선 로켓밖에 없다.

물론 이게 그냥 내 관점에서만 생각한 지나친 추측이라고 해도 어쩔 수 없다.

지금 당장 눈앞에 있는 전화기가 울려서 나루사와의 엄마한테서 '딸을 찾았습니다'라는 연락이 온다면 더할 나위 없이 좋은 일이지만.

하지만.

어째서일까.

신기하게도 쉽게 상상이 되었다.

나와 마찬가지로 자기 힘으로 풍선 로켓 2호기의 낙하 예측 지점을 계산해낸 다음, 조금의 망설임도 없이 가본 적도 없는 그 장소까지 가서 아무 단서도 없는데도 무작정 그걸 찾으려는, 그 애의 계획성 없는 모습이. 남이 숨겨놓은 물건도 제대로 찾지 못하면서.

"말도 안 돼. 혼자서 신토쿠마치까지 가겠다니……. 거긴 초 등학생이 혼자 갈 만한 거리가 아니잖아? 무슨 일이라도 생기면 어쩔 건데?"

당연하게도 엄마는 그렇게 말씀하며 눈살을 찌푸렸다. 물론 엄마의 입장도 이해는 간다. 그렇지만 무슨 일이 생기면 어쩌느냐는 게 아니라 벌써 생겼다.

물론 초등학생 혼자서 신토쿠마치까지 가서 한 사람을 찾는다는 것 자체도 무모하고 위험한 행동이라는 것도 틀린 말은 아니다.

사실은 가족 중 어른이 함께 가주면 좋겠지만 모두 일을 해야 한다.

아무리 아들의 친구가 행방불명이 되었다고 해도 손님 장사라는 건 그리 간단히 쉴 수 있는 일이 아니다. 특히 세탁소는 작업이 끝난 옷을 손님이 언제 찾으러 올지 모르기 때문에 우리 사정만으로는 쉽게 문을 닫을 수 없다.

나루사와의 아빠와 엄마는 이 일대를 열심히 찾아다니고 있는 모양이지만, 그렇다고 그러지 말고 같이 신토쿠마치에 가서 찾자고 하는 것도 솔직히 합리적인 방법이라고는 할 수 없다. 그리고 저쪽 동네의 경찰도 어린애의 불확실한 추측 하나로 바로 수색을 하러 움직여줄 것 같지는 않다. 그러니까 역시 직접 찾아나서야 하는 건 나밖에 없다고 생각했을 때 문득 한 가지 사실을 알아차렸다.

……아니지.

딱 한 명 있잖아.

지금 바로 같이 갈 수 있는 존재가. 그것도 바로 옆에.

이 긴급 상황에도 불구하고 거실과 장지문 하나로 막혀 있는 건너편 내 방에서 잠만 쿨쿨 자는 어엿한 어른이.

비몽사몽인 아카네 누나를 두들겨 깨워 모든 사정을 설명하자, 누나는 "오늘 겨울옷 좀 사러 갈 참이었는데" 하며 투덜거리면서도 바로 차로 출발할 준비를 해주었다.

신토쿠마치를 향해 동쪽으로 가는 차 안에서 내가 모처럼 쉬는 날을 망쳐 미안하다고 말하자 아카네 누나는 한 손으로 핸들을 쥐고서 가볍게 웃었다.

"무슨 소리 하는 거니? 어린애가 행방불명이 되었다는데 쇼핑이 중요하다고 나가버리는 어른이 세상에 어디 있겠어?"

아카네 누나는 그렇게 말했지만, 아무리 어린아이가 행방이 묘연하다고 해도 그게 자기 아이가 아니라면 본인의 일부터 최우선으로 삼는 어른은 세상 어디에나 있을 것 같다. 아카네 누나는 나루사와를 나를 통해 알뿐, 아직 얼굴조차 모른다. 그렇게 생각하면 역시 아카네 누나는 정말 착한 사람이 아닐까 싶다.

"이리스가 신토쿠마치에 있다면 다행인데."

아카네 누나는 그렇게 확신 없는 소리를 하면서도, 곧 다시 말을 덧붙였다.

"근데 만약 하루, 네 말대로 로켓을 찾으러 갔다고 한다면 혼자서 숲에 들어갔을 것 같아. 여긴 미국처럼 유괴당할 걱정이야 별로 없지만, 이 시기는 곰이 동면 준비를 하느라고 한창 활발하게 돌아다닐 때니까. 그리고 동사할 정도는 아니라고 해도 밤이면 기온이 영하로 쫙 내려가잖아. 그럴 위험을 고려해서 만약 신토쿠마치 근방에 있다면 한시라도 빨리 그 애를 찾아내야 해."

그런 무서운 말은 하지 말라고 따지고 싶었지만, 아카네 누나는 괜히 나한테 겁을 주려고 과장하는 게 아니다. 지금 누나가 한 말은 모두 있는 그대로의 사실이니 말이다.

어쨌든 서둘러야 한다.

그런 내 대답에 누나는 액셀을 꾹 밟았다.

"안전 운전의 범위 안에서 최대한 빨리 갈게."

그렇게 아사미 시를 떠나 두 시간 반 정도 걸려 신토쿠마치에 도착한 우리는 일단 신토쿠마치 역으로 갔다. 나루사와가 신토쿠마치에 왔다면 삿포로에서 출발하는 특급 열차를 타고 왔을 가능성이 가장 컸다.

역 앞에서 차를 내려 주변을 둘러보니 지평선만 끝없이 펼쳐져 있는 황량한 곳은 아니었지만, 아사미보다는 훨씬 더 싸늘한 공기와 넓고 인적 드문 광장이 우리를 맞았다. 오래된 역 건물의 지붕은 짙은 녹색, 외벽은 흐릿한 크림색이어서 그 두 가지 색의 조합이 촌스러웠다. 아스나로 상점가와 비슷한 냄새가 났다. 쇼와 시대 사람들은 어쩌면 이렇게도 크림색을 좋아하는 걸까.

신토쿠마치 역은 그나마 특급 열차라도 멈추는 곳이어서 사람이 아주 없지는 않았지만, 그래도 한산하긴 매한가지였다.

이용객도 아예 없는 건 아니지만 손에 꼽을 정도로 적었다. 그러면서도 땅 하나는 남아도는 도오(道央) 지역의 역이라서 그런지 역 건물은 엄청나게 넓어서 더더욱 싸늘하게 느껴졌다.

옛 시절 분위기가 가득한 역 건물 안에 매점은 있어도, 편의점이나 맥도날드 같은 상점은 없었다. 그래도 자동 개찰구는 있어서 창구 직원에게 나루사와의 외모를 묘사하며 물어보았지만 소득이 없었다. 만약 사람이 나와 있는 옛날식 개찰구였다면 목격 정보가 하나라도 있었을 텐데.

"으으, 꼴에 자동 개찰구는 또 차려놓고!"

역을 나오자마자 아카네 누나가 불평을 늘어놓았다. 동감하지만 자동 개찰구에도, 그걸 도입한 사람들에게도 잘못은 없다.

역 앞 파출소에서 근무 중인 경찰관한테도 나루사와를 봤는지 물었지만 도움 되는 대답은 들을 수 없었다. 행방불명으로 실종 신고까지 했을 테니까 가능하면 경찰 몇을 보내서 찾아달라고 부탁도 해봤지만, 순찰을 강화하겠다는 대답 한마디로 대화는 금방 끝나고 말았다.

예상과 달리 신경 써서 대응해주지 않는 어른을 보니 짜증과 초조함을 느끼지 않을 수가 없었다. 그렇지만 이 자리에서는 일단 꾹 참고 혹시 나루사와에 관한 무슨 정보라도 들어오면 꼭 연락 좀 해달라며 전화번호만 알려주었다.

"그럼 우선은 풍선 로켓이 떨어진 곳 근처까지 가볼까."

아카네 누나의 말에 고개를 끄덕이고서 차로 돌아갔다.

풍선 로켓 2호기가 낙하했을 것으로 추정되는 숲은 직선 거리로 여기서 서쪽으로 7~8킬로미터 정도 떨어져 있었다.

"차로 가면 15분 정도이지만, 어린이는 걸어서 한 시간 반쯤 걸리려나? 초등학생 여자아이가 걷기에는 꽤 버거운 거리로 보이지?"

하긴 그랬다.

차라리 역에서 좀 더 거리가 멀었더라면 택시를 타고 갔을지도 모르겠지만……. 아니, 그렇다면 오히려 돌아가는 길에 지옥을 보게 될 거다. 그 장소에 택시를 계속 세워놓고 기다리게 할 수는 없을 테니까.

역 앞을 떠나자 건물이 여럿 보인 것도 잠시뿐, 차로 겨우 몇 분 달렸을 뿐인데 벌써 완전히 밭과 방목지만 널린 세상이 펼쳐졌다.

"와아, 대단하다."

아카네 누나의 어처구니없어 하는 감탄을 듣고 나도 고개를 끄덕였다.

사실 목초 저장용 창고나 축사 같은 게 있긴 했다. 간판을 보니 근처에 축산 시험장 같은 시설도 있는 모양이다. 소도 있었다. 아니, 소만 많았다. 창문을 조금 열었더니 바깥에서 바람과 함께 지독한 소똥 냄새가 밀고 들어와서 얼른 창문을 닫아버렸다.

이런 장소에 와보니 홋카이도는 사람이 참 적은 곳임을 새삼스럽게 깨닫지 않을 수 없었다. 물론 아사미도 큰 도시는 아니지만, 그나마 삿포로에 가까워서인지 인적이 느껴지지 않을 정도로 한산하지는 않다.

차는 홋카이도 136번 도로를 따라 계속 남서쪽으로 달렸다.

그렇게 도립 축산 시험장 옆을 지나가자 아스팔트 포장도 없는 길이 나왔다. 자동차의 덜컹거림이 심해지면서, 타이어가 자갈을 밟느라 자작거리는 소음이 차 안까지 들렸다.

개의치 않고 길을 따라 좀 더 가보니 활엽수 낙엽으로 무성히 뒤덮인, 다소 높은 산기슭에 이르렀다. 단풍이 물들기 시작했지만, 절정은 아니어서 숲 전체가 빨간색과 녹색으로 얼룩덜룩했다.

내 예상으로 풍선 로켓 2호기의 낙하지점은 대강 이 근방이다.

부근에서 경찰이 나루사와를 찾고 있는 기색은 조금도 보이지 않았다. 분명 경찰에 나루사와가 이 주변에 와 있을 수도 있다는 가능성에 대해 전해뒀는데. 역시 실종 신고를 해도 사건의 낌새가 보이지 않으면 경찰도 바로 출동하지 않는가 보다.

차에서 내리니 얼굴이 따가울 정도까지는 아니지만 그래도 제법 몸을 꽁꽁 얼리는 10월의 바람이 뺨에 와 닿았다.

시계를 보니 오전 10시가 조금 넘어 있었다. 아직 정오도 되지 않았지만 요즘의 일몰 시각을 고려하면 나루사와를 찾을 수 있는 시간은 그리 길지 않을 터이다. 당장에라도 행동 개시를 해야 한다.

바로 앞에 있는 산은 한눈에 봐도 사람의 발길이 뜸한 곳 같았다.

어디에도 포장된 길은 보이지 않았다. 가끔 현지 사람들이 산나물이라도 뜯으러 오는지 짐승들이 다니는 길 같은 좁다란 오솔길 하나만이 나 있을 뿐이었다. 그 길마저도 바로 숲속으로 크게 꺾여 들어가서, 그 앞이 어떤지 전혀 보이지 않았다. 으스스한 분위기였다. 하지만 그렇다고 여기서 멍하게 서 있을 수도 없었다.

……가자.

오솔길 입구에서 아카네 누나한테 가자고 재촉하자 누나도 몇 번 고개를 끄덕이더니 대답했다.

"알았어. 근데 꼭 내 옆에 붙어 있어야 해."

앞에서 걷겠다고 우기며 양보하지 않는 아카네 누나의 뒤를 따르며 길을 나아갔다.

그야말로 산길이었다. 길 상태도 누군가가 맨 흙을 다져놓은 수준이라 걷기에 좋지 않았다. 중간중간에는 조금만 균형을 잃으면 아래로 떨어져 심하게 다칠 수도 있는 위험한 장소도 있었다. 지반도 그다지 안정된 편이 아닌지 산사태로 뿌리가 훤히 드러난 나무도 몇 그루나 있었고, 다리를 크게 벌려서 뛰어넘어야 하는 곳도 많았다. 아무래도 이곳은 어린아이가 편하게 놀러와도 되는 산은 아닌 것 같았다. 곰이나 멧돼지가 나오지 않으면 좋겠는데. ……농담이 아니라 진심으로.

게다가 날씨까지 좋지 않았다. 하늘에는 구름이 가득 껴 있었다. 바람이 불지 않아서 숲 바깥에 있을 때보다는 덜 쌀쌀했지만 그래도 기온이 높은 건 아니었다.

"이리스!"

아카네 누나가 10분에 한 번 정도 카랑카랑한 목소리로 나루사와를 불렀다. 그 목소리는 산속에서 메아리쳤지만, 몇 번이나 불러도 응답은 없었다.

그렇게 약 한 시간쯤 길을 따라 수색하던 중, 갑자기 갈림길이 나왔다.

양쪽 길 모두 나무 사이로 좁게 나 있는 데다가 심하게 꺾여 있어서 앞이 보이지 않았다. 이제는 앞으로 얼마나 더 나아갈 수 있을지조차 가늠이 안 됐다.

"어느 쪽으로 가지?"

갈림길을 앞에 두고 아카네 누나가 뒤돌아보며 물었다. 나는 망설이지 않고 고개를 내저었다.

우리 각자 갈라져서 찾자.

둘 중 하나만 선택해서는 나루사와를 발견할 확률이 낮기 때문이다.

"이 바보야."

아카네 누나는 나를 째려보면서 면박을 주었다.

"당연히 안 되지. 너까지 길을 잃으면 어쩌려고 그래. 구하러 간 사람이 2차 조난이라도 당하면 진짜 큰일이란 말이야. 가뜩이나 날씨도 안 좋은데."

하긴 아까부터 차가운 빗방울이 뺨을 건드리기 시작했다. 무성한 나뭇잎 덕분에 옷이 심하게 젖지는 않았지만 실은 많은 비가 내리고 있는 걸지도 모른다.

하지만 이런 상황이어서 더더욱 나루사와가 걱정되었다. 만약 그 애가 우리의 예상대로 어제부터 이 산에 들어와 있는 거라면 지금쯤 잔뜩 지쳐 있을 게 분명하다. 그럴 때 차가운 비까지 내리면 몸에 더 안 좋다. 진짜 위험하다.

아카네 누나의 말은 일리가 있었다. 누군가를 찾고 있을 때, 찾는 쪽 사람들이 서로 따로 움직이는 건 결코 현명하지 못한 일이다. 그렇지만 지금 상황에서 한쪽 길을 선택하는 느긋한 짓을 할 여유는 없다. 무엇인가를 찾으려면 효율적으로 움직여야 한다.

그럼 이런 방법은 어떨까.

각자 찾기로 하고, 한 시간 반 정도 지나면 반드시 갔던 길을 되돌아오기로. 그래서 세 시간 후에는 꼭 이 자리에서 다시 만나는 것으로.

지금 시각은 오전 11시가 좀 넘었다. 이 시기에는 오후 5시만 지나면 해가 져서 7시가 되기도 전에 완전히 깜깜해진다. 산기슭에서 여기까지 한 시간이나 걸린 걸 보면, 이제부터 남은 시간은 한 시간 반뿐이다. 돌아가는 것까지 포함해서 세 시간 정도만 따로 행동한다면 그나마 위험한 일은 일어나지 않을 터이다.

내 생각을 열심히 설명했다.

아카네 누나는 잔뜩 심각해진 얼굴을 환하게 펴지는 않았다.

"……알았어."

그래도 마지막에는 마지못해 내 제안을 받아들여 주었다.

"그럼 세 시간 후에는 꼭 여기서 만나는 거다? 무슨 일이라도 생기면 바로 연락해. 알았지?"

우리는 그 자리에서 서로의 핸드폰 배터리 잔량과 전파 상태에 문제가 없다는 걸 확인한 다음, 좌우로 뻗은 길을 각자 나아가기로 했다.

왼쪽으로 뻗은 길을 고른 나는 이제까지보다 훨씬 신중한 걸음으로 나아갔다. 아까까지 같이 있었던 아카네 누나의 등이 지금은 보이지 않으니 이제 어디에서 미끄러져 넘어지기라도 하면 끝장이다.

그런데 정말 이런 곳에 나루사와가 있긴 한 걸까.

한 걸음, 한 걸음 내딛을 때마다 착실히 다리에 쌓이는 피로와 함께 그런 근본적인 불안이 머릿속에 슬그머니 들었다. 피로한 발로 디디는 길이 험하면 험할수록 나약한 마음이 자꾸만 샘솟았다. 그걸 뿌리치듯 가볍게 두 뺨을 때리고 나서 주변을 이리저리 둘러보며 나루사와를 찾는 데 집중하려 애썼다.

경사가 심한 오르막길과 내리막길이 연이어 이어지는 바람에 숨이 턱턱 차올랐다. 축축한 낙엽 때문에 발이 미끄러져서 하마터면 고꾸라질 뻔했다. 나도 모르게 근처에 있는 바위 위에 주저앉았지만, 눅눅하게 젖은 바위가 너무 차가워서 바로 벌떡 일어났다.

페트병에 담긴 차를 목구멍에 흘려 넣고 보니 갈증이 다 가시기도 전에 병은 텅 비고 말았다.

손목시계를 보니 벌써 정오가 지난 시각이었다. 개별 행동을 시작한 지 한 시간이나 지났다. 풍선 로켓 2호기의 낙하 예측 지점에서 그리 멀리 떨어진 곳도 아닌 것 같은데 여전히 나루사와의 모습은 보이지 않았다.

나 혼자 여기서 더 버티며 찾아봤자 그저 시간만 낭비하는 게 아닐까.

혹시 모르는 사이에 부모님한테서 나루사와를 찾았다는 연락이 왔을지도 모른다는 희미한 기대로 핸드폰을 꺼내 보았다. 그러나 그 희망은 화면 오른쪽 위에 뜬, 전파가 닿지 않는다는 표시를 본 순간 순식간에 무너져서, 나는 너무 동요한 나머지 핸드폰을 떨어뜨릴 뻔했다.

……세상에 이럴 수가.

바다 저 멀리 떨어진 섬에서도 통신이 되는 요즘 시대에 전파가 안 터지는 지역이 있다니.

그리고 바로 한 시간 전에 아카네 누나와 핸드폰 상태를 확인했을 때만 해도 전파 상태에는 아무 문제도 없었는데. 나도 모르는 사이에 전파가 안 통할 정도로 깊은 숲속까지 들어갔다는 뜻인가. 그보다 나루사와의 핸드폰 연결이 안 될 때부터 내 핸드폰도 이렇게 될 가능성을 예측해야 했는데…….

나의 그런 어리석음에 혀를 차면서 치미는 초조함을 떨쳐 내려는 듯 머리를 긁적였다. 예정보다 이르긴 하지만 이제 되돌아가야 하지 않을까.

그런 고민을 하면서 별 뜻 없이 주변을 둘러보던 그때였다.

시선 저편쯤, 내가 지금 있는 길에서 조금 떨어진 곳에 있는 급경사를 15미터 정도 내려간 저 골짜기 아래.

주변의 짙은 녹색에 비해 확연히 도드라지는 금빛 덩어리가 눈에 들어왔다.

그건 분명 내가 잘 아는 친구의 모습이었다.

나루사와 이리스는 꼬질꼬질한 배낭 같은 것을 꼭 끌어안은 채 바닥에 주저앉아 있었다.

정신을 잃은 건지 잠들어 있는지 여기서 봐서는 알 수가 없었다.

혹시 발이라도 헛디더서 저곳까지 굴러 떨어지기라도 한 걸까. 아니면 어디를 다쳐서 올라올 수 없게 된 걸까. 깎아지른 듯한 절벽은 아니지만, 다친 상태에서 올라오기는 어려운 경사였다.

나루사와는 내가 온 것도 모르는 모양이었다.

땅바닥을 향해 고개를 푹 숙인 채 이쪽은 보려고 하지도 않았다.

나는 그 애가 알아차리길 바라면서 그 자리에서 몇 번 손뼉을 쳤다.

하지만 그렇게 낸 소리는 잎이 무성한 나무들에 죄다 흡수되는지 쇠약해졌을 터인 그 애의 귀에 닿지는 않는 것 같았다.

불러야 해.

소리쳐야 해.

그런 건 나도 잘 알지만.

무섭다.

잘 알고 있으니까.

이해하고 있으니까.

심술궂은 같은 반 아이들이 굳이 놀리지 않아도 세상 그 누구보다 내가 제일 잘 알고 있으니까.

"……나, 나우우……."

하지만.

그래도 나는 외쳤다.

소리치지 않을 수가 없었다.

그 애의 이름을 있는 힘껏.

"아, 아우자와! 나우자와!"

내 목소리가 얼마나 불명확하고 추한지 알면서도 그 애의 이름을 열심히 불렀다.

신의 어설픈 날림 공사 — 선천적인 후두 기형 때문에 태어났을 때부터 물리적으로 소리를 잘 낼 수 없는 내 성대를 할 수 있는 한 힘껏 떨면서.

"나우자와! 개, 개차나? 나우자와!"

몇 번이나 몇 번이나.

숲속에 메아리쳐야 할 내 목소리는 마치 산짐승이 으르렁 거리는 소리처럼 들렸다.

나 자신마저도 싫다. 어쩌면, 어쩌면 이렇게 지저분한 목소리일까.

하지만.

설령 그렇다고 할지라도.

그 애의 귀에는 닿는다. 그건 틀림없다.

저 시선 끝에서 나루사와가 느릿한 움직임으로 이쪽을 올려다보았다.

멀리서 봐도 알 수 있었다.

나와 눈이 마주치자 나루사와는 마치 환영이라도 본 듯한 표정을 지었다.

"흐, 흐아아앙! 하루, 하루우우……!"

대번에 그 얼굴을 엉망으로 와락 구기며 큰 소리로 울기 시작했다. 그런 나루사와의 모습을 보고 난 진심으로 안도했다. 다행이다. 적어도 부름에 반응을 보이지 못할 만큼 크게 다치거나 쇠약해진 건 아닌가 보다.

나루사와에게 대답을 해주고 싶어도 그럴 수가 없었다. 안타깝게도 나에게는 명료한 음성으로 말하는 능력은 없기 때문이다.

그래서 나는 나의 또 다른 언어를 사용하기로 했다.

그 애한테 항상 그렇게 했던 것처럼 필담용의 메모지와 샤프펜슬을 주머니에서 꺼냈다. 다른 사람을 불러올 테니까 거기서 기다려 — 그렇게 휘갈겨 적은 메모지로 종이비행기를 접어 나루사와를 향해 날렸다.

제법 조준을 잘했는지 종이비행기는 커다란 나선을 그리며 빙글빙글 낙하하여, 나루사와에게서 3미터 떨어진 위치에 깔끔하게 착지했다. 뼈라도 부러졌다면 줍기 힘들겠다고 걱정했지만, 아무래도 그건 기우였던 모양이다. 나루사와는 바로 벌떡 일어나 종이비행기를 무사히 집어 들었다.

내용을 확인한 그 애가 두 팔로 크게 원을 만들어 보이자 나는 그 메모 내용대로 도움을 구하러 서두르면서도 침착하게 산을 내려갔다.

—

결국 그곳에서 나루사와를 구출할 때까지 여섯 시간 가까이 소요되었다.

아카네 누나와 합류하자마자 여기 오는 도중에 있었던 축산 시험장 사람들에게 급히 전화하여 도움을 요청했다. 토요일임에도 몇몇 어른들이 모여 있던 덕분에 나루사와는 무사히 구조되었다. 예상했던 대로 그 애는 골짜기 아래로 미끄러지는 바람에 발을 좀 다치긴 했지만, 다행히도 살짝 삔 정도에 그쳤다.

구조를 도운 사람들한테서는 어떤 이유가 있든지 간에 초보자는 산에 함부로 들어가는 게 아니라는 호된 꾸지람을 들었다. 나루사와만이 아니라 나와 아카네 누나까지도 잔뜩 혼났다. 그 산은 현지 사람들도 길을 잃기 쉬운 데다가 곰은 거의 없지만, 멧돼지가 우글거리는 매우 위험한 장소란다. 우리는 그렇게 꾸중을 듣고, 축산 시험장 사람들한테 몇 번이나 감사 인사를 하면서 그곳을 떠났다.

나루사와의 부모님한테는 내 핸드폰으로 나루사와가 직접 연락하게 했다. 전파가 정상적인 상태로 돌아왔을 때 발견했다고 바로 알리긴 했으나 그 애의 부모님은 역시 딸의 목소리를 실제로 듣고 나서야 마음을 놓은 듯했다. 전화로 어떤 이야기를 했는지까지는 나도 모르지만, 그래도 그 애의 표정을 보건대 나루사와도 조금은 자신이 친 장벽의 존재를 깨달은 것 같았다.

나한테도 고맙다는 인사를 하고 싶다고 해서 나루사와는 전화를 바꿔주려고 했지만, 나는 전화 통화를 할 수가 없다. 그런데도 굳이 영상 통화를 하면서까지 나루사와의 부모님은 나한테 감사를 표했다. 하지만 이 일에 관해서는 나한테도 전혀 책임이 없는 건 아니라서 오히려 면목이 없었다.

아사미로 돌아가는 차 안에서 나는 갈 때처럼 조수석에 앉지 않고 뒷좌석에 나루사와와 나란히 앉아 있었다. 내가 그러고 싶었던 건 아니었지만 나루사와가 내 파카 옷자락을 계속 놓지 않았기 때문이다. 이따금 아카네 누나가 룸미러로 슬며시 싱글거리며 바라보는 게 은근히 언짢았다.

내 옆에 앉아 있는 나루사와의 옷은 곳곳이 진흙투성이에, 풀물이 들어 잔뜩 더러워진 상태였다.

피로도 극도에 달했는지 나루사와는 내 어깨에 니트 모자를 깊게 눌러쓴 머리를 기대어 꾸벅꾸벅 졸았다. 이렇게 눈을 감고 모자로 머리카락을 감추니 나루사와의 이국적인 외모가 상당히 가려졌다. 모자만 쓰지 않았더라면 아무리 자동 개찰구라고 해도 시골에서는 더욱 두드러져 보일 금발이 역무원의 눈에 띄었을지도 모른다. 남의 눈을 피하려고 일부러 모자를 썼던 걸지도 모르겠지만 말이다.

"풍선 로켓은 못 찾았어."

잠시 후, 언제 눈을 떴는지 나루사와가 속삭였다.

"열심히 찾아보긴 했는데, 미안해……."

사과하지 않아도 괜찮아.

나는 그 애와 대화할 때 항상 그랬듯 주머니에서 손바닥 크기의 메모장과 샤프펜슬을 꺼내 글씨를 썼다. 언어는 일본어였다. 더 이상 그 애한테 영어를 쓸 필요는 없었다.

말을 못 하기 때문에 초면에는 오해를 받기 십상인데, 나는 말만 못 할 뿐이지 듣는 데는 전혀 문제가 없다. 나 같은 사람을 발화 장애인이라고 부른다.

귀가 들리지 않는 사람 중에는 자기 목소리를 인식할 수 없어서 정확한 발음을 못 하는 사람도 있다. 그렇지만 그런 사람은 훈련을 거듭하면 의사소통이 가능할 정도로 명료한 발성이 가능해지는 경우도 많다.

하지만 나는 그런 게 아니라 태어나면서부터 성대 모양이 기형이어서 물리적으로는 발성 자체를 제대로 못 한다. 기질성 구음 장애라고 한단다. 발성 훈련을 한다고 해서 해결될 문제가 아니다. 정말 안타까운 일이지만 말이다.

필담으로 하는 대화는 당연히도 평범한 대화에 비하면 상당히 느리다. 그래도 나루사와는 언제나 내가 하는 말을 재촉하지 않는다.

나는 그런 깊은 산속까지 들어가서 무섭지 않았냐고 메모지에 적어 내밀었다.

"무서웠어. 얼마나 무서웠는지 몰라! 당연한 거 아냐!"

그 글을 본 나루사와는 곧바로 그렇게 외치며 몸을 꾹 움츠렸다.

"핸드폰은 전파도 안 터지고, 절벽으로 오르려 해도 다리가 아파서 못 올라가겠는걸. 게다가 배도 너무 고프고 목도 말라서……. 그리고 밤에는 너무 어둡고 추웠어. 진짜 나 여기서 죽는 게 아닐까 하는 생각마저 들었단 말이야."

나루사와가 일본어로 술술 말하는 것에 약간 놀라면서, 죽을지도 몰랐다니 무슨 그런 과장된 소리를 하는가 싶었지만 실제로 우리가 구하러 오지 않았다면 그럴 수도 있었겠다는 생각에 등골이 오싹했다.

"나는 몇 번이나 하루에게 도와달라고 빌었어."

나루사와는 갑자기 그렇게 말하며 많이 지쳐 있을 텐데도 수줍은 미소를 희미하게 지었다.

"그렇게 기도하고 있는데 정말로 하루의 목소리가 들리지 뭐야."

나루사와의 그 말에 나는 깜짝 놀랐다. 가능하면 그 다음 말까지는 듣고 싶지 않았지만, 나루사와는 내가 대꾸하기도 전에 입을 열었다.

"기뻤어. 너무너무 기뻤어."

그렇게 반복해서 말했다.

"하루가 도와주러 와준 것만이 아니라 하루의 목소리가 들리고, 하루가 처음으로 내 이름을 열심히 불러줘서 그게 얼마나 기뻤는지 몰라."

그 말에 나는 나도 모르게 그 애한테서 얼굴을 돌리고 말았다.

"······하루?"

나루사와가 의아한 듯 불렀지만 나는 그 애한테서 고개를 돌린 채 아무것도 아니라는 뜻을 전하려고 그저 머리만 흔들었다.

······정말 그러지 말았으면 좋겠다.

나루사와, 네가 그런 말을 갑자기 하면 어떡해.

허를 찌르고 들어오는 나루사와의 한마디 때문에 고일 뻔했던 눈물을 억누르고 있던 참이었다.

"그러니까 하루는 나의 히어로야."

다행히도 그 말에 난 금세 냉정함을 되찾을 수 있었다.

나루사와한테는 미안하지만 그건 전혀 아닌 것 같다. 네가 그런 산속으로 간 건 다 내 잘못이니까.

근데 왜 풍선 로켓을 다시 가지러 가려 했던 거야?

메모지를 뒷장으로 넘겨 조금 크게 글씨를 쓰고는 나루사와의 눈앞에 내밀었다. 나는 지금 약간 화가 났다는 명확한 의사 표시였다.

그러자 나루사와는 내 눈치를 보듯이 눈동자를 들어 올렸다.

"화 안 낼 거지?"

그런 애교 섞인 물음을 던졌다.

내용에 따라서는.

그 대답을 본 나루사와는 멋쩍은 표정을 지었다.

"······사과하려고."

결국은 포기했는지 말문은 열었다.

"사과하고 싶었어."

예상을 한 치도 빗나가지 않는 대답을 앞에 두고 나는 나도 모르게 그 애의 머리에 꿀밤을 먹여주고 싶었다.

"하루가 비겁하다고 해서 깨달을 수 있었어."

내가 나루사와의 방에서 그 애에게 신랄하게 쏘아붙였다는 사실이 내 마음을 순식간에 가라앉혔다.

"내가 바보였어."

나를 보는 나루사와의 그 커다랗고 파란 눈동자에 눈물이 가득 고였다.

"말하고 싶어도 말하지 못하는 사람 앞에서 말할 줄 모르는 척하는 게 얼마나 잔인한 짓인지 하루가 알려주기 전까지는 알아차리지도 못했어. 난 정말로 비겁했어. 전부 하루의 말이 맞아."

나루사와의 목소리가 귀에 꽂혔다.

부모님의 사정으로 이사만 반복해서 다녀야 하는 그 애의 심정 따위는 고려하지도 않고, 오직 상대방에게 상처를 주기 위해 그런 말을 내뱉은 나야말로 비겁한데.

"그리고 내가 비겁한 건 그게 다가 아니야. 아까 말했던 사과도 사실 좀 거짓말이야. 난 사실 하루가 날 미워하지 않길 바랐어."

그런 말을 시작으로 나루사와는 나에게 많은 감정을 쏟아부었다.

"외로운 게 싫었어. 친해지면 그만큼 괴로우니까. 지금까지 전학을 갈 때마다 줄곧 그랬거든. 너무 괴로워서 구역질이 날 정도였어. 그래서 난 아예 모두를 거부하기로 했어. 가능하면 친해지지 않으려고 애를 썼지, 뭐.

근데 하루는 일본어로 말하지 않아도 괜찮았고, 아주 다정했어. 그래서 좋아하게 됐으니까 미움받고 싶지 않아서…… 풍선 로켓을 찾으면 떠나기 전에 화해할 수 있지 않을까 싶어서 여기까지 온 거야. 그래서 말이야, 하루는 나중에 커서 로켓을 만드는 사람이 되겠다고 하니까……,

하루는 분명 될 수 있으니까, 그러니까, 으음, 하루는 화를
낼지도 모르지만 나, 나는…….”

이후에 나올 말을 가로막듯 나는 고개를 내저었다.

알아.

그래서 너는 우주 비행사가 되고 싶다고 한 거지? 그러면
다시 같이 있게 될지도 모르니까.

미국과 일본에 살며 서로 머나먼 거리에 떨어져 있어도.
어른이 되어도. 우주 비행사라는 장래 희망만 확실히 쥐고 있으
면 사쿠라 하루와 재회할 수 있을지 모른다고 나루사와는 그렇
게 생각했던 것이다.

나도 사실은 알고 있었다.

처음부터 그런 것쯤은 알고 있었다.

그런데도 난 그 애에게 상처를 주고 말았다.

나루사와를 너무나도 부러워한 나머지.

참 한심하다. 나루사와한테 나야말로 미안하다고 사과했다.

“아니, 아니야!”

나루사와는 차 안에 쩌렁쩌렁 울릴 정도로 크게 외친 후,
고개를 절레절레 가로저었다.

“하루는 아무 잘못 없어. 내가 나빴어! 하루는 사실 로켓을
만들고 싶은 게 아니라 —.”

거기서 잠시 침묵하던 그 애는 곧 입을 열었다.

“사실은 우주 비행사가 되고 싶었던 거지?”

내 대답을 기다리지도 않고 나루사와는 계속 말을 이었다.

“하루, 미안해. 정말로 미안해…….”

나루사와는 몇 번이나 눈물을 닦았지만, 눈물샘이 망가지
기라도 한 것처럼 자꾸만 물방울이 하얀 뺨을 따라 흘렀다.

“난 하루에게 많이 사과해야 해. 아무것도 모르고 하루한테

상처만 줬어! 정말, 정말로 미안해. 근데 난 하루를 좋아하니까…… 우주 비행사가 되겠다는 꿈도 그냥 하는 말이 아니라 지금도 꼭 되고 싶어. 근데 그래도 하루가 싫어하면 어쩌나 걱정돼서……. 빨리 화해하고 싶은데 어떻게 하면 좋을지도 하나도 모르겠고.

그런데 곧 있으면 하루와도 헤어져야 하고, 미국과 일본은 너무 거리가 멀고. 난 알아. 우정도 끝나버린다는 걸 말이야. 아무리 친해진 친구라도 멀리 있으면 금방 끝나고 말아. 하루는 잘 이해가 안 갈지도 모르겠지만 정말로 그래. 그래서 난 어, 어쩌면 좋을지 정말 알 수가 없어서……!"

어린아이처럼 훌쩍거리는 그 애를 보며 지금 이 순간 그런 생각이 들었다.

다행이다.

나한테 목소리가 없어서 다행이다.

만약에 나한테 목소리가 있었다면 분명 난 이 애한테 별 뜻도 없이 이렇게 말했겠지. '괜찮아. 아무리 멀리 떨어져도 우린 친구야, 나는 절대로 너를 잊지 않을 거야' 같은 소리를.

하지만 그런 허울 좋은 말로는 안 된다.

그런 듣기에만 좋은 말은 분명 나루사와도 지금까지 몇 번이나 들어왔을 것이다. 그 애는 그걸 믿었다가 소중한 걸 계속 잃기만 했을 테고.

그렇기에 내가 지금 이 장소에서 그 애한테 전할 수 있는 건 딱 하나뿐이다.

이제 스스로는 주체하지 못하는 눈물에 당황하고 있는 그 애를 옆에 놔두고, 나는 메모지에 글을 끼적였다.

내일 아침 5시 반에 일전의 그 공원에서 집합이야.

스프링 메모장에서 그 한 장을 찢어 나루사와에게 떠맡기듯 건네주니, 그 애는 종이를 본 순간 화들짝 놀라 나를 쳐다보았다.

그 놀라움 때문인지 그 애의 눈물은 아주 잠깐이나마 확실히 쏙 들어갔지만, 그 후에 나한테 달려들기라도 하듯 기대서 나를 껴안았다.

그러고는 마치 내가 건넨 쪽지가 마지막으로 등을 떠민 꼴이 되었는지 나루사와는 운전석에 앉아 있는 아카네 누나의 눈은 개의치 않고 큰 소리로 펑펑 울었다.

에필로그

이튿날.

10월 8일, 일요일, 작별의 날이 찾아왔다.

오전 3시 반에 맞춰놓은 알람시계가 울리기 3분 전에 나는 눈을 떴다. 그대로 이불 속에서 가만히 있다가 3시 반이 되기 10초 전에 알람을 끄고 이불에서 나왔다.

커튼을 걷으니 당연히 바깥은 아직 어두컴컴했다. 그렇지만 비구름 하나 끼지 않은 하늘은 말갛게 개어 있어서 올려다보니 아직도 별이 총총히 떠 있었다. 오늘은 설령 천둥 번개가 치더라도 반드시 발사해야 하지만, 이왕 발사하는 거 날씨까지 맑다면 더할 나위 없이 좋은 일이다.

결국 연휴 이틀 내내 내 침대를 점령한 아카네 누나가 깨지 않도록 조심스럽게 옷을 갈아입고 나갈 채비를 마친 후, 거실로 나갔다.

당연히 아직은 아무도 일어나지 않았을 것이다. 제일 일찍 일어나는 할아버지마저도 아직 꿈나라 여행 중일 거다.

그럴 줄 알았는데.

"오, 일어났냐?"

"하루, 잘 잤니?"

거실에서 나를 기다리고 있던 건 일주일에 딱 한 번 있는 휴일이라서 굳이 일찍 일어날 필요가 없을 할아버지와 아빠였다.

"어머, 하루. 마침 잘 왔다."

마찬가지로 일요일임에도 불구하고 엄마까지 아침 일찍 일어나 주방에 서 있었다.

눈을 동그랗게 뜨면서 집에서 필담할 때 사용하는 화이트보드에 왜 벌써 일어나셨냐고 물으니 할아버지는 입꼬리를 씩 끌어 올리셨다.

"우리 손자 녀석의 소중한 친구가 미국으로 가는 날에 편하게 잠을 잘 수는 없지 않냐."

엇.

혹시 같이 따라갈 셈인가?

그렇게 물어보니 할아버지는 다소 충격받은 표정을 지으셨다.

"뭐냐? 같이 가면 안 되나 보지?"

아니, 안 되는 건 아닌데…… 그래도 뭐랄까, 친구, 그것도 여자인 친구를 배웅하기 위해 가족 모두가 총출동하는 것도 좀 이상하다는 생각이 들었다.

"장인어른도 참, 하루 좀 그만 놀리세요."

그런 할아버지의 어깨를 두드리면서 아빠가 가볍게 웃었다.

"괜찮아, 하루. 그런 분위기 파악 못 하는 짓은 안 할 거니까."

아니, 딱히 분위기 파악 못 하는 일까지는 아닌데.

"그래도 어쨌든 배웅 정도는 하게 해줄래? 투자자로서 그 정도의 권리는 있을 것 같은데."

아빠는 그렇게 말하며 무테안경 너머로 부드럽게 눈웃음을 지었다.

"얘, 하루."

부엌에서 엄마가 내 이름을 불렀다.

"이리스는 매실 장아찌 먹을 수 있니? 아니면 주먹밥 속에 아무것도 안 넣는 게 나을까?"

그렇게 묻는 엄마의 손에는 이미 튀김과 계란말이 등 도시락 단골 반찬들이 몇 가지나 준비되어 있었다. 아무래도 나보다 훨씬 일찍 일어나 도시락 준비를 하신 모양이다.

나루사와가 매실 장아찌를 좋아하는지는 모르겠지만, 설령 못 먹는다고 하더라도 내가 먹으면 되니까 별문제 없다.

그렇게 전하자, 엄마는 살짝 미소를 지으셨다.

"그럼 주먹밥 머리에 표시라도 해둘게."

나는 고개를 끄덕이며 약간 멋쩍지만 솔직하게 고맙다는 말을 화이트보드에 적었다.

얼마 전까지만 해도 이렇게 간단한 일마저 잘 하지 못했다는 생각에, 나 자신이 너무 한심스러웠다. 따지고 보면 이렇게 새벽 4시에 가족 모두가 일어나 있을 수 있는 것 역시 나루사와 덕분일지도 모른다.

"하루, 웃으면서 보내줘야 한다, 알았냐?"

그런 내 마음을 꿰뚫어보기라도 한 것처럼 할아버지는 딱딱하게 군살이 박힌 손바닥으로 내 등을 툭툭 두드렸다.

"그리고 또 인형이 더러워지면 일본으로 부치라고 말하려무나. 공짜로 깨끗하게 빨아주겠다고 말이야. 물론 배송료도 포함해서."

미국에서 일본으로 물건을 보낸다면 항공 수송편이라 해도 최소 일주일은 걸린다. 보나마나 그러는 사이에 천에 때가 완전히 말라붙을지도 모른다.

나는 그 부분을 지적했다.

"아아, 그래. 아하, 그럴 수도 있겠구나⋯⋯."

할아버지는 납득했다는 듯 고개를 끄덕이셨지만, 그 후에 잠시 고민하는 표정으로 턱을 쓰다듬었다.

"그럼 그때는 내가 직접 미국으로 가야겠구나."

뭐랄까.

그게 농담으로만 들리지 않는 게 좀 무서웠다.

—

새벽 5시 반을 넘은 시각.

2호기를 발사하던 6월과는 달리 아직도 환하다고 말하기 어려운 아사미 삼림공원에서 나와 미요시, 그리고 아카네 누나도 함께 손전등을 비춰가며 풍선 로켓 3호기, 굿럭의 발사 준비를 진행하고 있었다.

"갑자기 내일 아침 5시에 나오라니, 하루도 그렇게 상식적이지 못 할 때가 있구나?"

아직 본격적인 겨울까지는 먼 10월 초순이라고는 하지만, 새벽이라서 상당히 쌀쌀했다.

입김이 희게 얼어붙을 정도는 아니었지만, 미요시는 코트를 입고 머플러까지 두르고도 추워서 몸을 부르르 떨었다.

미요시, 정말 고마워.

필담용의 메모지에 짧게 적어 보여주자 미요시는 장난스럽게 몸을 뒤로 젖혔다.

"으악, 웬일로 이렇게 솔직하담? 하루가 그렇게 나오니까 징그럽다!"

넌 참 여전히 그런 무례한 소리를 잘도 하는구나.

"그럼 그거랑 비슷하게 나한테도 감사했으면 좋겠는데."

미요시 옆에서 노트북을 펼쳐놓고 안테나 조정을 하기 위해 자작 소프트웨어 준비를 하던 아카네 누나가 생색내듯이 말했다.

"오늘도 회사까지 쉬어가면서 이렇게 준비를 도와주고 있잖아."

제법 일리 있는 소리긴 하지만, 솔직히 그건 아니다. 누나가 일요일인 오늘 출근해야 하는 건 맞지만 어제 나와 나루사와를 데려다주면서 "난 정말 이런 몸으로는 내일 출근은 죽어도 못 하겠다. 아마 비행기를 충돌시킬지도 몰라"라면서 휴가를 낼 결심을 했던 것이다. 다시 말해, 내가 누나보고 제발 좀 회사를 하루만 쉬어달라고 머리 숙여 부탁하는 일은 절대로 없었다.

"어제는 정말 고생했었나 보네요."

미요시의 밝은 목소리는 아카네 누나를 향한 것이었다. 누나는 우리 집을 3년 정도 과외 선생님으로 드나들어서 미요시하고도 꽤 면식이 있다.

"아니, 고생 정도가 아니었어. 자칫하면 지금쯤 곰의 배 속에 있었을지도 몰라."

"곰이 공격하고 그랬어요?!"

"아니, 다행히도 공격하는 일은 없었어. 물론 마주치지도 않았지."

"뭐야, 왜 사람 놀라게 하고 그래요……."

미요시는 가슴을 쓸어내렸다.

"근데 대단하다. 하루가 이리스를 위해서 깊은 산속까지 구하러 가다니."

그렇게 굳이 언급할 필요도 없는 것까지 입에 올렸다.

"심지어 서로 끌어안고 있었다니까."

기회를 노리기라도 한 것처럼 아카네 누나가 필요 없는 말까지 하는 바람에 나는 질색을 하고 말았다.

"어제 하루랑 이리스가 집으로 돌아가는 차 안에서 말이야. 내가 앞에 있는데도 보란 듯이 그렇게 껴안고 그러더라고."

"세상에!"

오해다. 아카네 누나의 설명은 오해만 불러일으키고 있었다. 나는 나루사와 서로 끌어안지 않았다. 물론 누나의 차 안에서 나루사와는 나한테 바짝 달라붙어 있긴 했지만, 거기에 내 의지는 전혀 개입되지 않았다.

"야, 하루, 있잖아."

아카네 누나의 발언을 듣고서 그런 건지 모르겠지만 미요시는 기자재의 조정 준비를 하는 내 옆으로 몸을 굽혀 다가왔다.

"너 말이야, 이리스 좋아해?"

그 물음에 나는 얼굴을 찡그리면서도 고개를 끄덕였다.

"그건 친구로서?"

친구라.

굳이 따지자면 동료로서.

앞으로 우주를 목표로 하게 될 동료.

응, 이게 내 가슴에 제일 와닿는 표현이었다.

"아니, 그런 걸 묻는 게 아닌데……."

미요시는 내 대답에 뭐가 그렇게 불만인지 어이없다는 표정을 지었다.

"근데 아쉽다. 너한테 친구가 하나 더 생긴 거였잖아."

그 말에 나는 순순히 고개를 끄덕였다.

이런 반응은 역시 나답지 않다는 생각을 하고 있을 때, 미요시도 같은 마음이었는지 배를 부여잡고 웃음을 터뜨렸다.

"아하하, 역시 오늘 하루는 너무 솔직한걸?"

어쩐지 불쾌해서 하던 작업을 잠시 멈추고 나는 말캉한 떡 같은 미요시의 뺨을 양쪽에서 꾹 눌렀다.

"근데 만남이 있으면 이별도 있는 법이니까."

그런 우리 옆에서 아카네 누나가 나직하게 말했다.

"정말로 만나고 싶으면 반드시 다시 만나게 되어 있어. 설령 그 사람이 지구 반대편에 있다고 할지라도 말이야."

아카네 누나의 말에 나는 미요시의 뺨에서 손을 떼었다.

그러고 보니 아카네 누나도 외국 생활을 했었다. 누나도 어린 시절에 여러 나라를 전전했을지도 모른다. 혹시 나루사와처럼 누군가와의 이별 때문에 눈물을 흘렸을 수도 있다. 솔직히 누나의 지금 모습만 보면 전혀 상상도 안 되지만.

그런 잡담을 하면서 준비를 하고 있자니, 저 멀리에서 우리를 향해 한 소녀가 다가왔다. 어스름이 깔려 있어도 알 수 있는 밝은 머리칼. 어제 헤어질 때는 멀리서 봐도 알 수 있을 정도로 발갛게 부은 눈이 하룻밤 사이에 다 가라앉은 모양이다.

"아앗!"

그렇게 가까이 온 나루사와는 이미 발사 준비를 진행 중인 풍선 로켓 3호기, 굿럭의 모습을 보자마자 곧바로 눈꼬리를 치켜세웠다.

"왜 벌써 시작한 건데?"

그 고함에 나는 메모장 페이지를 넘겨 내 뜻을 전했다.

오늘 너는 초대 손님이란 말이야.

이 발사는 너의 장벽을 깨기 위한 것이니까. 네가 그걸 도와준다면 내 꼴이 뭐가 되겠어?

나루사와가 오고 나서, 이제 풍선에 헬륨 가스를 충전하기 시작했다. 풍선은 지난번과 똑같은 크기여서 이번에는 헤매지 않고 무난하게 부풀리는 작업을 할 수 있었다.

다만 이번 풍선 로켓 3호기, 굿럭은 지난번 2호기 때와는 크게 다르다.

헬륨 가스를 충전하는 사이, 풍선 로켓 바닥에 나온 카메라 렌즈를 나루사와의 얼굴을 향해 살짝 들어 올리자 아카네 누나의 노트북에는 나루사와의 어리둥절한 표정이 멋지게 나타났다.

"와!"

화면에 나타난 자신의 얼굴을 본 순간, 나루사와는 풍선 로켓과 노트북을 몇 번이나 번갈아 쳐다봤다.

"혹시 이번에는 컴퓨터로 영상을 볼 수 있는 거야?"

몸을 살짝 흔들면서 눈을 빛내는 그 애를 보니 나도 기뻤다. 나루사와의 이런 표정을 보는 것만으로도 이런저런 고생한 보람이 있는 것 같았다.

손목시계를 힐끗 보았다. 곧 새벽 5시 반을 지나가려는 참이었다. 올려다보니 곧 일출을 맞이할 하늘 저편이 꽤 많이 환해진 상태였다.

이제 그럼 슬슬 날려볼까.

메모장에 그렇게 써서 모두의 앞에 들어 보였다.

"자, 하루, 여기 있어."

미요시는 지난번처럼 제멋대로 둥둥 떠오르지 못하게 붙들고 있던 굿럭을 나한테 내밀었다. 그걸 받아드니 이번에도 2호기 때와 마찬가지로 빨리 하늘로 가게 해달라고 재촉하는 굿럭이 내 손을 쑥쑥 들어 올렸다.

"그럼 카운트다운 시작할게!"

미요시의 말에 나는 부탁한다는 뜻으로 크게 고개를 끄덕였다.

"이리스도 같이하자!"

"응!"

나루사와는 환하게 웃으며 고개를 끄덕인 후, 가슴께에서

펭귄은
하늘을
올려다본다

두 손을 활짝 폈다.

"10부터 하는 거지?"

"당연하지!"

둘의 그런 대화에 미소를 짓고 있는데, 미요시가 곧 손을 들어 올렸다.

"그럼 간다!"

나와 아카네 누나가 그 신호에 고개를 끄덕이자 의기양양한 목소리로 카운트다운이 시작되었다.

"10, 9, 8 —."

나루사와와 미요시의 목소리가 시원한 합창을 이루었다. 신기하게도 이번에는 그리 심장이 심하게 뛰지 않았다. 오히려 평소보다 더 마음이 잔잔했다.

"7, 6, 5, 4 —."

나는 기도했다.

신이 아니라 바로 내 앞에 있는 굿럭에게.

부탁이야, 굿럭. 나한테 힘을 빌려줘.

"3! 2! 1 —."

그저 딱 하나 전하고 싶은 것이 있어.

내 눈앞에 있는 소녀에게 꼭 전하고 싶은 것이.

그러니까 부디 저 멀리 날아가 조용한 세계를 보여줘.

하늘을 날지 못하는 나를 그곳까지 이끌어줘.

"— 제로!"

손을 놓았다.

손바닥에 전해지던 저항력이 사라지면서 굿럭은 하늘 높이 날아올랐다.

나루사와와 미요시는 각자 박수를 치며 환호성을 질렀다.

나한테는 그 애들처럼 같이 환호할 목소리는 없다. 하지만 점점 작아지는 굿럭을 향해 마음속으로는 두 친구 못지않게 열심히 응원했다.

발사 후, 지난번에는 그저 멍하니 하늘만 올려다봤지만, 이번에는 다르다.

3분 정도 지나서 굿럭의 모습이 완전히 사라지자 우리는 좁은 공간에 몸을 구겨 넣기라도 하듯 서로 어깨를 바짝 붙여 앉아, 아카네 누나의 노트북 화면을 뚫고 들어갈 기세로 들여다보았다.

그곳에 비친 것은 하늘 높게 날아오른 굿럭이 현재 진행형으로 찍고 있는 지상의 모습이었다. 전파 수신 상태에 따라 가끔 영상이 흔들릴 때도 있긴 했지만, 아카네 누나가 만들어준 프로그램도 제대로 기능하여 안테나 조정을 돕고 있었다.

우리가 사는 마을은 순식간에 작아지고, 굿럭은 어느새 구름까지 뚫고 지나갔다.

제트기류에 흔들리면서도 굿럭은 더욱 고도를 높였다. 화면은 더욱 심하게 흔들렸다. 지금 당장이라도 풍선이 터지는 게 아닐까 하는 불안으로 위장이 쪼그라들었지만, 굿럭은 그런 내 불안을 떨쳐내기라도 하듯 힘차게 하늘을 향해 쑥쑥 날아올랐다.

저편에서 보이는 지평선이 점차 완만한 호를 그리기 시작했다. 곧이어 그건 지상에서는 결코 볼 수 없는 곡선이 되어 지구가 둥글다는 걸 우리한테 알려주었다. 그리고 30분 정도 지나자 화면의 흔들림이 점점 가라앉았다.

굿럭이 제트기류를 완전히 빠져나갔던 것이다.

분명 지금 고도는 1만 5천 미터 정도쯤이리라.

굿럭은 비행기보다 높은 상공을 날아가는 중이었다.

그 지점부터 점점 흔들림이 줄어들었다. 천천히 회전은 했지만, 그것마저도 마치 굿럭이 우리한테 아래에 펼쳐진 세상 모

펭귄은
하늘을
올려다본다

든 것을 보여주려는 움직임으로 느껴졌다.

그리고 고도 3만 미터를 넘자 그 회전마저도 완전히 사라졌다.

그곳에 있는 것은 오직 고요뿐이었다.

완전한 정적 속에 싸인 조용한 우주였다.

그 광경은 지금까지 봤던 그 어떤 것보다 신비하고 아름다웠다.

우리는 질리지도 않고 멍하게 그 영상을 계속 바라보았다.

맑고 환한 푸른빛으로 뒤덮인 지구 위에 우리가 지금 서 있는 홋카이도 끝자락이 지도에서 흔히 본 그 육지 형태 그대로 존재한다는 것을 확실히 알 수 있었다. 그리고 그 지구를 감싸는 짙은 남빛 우주에서 희게 불타오르는 눈부신 태양까지 보였다.

······아아.

가가린이 한 말대로구나.

지구는 푸르고, 우주에 신의 모습은 보이지 않았다.

가가린은 지금으로부터 50년도 훨씬 전인 옛날에 이 광경을 우주에서 실제로 목격했다.

얼마나 부러운 일인지.

······되고 싶었다.

나루사와의 말대로 나는 우주 비행사가 되고 싶었다.

철이 들었을 때부터 내 장래 희망은 우주 비행사였다.

그렇지만 그 꿈은 초등학교 입학을 하면서 바로 물거품이 되어 사라지고 말았다.

깨닫게 되었기 때문이다.

구음 장애인은 우주 비행사가 될 수 없다는 것을.

노력하면 되고 안 되고의 문제가 아니라 절대로 될 수 없다는 것을.

적어도 현재의 규정으로는 발성 기능이 없는 사람은 우주 비행사가 될 수 없고, 아마 대단한 기술적 혁신이라도 일어나지 않는 이상 그게 바뀔 일은 없다는 것을.

하긴 잠시만 생각해보면 당연한 일이긴 했다.

우주 비행사는 관제 센터는 물론 다른 승무원과도 꾸준히 의사소통을 하며 적절한 행동을 취하지 않으면 안 되니까. 한 사람의 실수로 승무원 전원의 목숨이 위험해지는 일이 생길 수 있는 분야다. 우주에서 필담 같은 느긋한 짓은 할 수도 없다.

그건 수화도 마찬가지다.

청각에 이상이 없는 구음 장애인은 일반적으로 거의 수화를 사용하지 않기도 하고, 나 역시 수화는 아주 기본적인 인사 밖에 모른다. 설령 수화로 완벽한 의사소통이 된다 하더라도 우주 비행사는 될 수 없다. 두 손을 자유롭게 쓸 수 없는 상태에서는 수화는 제대로 대화할 수 없기에 우주에서의 의사소통 방법으로는 적절치 않다.

사쿠라 하루는 선천적으로 우주 비행사가 될 수 없다.

그 사실을 알았을 때, 나는 진심으로 신의 존재를 저주했다. 노력만 하면 꿈은 이루어진다는 말이 허무한 환상에 불과하다는 것을 알고 절망했다. 나를 이런 몸 상태로 낳은 부모님을 단 한순간도 미워한 적이 없다면 그건 거짓말이다.

아마 신은 나를 우주에서 멀어지게 하려고 이런 장애를 준 것일지도 모른다. 내 장애에 대해 하도 고민을 한 나머지 그런 일그러진 생각까지 한 적도 있었다.

하지만 그때였다.

내 동경의 대상이었던 가가린은 인류 최초의 우주 비행에 성공한, 지구는 푸르다는 말 외에 우주에서 신은 찾아볼 수 없었다는 말도 남겼음을 알게 되었다.

나에게 가가린의 그 말은 그야말로 하늘의 계시였다.

신은 존재하지 않는다.

정확히는 내가 목표로 하는 우주 공간 어딘가에서 신이 둥실둥실 떠다니고 있는 게 아니라는 뜻이었다. 그러면 신이 준 내 장애도 분명 우주를 향한 나의 마음을 막을 수는 없다고 굳게 믿었다.

그리고 나는 가가린의 그 말을 의지하여 엔지니어가 되기로 했다.

내가 우주에 갈 수 없다면, 하다못해 우주에 가기 위한 탈 것을 내 손으로 만들고 싶다는 간절한 희망을 품었다.

그리고 나는 지금 이렇게 내 눈으로 명확하게 가가린의 말이 사실임을 확인하였다. 바로 앞에 있는 화면에 비친 푸른 지구의 그 어디에도 나에게 슬픔만을 준 존재는 없다는 것을 확인할 수 있었다.

정말 그 말이 맞네, 가가린.

당신의 말대로 신은 보이지 않아.

진짜로 신은 이 광대한 우주 어디에서도 찾아볼 수 없어.

하지만.

어쩐지 참 얄궂은 일이지만.

이제 난 그런 건 아무래도 좋다는 마음이 들기도 했다.

그렇지 않은가.

나는 우주 비행사가 될 수 없어서 엔지니어가 되려는 게 아니다. 신이라는 존재를 완강히 부정하고 싶어서 로켓을 쏘아 올리는 것도 아니다. 분명 신도 펭귄에게서 일부러 하늘을 빼앗으려고 했던 건 아니었을 거다. 지금이라면 그런 식으로 생각할 수도 있다.

시선을 돌려 오른쪽 바로 옆에 있는 소녀를 바라보았다.

단정한 얼굴은 설렘으로 가득하고, 사금처럼 빛나는 금빛 머리칼은 산들바람에도 살랑거렸다. 전학 왔을 때와는 비교가 안 될 정도로 풍부한 감정이 담긴, 맑고 푸른 눈동자는 이제 눈앞에 펼쳐져 있는 우주를 향해 쏠려 있다.

내 시선을 알아차렸는지 나루사와가 내 쪽으로 고개를 돌렸다.

그 애는 살짝 고개를 갸웃하더니 얼굴에 활짝 웃음꽃을 피웠다.

"하루, 정말 예쁘다! 그치?"

나는 미소를 지으며 고개를 끄덕인 후, 손에 든 메모지에 대고 펜을 움직였다.

전하고 싶은 것이 있다. 지금 이 아름다운 푸른빛을 내 눈앞에 두지 않았더라면 결코 그 애의 마음속 깊은 곳까지 닿을 수 없을 것을.

지금 굿럭은 고도 3만 미터를 훨씬 넘은 곳에 있을 것이다.

하지만 안타깝게도 그 정도의 높이에서는 일본 열도 바로 옆에 있는 유라시아 대륙까지는 포착할 수 없다.

그렇지만 그건 지금 이 자리의 이야기일 뿐.

미래는 분명 다르다.

메모장 페이지를 넘겨서 내 마음을 찬찬히 풀어냈다.

그건 재회의 약속을 명확한 말로 남기고 싶어서가 아니었다. 나는 그저 이렇게 약속을 나누는 것 자체에 커다란 의미가 있다고 생각한다.

나루사와는 내가 내민 쪽지를 보더니 곧바로 눈동자에 눈물이 한가득 맺혀 나한테 와락 달려들었다. 그 애의 눈물을 보는 건 이걸로 대체 몇 번째인지. 그러나 내 마음을 담은 글에 매번 솔직하게 반응하는 그 애의 모습을 난 순수하게 사랑스럽다고 느꼈다.

세상에는 노력만으로는 어찌할 수 없는 일이 있다.

부당한 이유로 꿈을 향한 길을 잃게 되었을 때 느끼는 절망의 깊이도 잘 안다.

하지만 이렇게 나와의 이별을 슬퍼하며, 훗날의 재회를 기뻐해줄 수 있는 존재가 함께 있다면, 이 날아오를 수 없는 몸으로 하늘을 향하는 것도 그리 나쁘지 않을 것 같다.

이 작품은 풍선 우주 촬영의 일인자인 이와야 케이스케 씨의
『풍선으로 우주 촬영』(키노북스)을 비롯하여 이와야 씨의 저서 및
연구 결과를 참고해 집필되었습니다.
또한 이와야 씨께서는 풍선 우주 촬영에 관한 저자의 질문에도
답변해주셨습니다. 이 자리를 빌려 깊은 감사를 표합니다.
작품 속에 나오는 풍선 로켓 및 풍선 우주 촬영에 관한 기술적,
법률적인 문제와 관련된 오류에 대한 책임은 저자에게 있음을 밝힙니다.

펭귄은 하늘을
올려다본다

처음 펴낸날 2020년 4월 17일

지은이 야에노 토우마
옮긴이 김진아
펴낸이 주일우
편집 윤병무, 김소원
디자인 권소연

펴낸곳 이음
등록번호 제2005-000137호
등록일자 2005년 6월 27일
주소 서울시 마포구 월드컵북로 1길 52
전화 02-3141-6126
팩스 02-6455-4207
전자우편 editor@eumbooks.com
홈페이지 www.eumbooks.com

ISBN 978-89-93166-05-7 03830

값 13,000원

이 도서의 국립중앙도서관 출판예정도서목록(CIP)은
서지정보유통지원 시스템 홈페이지(http://seoji.nl.go.kr)와
국가자료공동목록시스템(http://www.nl.go.kr/kolisnet)에서
이용하실 수 있습니다. (CIP제어번호: CIP2020013971)